U0549848

HAPPY
NEW
YEAR
HAPPY
NEW
YEAR
2019
Define The
Relationship
I
定義關係

【作者序】

祝福每位讀者都能迎來如玫瑰花般美麗的每一天，也會遇見那個真正懂你的人

臺灣的讀者們，大家好。

很高興能這樣跨越語言與空間，來與各位分享我創作的故事，為了紀念這珍貴的一刻，請讓我透過序言跟大家打個招呼。

《定義關係》在二〇一九年五月十日完結，至今正好滿六年，實在不敢相信我過去帶著悸動心情寫下的這些青澀文字，如今已經被翻譯成中文，在臺灣出版。能夠走到今天，多虧了許多海外讀者的支持與喜愛，其中，來自臺灣的讀者也帶給我相當大的力量。

仔細想想，這實在是非常神奇的緣分與巧合。還記得第一次造訪臺灣時，當時的我正在經歷一段令人心動的戀愛呢。

《定義關係》這部作品中融入了許多我自己的經歷。我想，如果大家曾經有過因為心意得不到回應而受傷、卻仍忍不住懷有期待的單戀經驗，應該就會知道，能最讓人感到幸福，也最令人難過的，正是人的心意。無論是愛情還是友情，只要是人與人之間發生的事，總會

存在一廂情願的狀況。

我在寫作時，在情感上必須要完全投入，才能順利地寫下去。

我本來在感情上就比較敏感，經常過度代入他人的情感之中，這點曾一度被我視為個性上的缺陷，但在開始寫作之後才發現，原來這樣的我正好很適合去描寫各種瞬間的情感。

這一切都是託了各位讀者的福。

以卡萊爾的視角來寫作故事時，我盡了所有努力來描寫他的情感。

開始創作這部作品時，我最先描繪出的是卡萊爾準備去告白，卻被艾許的話否定了心意、黯然離開的場景。因為太想寫出這一幕，我甚至曾因此失眠，腦中不斷想像著那個場景。六年前的那些清晨，至今仍歷歷在目。

《定義關係》相當幸運地獲得許多讀者喜愛，沒有變成一篇轉瞬即逝的故事，而是成為了我的代表作，讓我得以與世界各地的讀者交流，也讓我切身體會到，即使語言與文化不同，在「愛」這個主題上，我們還是能彼此理解。就像卡萊爾與艾許，雖然在完全不同的環境下成長，還是能夠理解彼此。

撇除感情線來說，卡萊爾其實是我一直以來很想看到的受方。直到我創作這部作品之前，一般在書中出現的冷酷又擁有一切的完美男性大多都是攻方。但我覺得，柔和且溫暖的心，比冷硬的心來得更堅強，因此，我反而更想看到像艾許這樣看起來美麗溫柔的人，渴望卡萊爾這樣的人，所主導出來的故事。於是，從寫《班尼迪克蛋》開始，我就在構思這個故事，並終於將我想寫的故事化為文字。

雖然已經過了許久，寫作對我而言依舊不是件容易的事。身為一個非專業出身的作者，真心感謝能有這樣的機會，也希望我能再度寫出讓臺灣讀者喜愛的作品，與你們再度相見。即使我們都無法看透他人的心思，但我相信，珍惜彼此的心意是可以透過眼神和話語傳達的。

我也認為，人生就是一段為了尋找能理解並尊重真正的你的人而展開的旅程。無論那個人是你自己、是一位珍貴的戀人、還是一位摯友。

在此誠摯祝福每一位閱讀《定義關係》的臺灣讀者，都能迎來如玫瑰花般美麗的每一天，也會遇見那個真正懂你的人。

Flona 敬上

本作為虛構故事，登場人物、組織、地名、國名、事件等不涉及任何實際狀況。

CONTENTS

目　錄

Chapter 1

跨年夜

迎向新年的倒數聲響起，源源不絕的人潮推搡著擠過卡萊爾・佛羅斯特身側，新年前夕的時代廣場總是人山人海，就連原本漆黑的夜空都因白晃晃的大型螢幕染上五顏六色的光彩。卡萊爾仔細掃視周邊，但死纏著他來到這兒的罪魁禍首卻不見人影，大概已經被洶湧的人潮擠到了不知名的角落。

卡萊爾今天是被客戶的兒子拉來紐約時代廣場的，對方是名不大懂事的Omega，第一次與卡萊爾見面就對他表現出明顯的好感，因為合約還沒結束，卡萊爾認為仍有必要適當應付對方，於是陪著他玩了三天左右。

提出參加跨年活動的那位大概是希望能與卡萊爾共度浪漫的一晚，可惜浪漫這個詞在卡萊爾・佛羅斯特的字典裡可說是毫無意義，更別提讓他享受這一切。

不過，卡萊爾的想法並不重要，重要的是這筆交易的結果。所以卡萊爾也把個人想法拋在腦後，只將全副心力都放在如何取悅對方上，等時代廣場跨年最具代表性的降球儀式結束，大概就可以提議回去集團旗下的飯店休息了。

雖然不知道什麼時候才能找到他。

卡萊爾已經離開時代廣場中央好一段距離，他一邊閃避著不斷朝廣場中心湧去的人潮，一邊評估現狀，認為在這種地方找人實在太愚蠢了，還是先離開這裡，回到飯店才是明智的決定。

10……

不知不覺間已被卡萊爾遠遠拋在身後的廣場響起陣陣歡呼聲，混合著大麻菸的焦臭味與啤酒味的吶喊聲隨風吹來。

9、8……

卡萊爾的肩膀被撞了一下，與他擦身而過的某個人停了下來。

「抱歉，你沒事吧？」

7、6……

來人輕輕地握住了卡萊爾的肩膀，飽含擔憂的嗓音吸引卡萊爾緩緩抬起視線望向那個正看著他的人，首先進入視野中的是端正的鼻梁與形狀優美的唇瓣。

5、4……

「我沒事。」

兩人目光對上的瞬間，燈光熄滅了。除了仍在營業的商家，以及泛著橘黃光芒的路燈外，周遭完全陷入了黑暗。

「太好了。」

3、2……

1……

四周一片漆黑，兩人看不見對方，但卡萊爾很確定自己正凝視著對方的雙眼。

身旁的人們大聲喊出昭示著新年到來的數字，緊接著便是片刻寂靜，卡萊爾肩上的手微微收緊。

「新年快樂。」一細微的低語傳來。

據說在美國，人們會在跨年的那一刻親吻彼此。

雖然每個地區可能有些差異，但聽說就算跟身旁的陌生人接吻也並不罕見，卡萊爾腦中不禁浮現客戶的兒子興致勃勃描述著「命運之吻」的表情。不過現在在卡萊爾面前的人並不是他，而是一名與卡萊爾素未謀面的男人。卡萊爾並未躲避男人的靠近，一陣清涼的香氣迎面撲來，卡萊爾心想，原來是個Alpha啊。在卡萊爾的印象裡，他連Alpha的一根手指都沒碰過，這天卻難得絲毫不覺得排斥。

接著，兩人的嘴唇碰上了彼此。

卡萊爾的嘴唇被輕輕地咬了一下，柔軟觸感傳來的同時，彷彿有微弱的電流從肩膀處傳遍全身。嗯……卡萊爾發出呻吟般的嘆息，不自覺張開了雙唇，對方的舌頭也趁勢擠入，加深了這個原本只是淺嘗輒止的吻。深入糾纏著卡萊爾的舌頭驚人地技巧純熟，讓他深陷其中，無暇思考自己正在與一名Alpha，甚至是第一次見面的人接吻的事。

沉浸在深吻中的卡萊爾不自覺地吞下了對方渡來的唾液，握著他肩膀的手掌加深了力道，陣陣顫慄感竄上脊梁。

「呃……」卡萊爾發出近似痛苦的呻吟時，男人低低的笑聲從兩人相連著的唇間傳來。男人游刃有餘的態度既可恨，又讓卡萊爾覺得很危險，這般道不明的感受讓卡萊爾迅速回神，抽離了雙唇。些許沒能吞下的唾液順著嘴角流下，被卡萊爾用手指抹去，而男人隨即握住了他的手指。

燈光從遠處的廣場開始逐漸亮起，像海浪一樣往卡萊爾所在的方向蔓延開來。

「能告訴我你的名字嗎？」

卡萊爾低頭望向被握著的手猶豫了起來。這時重新亮起的燈光幾乎已來到卡萊爾跟前。其實沒必要考慮，竟然還問了名字，多可笑。

反正也不會再見了。

「萊爾。」

雖然這樣想，卡萊爾還是給了一個半真半假的回覆。萊爾是他的小名，但現在已經沒有人會這樣叫他了。

「萊爾，我叫艾許。」

重啟的燈光照亮了男人的樣貌，如墨的黑髮與卡萊爾的髮色有著不同的溫度，飽滿的額頭、柔和的彎眉之下，是一對顏色迥異的眼睛，令卡萊爾屏息。

「如果你不介意……」

男人的話還沒說完，就有人扯住了卡萊爾的衣角。

「找到了。原來你在這裡啊！」

來人是原本與卡萊爾有約的 Omega。

對背後傳來的 Omega 氣息突然感到不悅的卡萊爾並未回頭，反而直直盯著眼前那人帶著柔和弧度的嘴角，以及那因親吻而顯得濕潤豔紅的雙唇。

「下次吧。」

卡萊爾說，並抽回了被抓住的手指。

「回頭見。」

和不會再見的人約定了以後見面。男人笑了。

艾許，卡萊爾在心中默默咀嚼著這個名字，衣角又再次被扯了扯。

「不走嗎？」

卡萊爾最後再次看向了那雙眼，接著像要擺脫內心迷戀一般倏地轉身。離開的腳步如千斤重，像是忘了帶走什麼似的，卡萊爾有股想回頭的衝動，但他只是揮去了這些念頭，跟上正皺著臉鬧彆扭的 Omega 的腳步。不過就算他假裝生氣也沒必要去安撫，只要在回飯店後把他做到下不了床就好了。

面無表情的卡萊爾在心中默默地將下半夜的行程規劃完畢，平時那微妙的心浮氣躁感又回來了。

——平靜，保持平靜，變回那個心緒毫無波瀾的我！

……做了個沒用的夢呢。

凌晨五點，規律的生理時鐘讓卡萊爾準時地睜開了眼，沒必要再去確認時間。但今天的狀況與平常有點不同，不知道是不是因為夢到了藏在記憶深處的過往，他的心情很微妙。卡萊爾抬起冰涼的手蓋住了雙眼，靜靜地吐出一口濁氣後撐起身子。

「……這麼早就醒了？」

可能是被卡萊爾翻身的動靜吵醒，原本像是昏死過去般睡在旁邊的魯伯特低聲問道。

已經離開床褥的卡萊爾拿起了玻璃杯。

「你可以繼續睡。」

「卡萊爾你也沒睡多久吧。」

魯伯特是卡萊爾每年大概只會見一次的 Omega，從五年前第一次見面到現在，除了私下會面外，兩人遇見的次數還不到十次。

卡萊爾．佛羅斯特是個 Alpha，而且是個與眾不同的 Alpha。

他擁有一半來自母親的貴族血統，卡萊爾的母親是佛羅斯特侯爵家的千金，而他的祖父佛羅斯特侯爵則是個相當執著於傳承家族血統的男人，深信只有貴族血統才能代代孕育出僅占世界人口百分之一的優性 Alpha。

也因此，卡萊爾的祖父禁止他在發情期持續與同一名 Omega 度過，避免他在發情期結束後，與不是家族訂下的婚約對象產生不必要的感情。

結果就是卡萊爾從第一次發情至今的每次發情期都必須與不同的 Omega 度過。

真的不想做的時候，卡萊爾偶爾也會注射抑制劑，但他的弟弟就曾因過度使用抑制劑導致嚴重副作用，由此看來抑制劑也並非能長久倚賴的方案。卡萊爾的人生大致可分為他能控制的小事，以及他無法控制的重要大事，而抑制劑正屬於後者。

卡萊爾並未回應魯伯特憂心的詢問，只是將添了水的杯子遞給他。

魯伯特接過杯子並道了聲謝，卡萊爾僅點頭回應。

魯伯特不發一語地喝完水後小心翼翼地放下了杯子，看著卡萊爾睡過卻仍一絲不亂的床位，半晌才開了口。

「我有一件事……想跟你說。」

「請說。」

魯伯特褐色的雙眼略顯難堪地看著卡萊爾，射入微弱晨光的昏暗房內暫時陷入一陣沉默。卡萊爾大概能猜到他想說什麼，畢竟兩人的性行為持續了幾小時，對方不大可能沒注意到那點。

「你沒到吧？」

「你指的是什麼？」卡萊爾佯裝不知地平靜反問。

「……你不是一次都沒射嗎？」

面對露骨的詢問，卡萊爾只是面無表情地將額前髮絲向後爬梳了下，冷漠的臉上看不出一絲慌張。

「如果你指的是射精次數，那的確是如此。」

卡萊爾以平淡的聲線承認了魯伯特的質問，他從昨晚進入發情期開始，與魯伯特上床期間，一次也沒能射出來。

「那……沒問題嗎？」

「做的時候讓你感到哪裡不愉快了嗎？」

「沒有，都很好。雖然很舒服……但我認為這種狀況對發情期的 Alpha 來說很明顯是有什麼問題。」

卡萊爾默認了。

這次是第一次完全無法射精，可其實從幾個月前就已經開始出現徵兆。

近來要達到高潮射精總是要花上很長的時間，不只那些陪伴他的 Omega 累得死去活來，對原本就不享受性行為的卡萊爾而言也是件苦差事。

做為 Alpha 的身體會週期性地排出費洛蒙，誘導發情，但卡萊爾的內心卻無法與之配合，反而有種因為身體興奮，就必須勉強配合發生關係的感覺，讓他從很久之前就感到身體與內心背道而馳，對這種機械性的洩慾行為感到厭煩。

結果就是現在的狀況。

「我知道了。」

卡萊爾心中升起些微煩躁感，因為他能預料到接下來會發生的事，眼前這個男人將按照他收到的指示行動。

「是秘藍先生，對吧？我的契約裡要求若卡萊爾發生任何事，都必須向這位報告。」

「我知道。」

卡萊爾答覆的聲音仍不帶一絲情緒，同時他拿起放在床頭的手機確認時間。六點，竟然與他原本預期的五點十分差了不只一點。這表示他起床的時間比平時還晚，簡單來說，就是睡過頭了。

包括起晚了這件事在內，卡萊爾完美無瑕的人生像是突然出現了裂縫，發情期的Alpha無法射精這種鬧劇般的狀況最終還是讓他嘴角僵硬，內心不悅。睡過頭、情緒低潮，這些都不是平常會出現的狀況。卡萊爾的情緒一如往常平靜無波，不好也不壞，就是一條既不會感到不幸，也不會感到幸福的直線。

「天亮後請跟秘藍先生聯絡吧。」

將該說的話說完，卡萊爾就離開房間去了浴室。走在通往浴室的原木地板上，他靜靜地思索著。

說不定淩晨的那個夢才是問題所在。

Chapter 2

第一週

「好久不見，卡萊爾。」

一開門就傳來了問候，原本正在筆電上確認祕書傳達的下午行程的卡萊爾抬眼望向門邊。站在門邊笑嘻嘻地看著他的男人，正是佛羅斯特家的主治醫生路透．秘藍。

「是嗎？」

「對呀，仔細想來應該有六年，不，七年了吧。」

路透點了點頭後走向卡萊爾。他們所在的這幢被玻璃外牆覆蓋的建築是路透的研究室，位於倫敦白教堂區的皇家醫院九樓，路透也是倫敦唯一一間ＡＢＯ性別研究所的負責人。

「少爺是剛從美國出差回來對吧？」

路透拉出黑檀木書桌後的椅子，再次對卡萊爾露出微笑。外頭的豔陽穿過路透背後的大片落地玻璃灑落在研究室裡，仔細瞧還能看見懸浮在空中的細小灰塵。

卡萊爾在刺眼的陽光下連眉頭都沒皺一下，只是十指交叉地與正看著他的路透對視，更準確地說，是盯著路透手下放著的檢查結果。

「路透，你的記性真好。」

「當然是只對少爺您這樣啦。」

「如果你只是想讓我放鬆，那效果已經達到了，現在請告訴我檢查結果。」

路透拿來的紙上記錄著卡萊爾三十分鐘前結束的諮商內容，以及之前進行的簡單身體檢查結果。

想當然，卡萊爾來到這裡就是為了瞭解發生在自己身上的異常狀況。魯伯特相當認真地一到九點就聯絡了路透，卡萊爾也因此立刻在下午就被找來了研究室。

在陽光直射下也絲毫不受影響的卡萊爾，這會兒反而因為些許不悅皺起了眉頭，他抬起手輕輕按了一下太陽穴。就算路透還沒說，他大概也能猜到結果。

「不知道您是否已經猜到……」

「是。」

「應該是心因性性功能障礙，卡萊爾，更詳細地說屬於高潮障礙，身體機能上沒有任何異常。」

「根據負責諮商的漢娜醫師的說法，應該是少爺覺得有義務要進行性行為而產生壓力所導致的。」

雖然已有猜想，但實際上聽到這個名詞的不快仍讓卡萊爾深吸了一口氣。不是其他任何人，而是他本人處於這種狀況的這件事，讓卡萊爾心氣不順，也對自己感到失望。

卡萊爾開始回想這次持續了約一小時的諮商，對不習慣吐露內心想法的他而言，接受諮詢並非易事，而且這也非出自他個人意願進行的。卡萊爾出生至今並沒有遭遇過任何極端事件，更別說因此出現的心理創傷，他也完全沒想過自己會有進行心理諮商的一天。

負責諮商的是一名叫做漢娜的三十多歲女性 Alpha，透過卡萊爾逼不得已吐出的隻言片語就得出了這樣的分析結果。

「我說了這樣的話嗎？」

「這是根據少爺您說的話得出的分析結果，我個人認為是很合理的推論。」

現年四十七歲的路透．秘藍不僅是研究所的所長，也是從卡萊爾十六歲起就擔任他主治醫生的優秀男性 Alpha。做為長期以來看著卡萊爾長大的人，路透也同意漢娜的意見，這讓卡萊爾不禁開始思考這種說法是否真有道理。

秘藍：「在我認識的人之中，少爺是最有責任感的人。您一直以來都是抱持著這樣的態度生活的吧。」

「我不認為您現在說的話與我的症狀有什麼關係。」

秘藍做出結論：「就是說……性生活對少爺而言只是一種解決生理現象的手段，或是更接近一種義務。」

路透長久以來關注著卡萊爾與凱爾兄弟的狀況，並非所有主治醫生都會這樣做，而是只有負責佛羅斯特家庭成員健康的醫生才有這種特別的工作。更確切地說，優性 Alpha 輩出的家族就是如此。

在仍保留貴族頭銜的英國，代代世襲侯爵爵位的佛羅斯特家族對血統傳承格外執著，固守著「必須延續優良血統，才能不斷產出優性 Alpha」的扭曲思想。也只有透過代代優性 Alpha 延續的貴族血統，才能在各方面優於普通的 Alpha，卡萊爾的弟弟凱爾就是那珍貴的優性 Alpha 之一。

在這種狀況下，就連卡萊爾的性關係這種極度私密的個人隱私，路透自然也略有所知。雖然卡萊爾並非優性 Alpha，但他體內的貴族基因仍可能為家族孕育出極為優秀的子嗣。

這也是為何卡萊爾的祖父在他第一次進入發情期後，就警告他不准與「計劃外」的 Omega 搞出「人命」。隨之而來的還有如影隨形的監視，與他同齡的年輕男女會有的那種青澀又酸甜交雜的戀愛，當然也在受限範圍內。

卡萊爾能愛上的 Omega 只能是家族為他選定的，與他同樣來自名門的貴族子嗣，但因為對象尚未決定，為了避免日久生情，卡萊爾每次發情期都必須更換床伴。

這個社會對於性愛的定義對卡萊爾而言相當陌生，性愛之於卡萊爾只是抒解發情期性慾的一種當然手段，或是伴隨著業務需要而動用的道具。

「那有什麼問題嗎？」

「卡萊爾，性愛與精神層面有著密不可分的關係。」

性愛這個詞讓卡萊爾眨了眨眼，對他來說，性交這個詞可能還更熟悉些，跟性愛相關的詞彙反而會讓他感到微妙的不自在。

「所以心理負擔當然也會影響到性功能嘍。」

卡萊爾本想反駁，卻又生生壓了下來。身體機能沒問題的話，不是應該也可以正常勃起跟射精嗎？性交本來就只是為了種族存續的繁殖行為，在卡萊爾心裡，性愛就只是交配的另一種稱呼而已。

但卡萊爾並沒有開口反駁，因為他面前的男人是位醫生，比他更瞭解人體的症狀。卡萊爾本人的意見不重要，不如趕緊詢問如何解決這些症狀還更有意義些。

「原來如此。」

「是的，卡萊爾，性愛雖然是生殖行為，但現代人為其賦予了更多的意義，像是為了確認愛意進行結合，或是一種有趣的消遣。」

明明一點也不有趣。不過這些與卡萊爾無關，他平淡地開口詢問治療方法。

「請跟我說明處方吧。」

「這是我個人的想法。」

「是。」

「你也許可以嘗試跟 Omega 以外的對象上床。」

路透的話讓卡萊爾挺直了背脊，停下以食指關節按壓太陽穴的動作，臉上更是露出了訝異的表情。

「什麼意思？」

「嗯，雖然找床技了得的 Omega 也無妨……但佛羅斯特卿恐怕不會允許。」

「難道不是從找 Omega 以外的對象這點就不可能了嗎？」看著路透假笑的臉，卡萊爾冷冰冰地回道：「真是荒唐的提案。」

「看來卡萊爾還停留在純真的十六歲呢，路透我對此深感欣慰。」

什麼純真，路透陰陽怪氣的話讓卡萊爾抿緊了嘴唇說不出話。驚訝也只是暫時，卡萊爾很快恢復了平時冰冷的神色再次開口：「別說空話了，路透。」

「卡萊爾，不插入的性行為有很多種，當然要插入也可以。」

卡萊爾又閉上了嘴，因為他慢慢猜到路透到底想說什麼了。

「但我感覺無法做到那種事。」

「卡萊爾，無論是 Alpha 或 Beta 都會有感覺的，如果前列腺沒問題的話。」

「我沒有這種經驗，不知道能不能滿足對方。」

「噢，卡萊爾呀。」

路透嘆了一大口氣，不在卡萊爾意料之中的對話走向讓他感到煩躁，他不喜歡這種不受控制的局面。

「我就是建議你做一些新的嘗試。」

路透的語氣讓卡萊爾感到一絲不對勁，他開始苦思路透話中的真正含義，該不會……

「我建議少爺反其道而行，找個能滿足您的對象。」

卡萊爾慢慢垂下手，抓住了座椅兩側的扶手。

「厭惡插入的行為，就去嘗試相反的經驗不是很好嗎？」

卡萊爾不自覺地乾笑一聲，面無表情的撲克臉上只有嘴唇因為這番話變得扭曲。

「你沒吃錯藥吧？」

「當然，我的智商與理性思考功能也是相當靈光的，世上有我這樣才華洋溢的性別專家存在，簡直可說是人類的一大福音。」

「剛剛的話我會當作沒聽到，請您想想其他解決方案。」

「卡萊爾。」

路透臉上還帶著笑意，語氣卻相當認真。如同路透對卡萊爾的瞭解程度，卡萊爾也相當清楚，當路透擺出這種表情時就代表他說的話完全發自真心。

「如果不盡早處理這個問題，最後可能會嚴重到影響日常生活。這種狀況如果不只是在一般情況下，而是連發情期間都會發生，代表它已經是累積了相當久的心理問題。」

「但也沒必要非得用這種方式來矯正吧。」

「我會這樣提議，是因為在目前的狀態下，與其他 Alpha 或 Beta 一起進行新的嘗試是最有效的方法。」

「路透。」

「少爺現在無法與 Omega 進行普通的性行為，就算做了也只會感受到和目前為止類似的負擔或厭惡感。」

路透一針見血的話令卡萊爾啞口無言，不得不承認，卡萊爾確實對與 Omega 的性行為深感厭惡，在面對性別為 Omega 的對象時，要注意的地方實在太多了。

不能射精在體內、要格外注意避孕措施、不能給他們商量的空間，而且還要滿足他們……

每個月都要經歷的發情期難熬又漫長，如果可以，卡萊爾也想用抑制劑撐過去就好，但他連這都無法隨心所欲。卡萊爾暫時閉上又張開了雙眼。

雖然還很難判斷是由誰來進入，可路透說的沒錯，與 Alpha 或 Beta 上床的話就沒必要擔心那麼多了。

就算他本人對即使如此也要上床的慾望可說是零……如果放任症狀不管，長期來看的確會很麻煩，錯誤還是要及早更正，以絕後患。應該理性判斷，沒必要糾結自尊心或喜好之類的個人情感。

「……我瞭解了。」

「我就覺得卡萊爾一定很快就會同意。」

卡萊爾再次陷入了沉默，現在雖然知道應該要找 Alpha 或 Beta 來當對象，問題是該從哪裡找？

「您在煩惱應該怎麼找到那種對象嗎？」

路透像有讀心術一般說出了卡萊爾正在思考的問題，他出色的察言觀色能力有時候甚至會令人感到煩躁。卡萊爾微微點了點頭。

「做為參考，對方必須是比卡萊爾的性經驗更豐富、技巧更好的人。」

「……一定得做到這種程度嗎？」

「這種條件的對象才能帶來成功的新體驗不是嗎？」

「我會請人去找。」

卡萊爾又無話可說了，竟然還強調要找擅長做愛的人。卡萊爾手上正在進行好幾個計畫，待在倫敦的時間本來就不多，現在還得擠出時間處理這種荒唐事，讓他覺得只是在浪費心力。聽了卡萊爾的話，路透聳了聳肩站起身。

「這部分我或許能幫上忙。」

卡萊爾因這話挑起了眉。

「我們身邊正好有可能認識這種對象的人。」

「你是說我們嗎？」

卡萊爾對路透的話提出了疑問。路透笑了笑，拿起桌上另一個資料夾，推開椅子往外走去。卡萊爾隨之起身，將椅子推回原位後跟上路透的腳步。

路透在門邊停了下來，「那位也是卡萊爾的熟人，恰好跟我預約了下個時段，老天實在是幫了個大忙，對吧？」

路透裝模作樣地打開門。卡萊爾看向門外的走廊，同時也看見了坐在走廊等待席上的兩個人。首先映入眼簾的是有著跟卡萊爾相似五官的男人，這個膚色白皙且將一頭黑髮整齊後梳的美男子正是卡萊爾的弟弟凱爾，而他旁邊的是……

「凱爾、尼可拉斯，兩位來得真早。」

卡萊爾沒想到會在這裡遇見兩人而略顯吃驚，很快又猜出路透所說的「那位」，就是現在握著凱爾的手，坐在他身邊的金髮男人——凱爾的戀人，現在已經成了他配偶的尼可拉斯·懷特。

卡萊爾與尼可拉斯認識許久，當年將凱爾從綁匪手中救出的人就是尼可拉斯，凱爾從那時起便一直單戀著尼可拉斯，這段長達十六年的單戀最近才終於修成正果。

這是件值得慶賀的事。凱爾被綁架時曾經歷慘無人道的對待，自此對尼可拉斯以外的人都無法敞開心胸。

即使如此，沒頭沒腦地就要尼可拉斯．懷特幫忙介紹對象還是……？

卡萊爾默默在腦中回想尼可拉斯的社交狀況，這樣說來，尼可拉斯與凱爾在一起之前的確是與不少人交往過。對於知道弟弟因此內心飽受折磨的卡萊爾而言，這並非令人愉快的情報。不過他大概能猜到路透的意思，因為尼可拉斯經驗豐富，肯定也認識經驗豐富的人。

猜到路透用意的卡萊爾緊緊閉上了嘴，面上顯出一絲不知所措。

「艾許，我進去嘍。」

位在工作室盡頭的個人辦公室大門被敲響，艾許應聲抬頭，在四面玻璃圍成的辦公區內一眼就能看見來人身分，是人資組的奧莉薇雅。

艾許的工作室「Unexpected」主要承包廣告、出版、文化機構等客戶的平面設計案，是一間由四十名員工組成的中型工作室，僅由兩人組成的人資組主管正是由奧莉薇雅擔任。

「進來吧。」

正在確認最近接到的 MAGMA 書店合作企劃案的艾許闔閉檔案，靠著椅背好整以暇地看著面帶微笑的奧莉薇雅走進來。

來到艾許跟前的奧莉薇雅，今天也同樣先仔細地打量了眼前的男人一番，她從三年前進工作室開始，每次見到艾許都會如此展現對他的關心。

對艾許而言已經不是什麼新鮮事，或許該說他從小就經常沐浴在旁人露骨的視線中，早就習慣了這種對他的臉蛋或身材的打量。

「我來是為了請你幫忙提出對丹尼爾先生的評價，他的實習期就到今天為止了。」

「時間過得還真快，會議可以麻煩妳安排在一小時後嗎？」

站在辦公桌前的奧莉薇雅微微傾身，俯視著艾許的面容上仍帶著微笑。雖然知道艾許只與 Alpha 交往，但身為 Beta 的奧莉薇雅單戀他許久，至今仍會不時對他發出邀約。

儘管周邊的人都很疑惑艾許為何不動心，可他確實一次都沒回應過奧莉薇雅的私下邀約。不管奧莉薇雅長得多美，感覺不對就是不對，艾許．瓊斯對這種事相當果斷。

「好的，那也按照原定規劃讓丹尼爾先生加入這次 M&S 的企劃嗎？」

「與 GTF 競爭時，尼爾森先生的能力應該能派上用場，就按照這樣走吧。」

奧莉薇雅雙手撐在桌面上，艾許先是看了看她塗成寶藍色的指甲，接著便被放在一邊的手機吸去視線。他道了聲歉，便拿起收到新訊息的手機，螢幕上顯示的訊息來自一位意想不到的對象。

『艾許，最近好嗎？』發來訊息的人是艾許過去單戀失敗的對象，雖然他至今未刪除對方的聯絡方式，但原本以為自己早已被遺忘，沒想到對方竟又主動聯絡了自己。

艾許眨了眨眼，沉默地解鎖螢幕，沒有特意刪除的訊息一下子湧入視野中。兩人的最後一次聯絡是在八個月前，緊接著就是剛才收到的訊息。

心情複雜的艾許，有好一陣子只是靜靜地看著這位叫做「尼可拉斯．懷特」的人傳來的訊息。

尼可拉斯是艾許透過友人介紹認識的 Omega，雖然不符合他只跟 Alpha 交往的原則，卻令他一見鍾情，可能跟尼可拉斯從 Beta 轉化為 Omega 的特殊體質有些關係。

艾許的這段單戀最後無疾而終，這不只是他人生中首次感受到如此苦澀的滋味，也是他第一次失敗的戀愛經驗。尼可拉斯當時已心有所屬，但本人毫無察覺，直到遇上艾許才醒悟，對艾許而言就是一段為人作嫁的悲傷故事。

雖然與尼可拉斯相處的時間並不長，可這段感情對艾許而言十分深刻，以致無法輕易忘懷。而在他以為自己已經淡忘時，對方又發來了消息……

「艾許？怎麼了？你還好嗎？」

「啊。」

不自覺地盯著手機發呆的艾許回過神來，將視線移回奧莉薇雅身上並笑了下，彎成柔軟弧度的笑眼讓奧莉薇雅瞬間失了神。

「抱歉，我突然有急事，能麻煩妳先離開嗎？」

「好的，當然可以。」

奧莉薇雅在艾許鄭重請託下點點頭並快速退出辦公室。艾許輕皺起眉頭，將自己摔進了柔軟的座椅內。雖然還有很多待處理的工作，但他的腦中現在只是空白一片。

對於這段已經結束的關係，很明顯只有自己會在見面時再次動心。依常理判斷，不去理會這則訊息才是正確的做法，無奈人就是會明知故犯，做出愚蠢的選擇。

艾許嘆了口氣，拿起手機。

尼可拉斯很快又來了回覆，準確地說是在十分鐘後，艾許應下了當晚與尼可拉斯見面的邀約。

「艾許，好久不見了。」

時隔八個月見到的尼可拉斯比先前看起來更瘦了。一看到有著鋒利下顎線、深金色眉毛與一雙翠綠色雙眸的男人，艾許便露出了笑容，一股令人懷念的淺淡香氣飄來，是和男人一頭陽光般柔軟金髮同樣惑人的香味。

「就是說呀，尼可。」

艾許依著先前的習慣以暱稱稱呼尼可拉斯，尼可拉斯也未特別糾正，兩人來到艾許公司附近，距離柯芬園站不遠的連鎖咖啡店「咖世家」。

看著穿著正式西裝的尼可拉斯，艾許心中不由得升起一股懷念感。說起來兩人交往不過短短幾週，自己對尼可拉斯竟還念念不忘，艾許不禁覺得有些可笑，都到了這把年紀卻無法輕易對喜歡過的人忘懷。

艾許忍下自嘲的笑，撐著下顎看向尼可拉斯，拿著咖啡的手隱隱加重了力道。

「你過得好嗎？」

「嗯，尼可你呢？」

尼可拉斯露出猶豫的神情，艾許大概能猜到他躊躇的原因，正是尼可拉斯同樣握著咖啡杯的手上戴著的戒指。原來如此。

「……我過得很好。」

尼可拉斯的視線也跟著艾許落到了自己手上。

雖然他想過這個結果，卻不想面對。

「艾許。」

尼可拉斯帶著為難且僵硬的表情，以飽含歉意的聲音喊了艾許的名字，然後低下了頭，

「我好像不該拜託你出來。雖然我也是受人請託，但我實在不想拜託你這種事……你就當作沒這件事吧，抱歉。」

「沒關係的。」

艾許低低地開口，心很痛。很痛，卻真的沒關係，這一切都是預想之中的狀況，但尼可拉斯那麼快就結婚確實在意料之外。

艾許默默拿起咖啡啜了口，感受著嘴裡漫開的微苦滋味，尼可拉斯則在一旁靜靜地等著。稍加整理好情緒後，艾許再次笑著開口。

「見面是我同意的事，偶爾像這樣見一面也很好。」

「……如果知道我找你出來的原因，你還會這樣想嗎？」

「當然。」

艾許聳了聳肩，將咖啡杯放回桌面。

「尼可能想起我，還有事要拜託我，我怎麼可能拒絕呢？」

「就算這項請託有點奇怪也沒關係嗎？」

「那我得聽聽再決定。」

艾許並不是為了讓尼可拉斯感到愧疚才答應見面，他只是想確認，確認自己的心意是否如初，確認曾經喜歡過的人現在是否幸福，僅此而已。

「好的。」尼可拉斯點了點頭。

艾許笑了出來，他就是喜歡尼可拉斯這種對下定決心的事，不拖泥帶水的樣子。

「那我開始問了，艾許。」

「好。」

艾許笑盈盈地支著下顎，看著原本一臉猶豫的尼可拉斯揉著太陽穴對他提出了疑問。

「你現在有交往對象嗎？」

「我倒是沒想到你會問這個問題呢。」

艾許歪著頭，瞇起了眼，「尼可是結了婚就開始想我了嗎？如果你希望，有夫之夫我也是可以的，別有滋味嘛。」

「不是這樣的。」尼可拉斯低聲地笑了，接著嘆了口氣繼續說：「我也覺得問出這種問題的自己很白癡。」

「你別自責了，我會心疼的。」

「請相信我，艾許，這真的非我本意。」

「我剛剛只是開個玩笑，尼可，你繼續說下去吧。」

可能是這話讓尼可拉斯稍微安心了些，他猶豫一下又接著往下說。

「如果……如果你現在沒有交往對象，我們想向你提出一項交易。」

「交易嗎？」

「報酬可以是你想要的東西，像是幫你介紹屬意的工作，想要錢的話也隨你喊價。」

話題開始朝向難以想像的方向展開，艾許垂下眼眸說：「到底是什麼事，需要開出這種條件？」

「不是奇怪的事。」

艾許點點頭，眼前這個人原本就是律師，應該不會提出什麼作奸犯科的事來。

「艾許，你願意當某個人的床伴嗎？大概一、兩個月就行。」

尼可拉斯一臉真摯地提出了要求，而艾許只是盯著他不發一語。

「你剛不是說對我沒有想法嗎？」

「不是我，我是替別人問的。」

真相大白了，艾許笑了出來，難怪尼可拉斯會感到抱歉，神情也那麼不自然。要回頭找自己曾交往過，還是自己甩掉的人，詢問是否有意願當其他人的臨時床伴，連這種事都能答應下來，想必對方對尼可拉斯來說是非常重要的人。

「的確值得道歉呢。」

「真的很不好意思。」

「我想應該要見個面才能決定。」艾許說：「我也有自己喜歡的類型。」

尼可拉斯認同地點點頭，接著將手機放在艾許面前。

「其實那位你也見過一次。」

隨著尼可拉斯找出手機裡的照片，艾許坐正了身子，仔細觀察起畫面中的男子。

那人果真與艾許有過一面之緣，艾許記得自己被尼可拉斯拒絕的那天，曾與這個男人碰上面。

「這是凱爾先生的哥哥對嗎？原來是他啊。」

「是的，他叫做卡萊爾．佛羅斯特。如果你可以，就像剛剛說的，報酬……」

艾許漫不經心地聽著尼可拉斯的話，一邊打量照片中的男人。男人有著一頭帶灰的黑髮、冷淡的灰眸，淡紅色的雙唇緊抿，還有同樣泛著冷意的蒼白膚色。

此外，他梳著一絲不苟的髮型，露出飽滿的額頭，一身優雅西裝也熨得筆直。單就臉而言的確長得很好看，雕像般鋒利的線條更凸顯冷淡魅力，光看外表是艾許喜歡的類型沒錯，如果可以在床上讓那張臉哭出來肯定別具風情。不過……

「挺意外的。」

「什麼？」

「之前短暫見面的時候，他看起來對我沒什麼好感。」

「這樣說是沒錯。」

艾許想起了與男人碰到面的那天，自然也想起了男人吐出冰冷話語的表情，那時尼可拉斯向他提出分開，卻被男人誤會為兩人正在約會。

那次的偶遇，艾許與男人並未向彼此自我介紹。當時用輕蔑的眼神看著艾許的男人甚至不屑跟他搭話，而是句句針對尼可拉斯，這讓艾許也相當不快。雖然長相是他的菜，但初次見面的印象實在稱不上好。

加上男人的性格在艾許周邊並不常見，認真來說並非艾許偏好的類型，更直接一點說，是他討厭的類型。

涇渭分明的處事態度、難以窺見內心的撲克臉、高傲的態度，加上初見面時突然出現就對自己視而不見，對艾許喜歡的尼可拉斯不斷施壓的形象，老實說只讓艾許感到不悅。

真要說起來，對這種人能有好印象才奇怪。這對對人一向沒有特別好惡的艾許而言並不常見。

尼可拉斯：「總之，如果你不方便，當作沒聽過我今天說的話就好。艾許，請容我再次表達歉意。」

「尼可，沒關係。」

艾許制止尼可拉斯繼續道歉，看著嚴肅地向自己道歉的尼可拉斯，實在讓他心裡不大好受。即使已逐漸淡忘，但再怎麼說尼可拉斯也還是他放在心上喜愛的人，他並不希望看到對方如此低聲下氣。

基本上艾許．瓊斯還是認為，能看到所愛的人幸福的樣子，才是人生中最大的快樂。

是啊……是這樣的。

「尼可，不用給我報酬。」

不大明白艾許意思的尼可拉斯微微皺起了眉頭，而艾許只是溫和地笑了笑。

「只要你回答我一個問題，我就答應你的要求。」

「……說吧。」

最後一次，艾許像是真的把這當作最後一次般，深深地凝視著尼可拉斯好半晌，才終於開口：「如果我接受了這項提議……」

「是的。」

「會讓尼可變得幸福嗎？」

沉默籠罩兩人，艾許噙著笑默默啜飲咖啡，思考了好一陣子的尼可拉斯才輕啟雙唇說。

「會的，嚴格說來是這樣沒錯。」

當然是這樣。艾許早就猜到尼可拉斯會這樣回答，因為尼可拉斯深愛著凱爾，對於戀人的哥哥的事，自然也會當作戀人的事一樣對待。

答案已經出來了，艾許輕輕頷首，這樣就夠了。

「既然如此，我也很樂意。」

如果這件事可以讓所愛之人感到幸福，如果他的行動對尼可拉斯而言是有意義的……對他而言就是好事。

「那麼，你現在能說說我該做些什麼嗎？」

只要能看到尼可拉斯的笑容，就已經是最好的報酬。

傍晚六點仍有天光，入夏的倫敦夜晚就算過了七點依然亮如白晝，這樣的景色對卡萊爾而言已相當久違。周圍生氣勃勃的喧鬧聲讓習慣靜謐氛圍的卡萊爾倍覺格格不入，總覺得自己誤入了不該接近的地方。他不自在地扯扯襯衫領口，舒展了一下僵直的肩頸。

「現在走的話……」還來得及。

趁現在趕緊取消約定，將這一切當作沒發生過還來得及。不管是藥物治療還是心理諮商都好，總是有其他治療方法，再不然就靠抑制劑或完全杜絕性行為也是一個辦法。越是這樣想，卡萊爾越感到後悔，這次的決定怎麼看都相當愚蠢。

竟然要嘗試跟 Alpha 發生關係。

這種外行偏方不僅荒謬，危險性又高，對於一向選擇穩定且具有明確收益率標的進行投資的卡萊爾而言，簡直就是天方夜譚。

卡萊爾的父親喬納森經常對他說，不入虎穴，焉得虎子，深信不管是人生或事業，至少會遇到一次這種值得冒險的狀況。

但卡萊爾一點也不喜歡「危險」這個詞。他的弟弟尚年幼時就曾遭人綁架，遭遇難以訴諸言語的悲慘經歷，家族也因此受到打擊，從此以後卡萊爾的人生就只追求安定的選擇。卡萊爾只在可控的範圍內行動，即使如此，讓他仍做出這種決定的理由是……

「你來得真早。」

聽見背後傳來的聲響，卡萊爾轉過身，在來人高大的身影下微微抬起視線。看著那人俯視著自己的雙眼，卡萊爾在心中默默地想。

——你還記得我嗎？

「您來了。」

卡萊爾乾澀地低聲打了招呼，抬頭打量著對方的臉，看似隨意向後爬梳過的蓬鬆黑髮與溫和帶笑的嘴角，無不散發著平易近人的氣息。

是個高眺又英俊的男人。卡萊爾與他過去兩次碰面時間都不超過五分鐘，但無論過了多久，這張臉在卡萊爾的記憶中依舊清晰。現在似乎比六年前更成熟了一些，也比幾個月前看來更溫柔多情。

「瓊斯先生。」

記憶可能會出錯，可艾許．瓊斯與卡萊爾記憶中的樣子相比並沒有太大的變化，無論是醇厚的中低音聲線，或是能融化任何人的微笑，都與當年如出一轍。

卡萊爾不禁開始思考，艾許是否記得六年前的跨年夜、是否記得他們曾經相遇、是否記得他們倆已經是接過吻的關係。

「你等很久了嗎？」

「不會。」

艾許笑彎了一雙眼，曲線完美的眼皮下是一對罕見的異色瞳，一眼灰，一眼則是藍色。卡萊爾對任何藝術品、雕塑，或是好看的男男女女都產生不了感情波動，唯獨對這雙眼眸有感覺。也許是因為第一次看到雙眼顏色不同的人吧，卡萊爾這樣想。

「現在風吹起來滿涼的，我就先預約了有陽臺的餐廳。走嗎？」

卡萊爾點點頭回應艾許的問句，跟著先轉身前進的男人邁開了腳步。

艾許預約的餐廳距離諾丁丘站不遠，是一間漆著近乎發白的淺綠色牆面，看起來明亮又鮮豔的酒館。短短不過五分鐘的路程內，沒人開口說話，卡萊爾在越來越緊繃的氛圍下再次整了整衣襟。他還是第一次這樣與人見面。

該營造怎樣的氛圍、該找些怎樣的話題，卡萊爾完全沒有頭緒，還不如跟挑剔的客戶見面來得輕鬆，畢竟他從未對業務上的人際往來感到吃力。準確地說，反而是現在這種情況更讓他覺得陌生。

沉浸在自己思緒中的卡萊爾，一不注意撞到了不知何時停下腳步的艾許身上，落在正好轉過身的男人懷裡。因突如其來的碰撞嚇得一顫，狼狽地張著嘴的卡萊爾瞬間感受到艾許的手攬上了自己的腰間，不自覺僵直了身子。

「想什麼那麼專心呢？卡萊爾？」

艾許的攻勢突如其來，柔聲喊著卡萊爾名字的同時瞇著眼睛笑了笑，溫和的詢問中還帶著一絲笑意。兩人的身軀又更貼近了一些，幾乎可以感受到彼此呼吸的氣息，卡萊爾像是被奪去了聲音，一個字都回答不出。艾許又低低地笑了起來。

「直接叫你卡萊爾沒關係吧？」

隔著薄薄的襯衫布料，卡萊爾幾乎能直接感受到艾許手臂的觸感，緊張的脈搏不停加快，他再次深吸口氣才慢慢開口。

「……沒關係。」

「既然如此，卡萊爾也叫我艾許吧。」

語畢，艾許便放下了攬著卡萊爾的手，卡萊爾也才終於找回一點平靜。

艾許歪了歪頭示意兩人將入座的位置，卡萊爾則一邊以手指摩娑著西裝褲的布料，一邊緩慢地跟上艾許的腳步。

服務生指引兩人來到酒吧內刻意仿造庭園裝潢的陽臺落坐，周邊滿滿裝飾著爭奇鬥豔的植栽。暖黃色的照明映著天邊正徐徐暗下的紫紅色晚霞，整個空間較室內顯得寧靜許多。

與卡萊爾相對而坐的艾許先將桌上的酒單推向了前者，正習慣性打算做出相同動作的卡萊爾頓了頓，抬眼看向艾許。

「要先點些飲品嗎？」

艾許撐著下頷回望著卡萊爾詢問，卡萊爾在他直白的眼神中再次將視線調轉回酒單上。

「當然好。」

「卡萊爾先點吧。」

「我想先聽聽瓊斯先生的意見。」

習慣性吐出硬邦邦的社交辭令，雖然比起勸說更像強硬命令的語氣讓卡萊爾自己都嚇了一跳，艾許卻看著他輕笑出聲。

「我的話就先來杯蘋果酒吧。」艾許溫和地回覆，聽起來毫不在意卡萊爾的態度。

「我知道了。」

聽到艾許選擇了度數相當高的蘋果酒，卡萊爾只是抬手喚來了服務生。腰間繫著黑圍裙的女服務生來到桌邊，先是看著卡萊爾進行點單，卻又不時偷覷艾許。再次確認過點單內容，以及是否需要送水等事項後，女服務生硬是和艾許聊了兩句天氣才終於離開。

卡萊爾直盯著對此情此景看似相當熟悉，萬分自然地與女服務生交談應對的艾許，突然有種不大對勁的預感。

這個人跟自己太不一樣了。雖然兩人見面的時間相當短，而且是另有目的的關係，但他還是一下子就感受到了彼此的差異。

不必要的社交行為、毫無目的的交流，對隨便一個人都能展現的清爽笑容……不存在於卡萊爾世界裡的那些舉動，在艾許身上通通能看見。這也讓他不禁又陷入懊悔之中。

有這個必要嗎？

但他隨後又想起尚未確認的那件事，他想知道艾許是否還記得他。這也是導致他一時衝動來到這裡的最大原因，再怎麼樣至少也得確認這點。

數月前再次見到艾許的瞬間仍歷歷在目，當時發現尼可拉斯身邊不悅地瞅著他的人是艾許時，卡萊爾怎麼也沒想到會與塵封在記憶深處的那個人以這種方式再次相遇。

被深深隱藏起的回憶一旦撬了個角，便接二連三地洶湧而來。卡萊爾在那次見面後經常夢到艾許，更確切地說，是夢到許久之前他們交換親吻的那晚。

艾許．瓊斯是卡萊爾人生中第一次產生衝動的對象，這件事大概也對卡萊爾留下了不可磨滅的影響。再次見面時，卡萊爾並未詢問艾許的姓名，除了當時場合並不適合，也是因為他已然知曉對方的身分。

艾許看起來卻是一點也不記得卡萊爾。雖然本就沒什麼表情的卡萊爾當下並未露出任何蛛絲馬跡……但還是摸不清對方到底是否記得那件事。卡萊爾倏地回想起方才親密地摟著他腰背的手臂，即便他不自覺地一直在尋找提起那件事的時機，可用餐期間的確不大適合提起過去的緣分。

「卡萊爾。」

像是看透卡萊爾想法的艾許突然叫了他的名字。

「請說。」

「在飲料上來之前，我們要先稍微聊聊之後的事嗎？」

艾許的語氣變得像在談公事一般認真，卡萊爾面上雖無變化，也因此坐直了身子，雙手端正地放在膝上開口：「當然。」

「我已經聽說卡萊爾發生了一些事。」

不知道是不是艾許的刻意照顧，他隱晦地避開了對卡萊爾狀況的描述。

卡萊爾幾不可見地微微頷首。

「是的。」

「我也是第一次遇到這種狀況，無法確定自己能否幫上忙。我認為這點得先說清楚。」

「我同意。」

卡萊爾握緊了放在膝上的手，又再次放開。艾許面帶微笑，語氣卻十分公事公辦。

「我想應該先訂下幾個規則比較好？」

「舉例來說是？」

「嗯。」

艾許支著下巴，微微側過頭笑了。

「老實說，第一次和卡萊爾見面的經驗並不怎麼愉快。」

這句話讓卡萊爾暫時陷入了沉默。

——原來不記得了啊。

也不是什麼意外的事。卡萊爾自嘲地想，都已經是六年前的事了，若不是那些夢他也不會記得，不對，如果沒有再次遇到艾許，他甚至不可能夢到那些過往。更何況是這種看起來經驗比他自己要豐富多了的男人……那個吻肯定不算什麼。卡萊爾浮躁的心思瞬間平靜了下來，兩人從一開始就什麼都不是。

全都是，因為夢的關係。

「即使如此，您還是願意接受這項提議嗎？」

「我也想問同樣的問題，卡萊爾對我的第一印象應該也不是很好吧？」艾許低聲反問。

「從我當時看到的表情推斷，你應該不會想再看到我才對。」

與溫和的外表不同，艾許意外地直率且果斷。仍舊面無表情的卡萊爾在心中默默斟酌措辭，艾許的話有一半說對了，一半錯了。

他的確對尼可拉斯放著他弟弟不管，跑去跟其他人約會的事感到不快，但同時也因為對象竟然是他過去見過的人，這種荒謬的偶然令他感到不知所措。

這兩件事同時帶來的情緒晦澀不明，連他本人都不知道該怎麼解釋。沉默了幾秒，卡萊爾才終於開口：「這部分我向您道歉。」

「不必，我不是為了聽你道歉才說這些的，但是……」

女服務生這時送上了飲品，兩人認真的神情讓原本打算再向艾許搭話的她猶豫了一下，終究打了退堂鼓。而卡萊爾絲毫沒分給她一絲注意，只是注視著艾許。

「我只是想說，我們畢竟還得見幾次面，如果你一直是這種態度，我會有些困擾。」

「以後不會再發生那種事了。」

「很好，那麼，現在輪到卡萊爾了。」

話題的主導權突然轉向自己，讓卡萊爾愣了一下。

「這是什麼意思？」

「我的意思是，現在輪到卡萊爾說說自己討厭的行為，或是不想做的事之類的。」

啊。艾許眨了眨眼。

「上床的部分我們之後再討論。」

卡萊爾拿起了面前的紅酒杯，摩娑著纖細的玻璃杯腳陷入了苦思。他完全不知道自己該說些什麼才對，表現出對事物好惡的行為對他而言原就相當生疏。

以他的職業來說，在生意往來的場合表達出內心所想，本就是相當愚蠢的行徑。他的想法、想要的東西，都只應該透過協商的結果展現，所以萬萬不該透露任何一點個人情感。祖父也曾無數次叮囑他。

「卡萊爾，要保持貴族的風範。」

坦露內心想法與暴露弱點無異，對於有私交的人也如是。他們都知道卡萊爾的身家背景，對他各有所求，故而沒必要對他們表現出自己真實的樣貌。

但艾許．瓊斯卻是不同於任何人的存在。說白了，他對艾許可以說是一無所知，這種情況下更不可能對他有任何期望。考慮了好一陣子，卡萊爾才終於想起一條簡單明瞭的規則，也是他這輩子堅定遵守的唯一準則。

「對我們的關係……」

艾許靜靜地看著他，像是表示自己正在傾聽。

「不要產生任何不必要的感情，就好了。」

在短暫的沉默後，艾許笑了起來，放下支著頭的手坐直了身體。

「不必要的感情嗎？」

艾許的嗓音溫柔，卻隱隱帶刺，瞬間與站在尼可拉斯身邊時的表情重合了。艾許現在的表情與當時帶著不悅神情看著卡萊爾的樣子如出一轍。

「我的要求冒犯到您了嗎？」

用手指輕敲著桌邊的艾許輕輕嘆了口氣。

「沒有，我只是在想原來你也會擔心這種事啊。」

艾許稍微斂下笑意，繼續說著。

「以卡萊爾的長相，的確可能有這樣的經驗。」

艾許看似理解的話語卻不帶一絲笑意。

「但是，卡萊爾，我得先跟你說清楚。」他傾身靠向卡萊爾輕聲說道。

「我是因為尼可的請託，才特別幫你這個忙。」

尼可拉斯的名字終於出現在兩人的對話中。

「所以，你完全不用擔心我會對你產生不必要的感情。」

卡萊爾想確認的事一下子有了解答。

艾許・瓊斯並不記得他。

艾許・瓊斯答應這項請託的原因只有一個。

「因為我不可能喜歡上你這種人。」

因為艾許・瓊斯仍愛著尼可拉斯・懷特。

艾許隱藏在嫻熟多情態度背後的真正想法終於浮上了檯面，包括對卡萊爾的私怨，以及對尼可拉斯的感情。在卡萊爾預料之外的原因讓他陷入了沉默。

對艾許而言，卡萊爾不過是個帶著壞印象的程咬金，只是他情敵凱爾．佛羅斯特的哥哥罷了。

卡萊爾．佛羅斯特的存在實際上對艾許．瓊斯來說並不具任何意義，男人只是為了所愛之人接受了這項可笑的提議。

明白了這點的卡萊爾感到一陣暈眩，原本平靜的心情低落了下來。他到底是為了確認什麼才來到這裡，懷抱著愚蠢的期待，讓他對自己失望至極。對情況徹底的誤判令卡萊爾自慚形穢，彷彿自己的缺陷與失誤都被赤裸裸地攤在陽光下。

不過即使內心大受打擊，卡萊爾面上仍紋絲不動。他最擅長的就是隱藏自己的內心想法與情緒。

「您能這麼說我就安心了。」

卡萊爾拿起酒杯，打破了兩人之間的靜默。他冷淡的眼神不帶感情，艾許像是要確認卡萊爾的意思般注視著他好一陣後才放鬆了神情。

「是這樣嗎？」

「是的，我認為任何事先說清楚對彼此都好。」

這次輪到艾許沉默了。撫著啤酒杯陷入沉思的艾許最終嘆息著向卡萊爾道了歉。

「我很抱歉。」

「為什麼要道歉呢？」

「剛剛的話是我失禮了，對不起。」

令人摸不著頭緒的話讓卡萊爾正舉起酒杯的動作一頓，他垂下視線，方才劍拔弩張的氣氛彷彿只是幻想，艾許又恢復了剛見面時的表情。

「沒關係的，是我先冒犯了瓊斯先生。」

「不，是我太不成熟了。」

語畢，艾許再次拿起了菜單，像是要緩解氣氛般綻出一抹笑意，僵硬的氛圍隨即輕鬆了起來。

「我身邊從來沒出現過像卡萊爾這種類型的人。」

聽起來不像是什麼好話。

聽著艾許的補充說明，卡萊爾最終沒喝一口酒就放下了酒杯。

「不是不好的意思。」

「因為我們表達的方式不大一樣，所以才這樣說的。」

「您沒必要多做解釋。」

就像這種地方。艾許笑著說，一邊將菜單放到了卡萊爾面前。卡萊爾看著艾許伸到他面前的手，既修長又漂亮，修得圓潤的指甲泛著健康的粉色。連手也長得如此溫柔多情。

「如果我剛剛的話讓你心情不好的話，現在就請告訴我。」艾許輕聲說道：「那種事也無法跟不合心意的人做不是嗎？」

卡萊爾默默自問，會討厭這個男人嗎？那倒不會。

只是不大自在而已，心裡總覺得堵堵的，不開心，但不是討厭，也不會想離開這裡。卡萊爾對自己的心情下了結論。

艾許仍對尼可拉斯懷有情意，這樣的話，為了凱爾，為了他的弟弟凱爾，他有必要好好看著這個男人。絕對不能讓終於獲得幸福的弟弟，人生中出現其他干擾。

沒錯，就是這樣。

「我沒有不開心。」

「真的嗎？」

「是的。」

雖然清楚凱爾跟尼可拉斯之間沒有任何人插足的餘地，但還是將可能的危險人物放在眼皮子底下比較好。就只是因為這樣。

「倒是瓊斯先生如果因為我的舉動有任何不便之處……」

「我沒關係。」

現在都講開了，艾許笑道。

「那既然雙方都已經明確講出忌諱的事，我們就進入正題吧？」

「順便也先點餐吧，我已經感受到那邊有眼刀飛來了。」

聽著艾許裝模作樣的玩笑，卡萊爾垂下了視線，「就這樣吧。」他低聲說。

點餐時卡萊爾接了一通來自卡達的電話，原本以為艾許會自己找些事做，沒想到他只是維持著跟方才一樣的單手支著頭的姿勢，好整以暇地看著禮貌取得同意後接起電話的卡萊爾通話，讓卡萊爾難以集中在溝通內容上，最終只得匆匆結束通話。

「……不好意思讓您感到無聊了。」

「不會，你聽起來很性感。」

艾許聳了聳肩，叉子推到卡萊爾面前，在他通話期間餐點已經送上。性感的形容讓卡萊爾的表情第一次出現了裂縫，雙唇微動。

並不是沒人對他說過這種話，卡萊爾也知道自己的外表在大眾眼光看來是什麼樣的水準，挑不出瑕疵的外表對他的工作也有一定助益，他的臉大概就是有著這樣的價值。聽到這種話他通常只會無視，但現在這種狀況下……

「難道沒人這樣說過嗎？」

艾許面上顯露出一絲驚訝，遞過叉子的手正停在卡萊爾放在桌上的手旁。

卡萊爾僵住了身子。

「並非如此。」

「你應該常聽到這種話吧？」

現在應該回應稱讚才對，相互回應彼此的善意發言是基本的社交禮儀，可對於這種針對外貌或性魅力的稱讚，卡萊爾實在是不大擅長。

「……瓊斯先生，看起來也是如此。」

「謝謝你。」

流暢地接下稱讚的艾許彎起了嘴角。

「要幫你切嗎？」艾許看了眼卡萊爾盤中的牛排問道，卡萊爾直接拒絕了。

「不必麻煩了。」

卡萊爾舉起僵硬的手拿起刀叉，眨了眨眼後開始熟練且優雅地切起牛排，在沒有絲毫刀盤碰撞聲下順利切開柔嫩的牛肉。

「改變心意的話隨時跟我說喔。」

艾許意味深長地注視著卡萊爾的動作，隨後轉回了原本的話題。

「要繼續談談剛剛的事嗎？」也就是他們今天會面的目的，卡萊爾表示同意。

「首先，我覺得時間訂為兩個月應該差不多。」

「您覺得幾次比較好呢？」

「我們應該都很忙，週末見面比較方便？」

「那當然沒問題。」

兩人一邊安靜地用餐，一邊對話，桌面下的腿也悄悄動了起來。感受到鞋尖碰觸到艾許的皮鞋，卡萊爾停下了手上的動作。

「如果有急事必須取消約會，就約定兩小時前必須告訴對方。」

「我會在前一天就通知您。」

「如果卡萊爾覺得這樣比較方便也行。」

皮鞋伸進了卡萊爾的雙腳之間，雖然沒有任何肌膚接觸，卻帶來一種奇異的暈眩感。卡萊爾最終放下了刀叉，食慾消失無蹤，取而代之的是胸中隱隱升起的鼓脹感。

「……那麼，您認為總共八次比較好嗎？」

「對，如果那之後還是沒有任何變化……求助其他專家可能比較好。」

艾許也放下了叉子，他盤裡的鮭魚已經整整齊齊地吃掉了一半。兩人視線相交，泛紫的晚霞與暖黃色燈光讓艾許的眼眸看起來更加深邃。

「啊，還有一件事要跟你確認。」

「……是。」

艾許的腳踝輕輕地蹭過卡萊爾西裝褲下略微露出的踝部，傳來的觸感讓卡萊爾感覺相當微妙。

「你會討厭，別人碰你嗎？」

艾許的指尖停在了卡萊爾放下刀叉的手指前，若有若無的觸感讓卡萊爾很難不在意，在意掃過他手邊的那人的手指、在意那人圓潤的指尖。

「……不會特別排斥。」

「那就是可以碰你的意思，對吧？」

「對。」卡萊爾嗡嗡作響的耳邊響起了自己的回應，接著便是一陣靜默。

艾許的手碰上了卡萊爾的手指，微熱又酥癢的感覺從指間擴散開來，片刻，卡萊爾的手背被艾許骨節分明的手輕柔地包覆，令他深吸了口氣。

「這樣就行了。」

這還不是結束，艾許的腳也纏上了卡萊爾，將他朝自己拉近。明明感覺沒有出力，卻讓卡萊爾有種一下子被拖了過去的感覺。

「從現在開始，我會一直碰觸卡萊爾你的。」

艾許的手指摩娑著卡萊爾蒼白、浮著血管的手背。如同螞蟻爬過的搔癢感從卡萊爾皮膚內裡升起，像是要穿破表皮般的感覺順著手腕、手臂，緩緩地蔓延到全身。

「就像一刻也不願放開你的人……」一直這樣撫摸你。

原本撩撥著手背的艾許轉而握住了卡萊爾的手腕，拇指輕輕施力，讓一直憋著氣的卡萊爾無聲地喘了一下。

「你要記著喔。」

話音剛落，艾許便放開了揉按著卡萊爾的手坐回原位，也收回了擾人心緒的長腿。一副沒事樣的艾許，重新將叉子放回了卡萊爾手中，手指輕輕地包裹住卡萊爾的手，與剛剛像是要燒沸血液一般的碰觸截然不同。

「再怎麼說，像卡萊爾這樣的情況，應該也不想一開始就立刻跟我睡吧。」

像是證實了自己的猜測般，艾許笑了笑。卡萊爾感到被他握住的手一片滾燙。

「到你有感覺之前，我是不會跟你上床的。」

真想照照鏡子。卡萊爾完全無法想像自己現在的表情，他按下伸手摸臉的衝動，勉力維持著撲克臉，接著開口提了個問題：「如果有那種感覺……我得跟您說嗎？」

艾許抬起眉，用帶著笑意的聲音回應了：「不用。」

他放開了卡萊爾的手。

「不用特別說也沒關係。」

即使手已經恢復自由，卡萊爾還是有種一直被艾許抓著的感覺。他理解不了，也動彈不得。凝視著自己的手片刻，卡萊爾再次看向了艾許，藍色的眼眸，以及與卡萊爾類似的灰眸，兩人視線交纏。

「我會知道。」

艾許輕聲細語的低沉嗓音，對卡萊爾而言情色無比。

Chapter 3

第二週

與艾許的第二次會面是在一個意料之外的午後。

那天卡萊爾安排在距離梅費爾本家不遠處的五星級飯店康諾特與客戶會面，他原本預定在飯店內的米其林餐廳用完晚餐後結束一天的行程，因為母親與飯店有往來關係，卡萊爾不須特別預訂就能出入用餐，因此只要掐準時間下樓就行。

但就在他準備動身時，手機突然震動了一下。卡萊爾默不作聲地將那支放在西裝內袋的私人手機掏了出來，螢幕上赫然顯示著艾許的名字。

『晚上好，卡萊爾。你今天有時間嗎？』

意外出現的名字讓卡萊爾查看手機的動作頓了一下，也讓一旁的父親注意到他的動作。卡萊爾的父親喬納森跟他一樣經常不在國內，這次也是難得回國探望妻子艾莉絲，才會與卡萊爾碰上面。

喬納森那雙與卡萊爾如出一轍的灰眸仔細地打量了兒子幾秒，問道：「看來你是有什麼緊急的事得處理？」

喬納森的低聲詢問讓卡萊爾回過神來，與一旁的客戶對上了視線。

卡萊爾家除了佛羅斯特家族代代相傳的房地產業務，還有喬納森另外經營的投資信託企業。佛羅斯特家族在十九世紀後，因梅費爾等倫敦富人區的興起累積大量財富，在加拿大等地也坐擁大量土地，繼承了這項產業的艾莉絲與自力經營投資企業的喬納森相遇後，生下了卡萊爾與凱爾兄弟，而這樁婚事在他人眼中並不平凡。

除了喬納森並非貴族出身，更是因為艾莉絲與喬納森都是Alpha。雖然現今社會並不明文禁止Alpha之間結婚，但在上流社會仍將Alpha與Omega的結合視為理所當然。

卡萊爾的祖父為此大為震怒，這份怒火隨後也演變為對孫子們的監視，為了不再發生類似的錯誤，他相當嚴厲控管孫子們的生活。比起身為優性 Alpha 的凱爾，卡萊爾身為平平無奇的 Alpha，更是受到格外嚴格的監控。

在世襲制的貴族社會中，通常是由身為優性 Alpha 的子嗣繼承家族產業及大部分資產。卡萊爾在家族裡擔當的角色，原本理應由身為優性 Alpha 的弟弟凱爾負責，而非卡萊爾這個平凡的 Alpha。

但卡萊爾最愛的弟弟因身價不凡的優性 Alpha 身分，在十三歲時便遭犯罪集團綁架，獲救後深受嚴重精神後遺症所擾，度過了慘澹的青春期。

本為繼承人的凱爾狀況不佳，他的任務也理所當然地「暫時」落到卡萊爾身上。可卡萊爾從未因此感到不滿，他從出生以來就深刻認識到家族風氣如此，也將弟弟的幸福視為最重要的事。

卡萊爾從十六歲開始為接手家族事業做準備，正式在社交界亮相、累積人脈，過去幾年則主要和父親喬納森一起，為在卡達新設的分公司奔走。

現在與他們同行的客戶，不僅是在近期穩健成長的東倫敦地區不動產開發業中占有重要地位的業者，還握有各式各樣的人脈，是卡萊爾極欲爭取的合作對象，他也因此總是在對方面前表現得謙遜和氣。

「不好意思。」

今天是週四，卡萊爾原本就排有行程，對艾許發來的邀約本不需多加思考就能拒絕，加上他與艾許約定的見面時間是週末，就算晚點回覆這封訊息也無妨。但卡萊爾原本打算將手機收進西裝內袋的手仍幾不可見地頓了一下……沒關係的吧？好像應該還是要先回覆一下？

卡萊爾有些猶豫，因為他又想起了那頓對他來說是第三次，可對艾許而言只是第二次見面的一對一晚餐。

那天他們又稍微討論了一下關於今後見面的事情就道別了。艾許認為先說得太清楚就不有趣了，只繞著圈子大概講了些他們每次「療程」要做的事，表示剩下的到時再細說。

當時艾許笑著看他的樣子也隨著回憶浮現在卡萊爾腦中，柔美的眼尾線條有種吸引人目光的魅力，但這樣和煦的笑容卻也會因卡萊爾的一句話瞬間變得冰冷。

不知是託艾許與生俱來的性格還是良好的教養所致，當時瞬間變得劍拔弩張，甚至可能爆發衝突的狀況被他輕鬆化解，可卡萊爾在他心中留下的印象實在說不上好，如果現在又無視他發來的訊息，不給任何回覆的話……

看著不自覺陷入猶豫的卡萊爾，一旁的喬納森先開了口：「羅曼先生，若您不介意，今天的晚餐就我倆一起吃吧？」

作為貴客的羅曼．米拉托因喬納森的話露出了打量的神色。

「不是的。」看到客戶斂了笑意，卡萊爾趕忙出聲，但喬納森並不理會他的反駁，逕自向羅曼攀談。

「我們也能聊些年輕人不懂的大人話題。」

「也是，卡萊爾先生這種年紀的人可能會覺得這種場合有些無聊。」

年過三十還被當作孩子對待，讓卡萊爾感到有些難堪，也難以理解為何父親會提出這種提案。而在羅曼半推半就的同意下，喬納森只是目不斜視地對卡萊爾說：「你好像有要做的事，就先走吧。」

「但是……」

走廊盡頭的電梯門適時打開，喬納森立刻招呼著羅曼搭上電梯，阻斷了卡萊爾還欲挽回的話語，並笑著阻止卡萊爾上前。

「卡萊爾。」

喬納森以不容拒絕的語氣喚了卡萊爾的名字，讓他只能聽話地停下腳步。卡萊爾一直以來都是個聽話的乖孩子，絕對不會反抗父母。因為他必須代替身為優性 Alpha 的弟弟，不能為家裡製造更多麻煩，所以卡萊爾做到了喬納森與艾莉絲對他的所有要求，順從正是其中一項。

「……那我就先失陪了，不好意思。」

「沒關係，我們下次會議時見吧，卡萊爾。」

隨著羅曼點頭示意，電梯門也隨之關上。卡萊爾獨自站在寂靜的走廊上，低下頭將視線放回手機的螢幕上，看著閃爍的游標半晌，才慢慢地敲下回覆。

艾許提議在南岸見面，卡萊爾在約定時間的正好十分鐘前就抵達了約定地點，但今天艾許比他更早到達。要找到艾許並不難，因為站在英國電影學院與南岸中心相接的大廳裡的他，正被人包圍著。

兩名男性 Omega 似乎正在向艾許搭話，斜靠在柱子上的艾許雙臂環胸，垂眼看著兩人溫和地笑著，看起來相當游刃有餘且放鬆。

看著艾許展露出日常的一面，令卡萊爾錯失了插話的時機。每當他看到艾許，就會更加感受到兩人所處的世界有多麼不同。

——原來面帶微笑是他的習慣啊。

卡萊爾越發確定了自己先前模糊的猜想，艾許的笑容與其說是對接觸對象的特殊情感表現，反而更像是一種深入骨髓的習慣，所以就算要對卡萊爾微笑以待，對他而言也不是什麼難事。卡萊爾突然想起自上次見面後，就讓他相當無法理解的一件事。

無論收到什麼樣的請託，要與一個如此不待見的對象進行肢體接觸、交往，真的沒有問題嗎？

卡萊爾還沉浸在自己的思緒中時，艾許已經發現了他的到來。原本倚靠著柱子的艾許直起身來，禮貌地打發了還在試圖與他攀談的人後便向他走來。

「你來啦，卡萊爾。」

艾許帶笑的雙眼專注地看著卡萊爾，伴隨著親暱的問候來到他身邊站定。艾許身上帶著一股隱約的香氣，他的費洛蒙有一種在陽光下曝曬過後的木質清香，淡雅而不失存在感，但即使同為Alpha也不會覺得排斥，這點倒是不大尋常。

卡萊爾懷抱微妙的心情稍稍垂下眼眸。艾許今天穿著一套休閒服，稍微貼身的白色短袖襯衫與牛仔褲的搭配簡約且得體，與穿著夏季西裝赴約的卡萊爾形成鮮明對比。將視線從艾許乍一看就相當結實的上半身移開，卡萊爾望向了他先前所站的位置問道。

「……我好像打擾你了。」

「打擾？噢。」艾許掃了卡萊爾望著的方向一眼便揚起了笑。

「我到這裡本來就是為了見卡萊爾。如果無視他們反而會更麻煩，所以才稍微應付了一下。」艾許的嗓音依舊親切和煦，說出的內容卻冰冷無情。

卡萊爾頓時無話可說，這話說得像是他只奔著兩人的約會而來，他也需要時間思考該如何回應。不，不是的，艾許不過是陳述事實罷了，他們倆確實是約好了要見面。

「用過晚餐了嗎？」

卡萊爾看了眼手上的腕錶確認時間，現在是傍晚六點，雖然他並不餓，但已經到了晚餐時間，他也確實還沒用過餐。

「尚未。瓊斯先生吃過了嗎？」

「沒有，所以現在滿餓的。卡萊爾不介意的話，我們先吃點簡單的東西如何？」

然後還要做什麼？卡萊爾倏地想起一件重要的事，他竟然連這次會面的目的都沒搞清楚就赴約了。

「……我能先問個問題嗎？」

「當然。」

帶著溫和笑意的艾許站到卡萊爾身側，手輕輕地搭在他的腰上，但卡萊爾僅能感受到腰背上一股若有若無的碰觸，像只是輕微碰到了衣物一般。

「我們原本不是約定週末見面嗎？」

「是這樣沒錯。」

卡萊爾的眼中寫滿了疑惑，即使面上不動聲色，可艾許已從短暫的沉默中察覺他的不解，低低地笑出聲來。

「你都不知道我為什麼約你就出來了嗎？」

艾許垂下眼簾，露出一抹意味深長的笑，接著便伸出了手，輕撫上卡萊爾的臉頰，不久食指便碰上了他的下頷。

「你也有單純的一面呢，卡萊爾。」

「……如果您是在開玩笑，那可真是令人不大愉悅。」

「我是真心的。」

明明看起來一點也不單純，真是讓人意外。原本托著卡萊爾下巴的食指順著頸項一路往下，隨著艾許的動作輕掃過喉結處又回到了原處。

卡萊爾緊閉著雙唇，心中升起一股被調戲的感覺。對方的行為沒有侮辱性質，他完全不知道該做何反應。卡萊爾不擅長這種言語遊戲，應該說，除了挖苦、委婉、試探等衡量對手的貴族辭令，他對之外的一切都不熟悉。

「我拿到了電影票，想說可以一起看電影所以才約你出來。」艾許這番話聽起來就像是真打算約會一般。

「……跟我一起做這種事也沒關係嗎？」

「就像我之前說的，在你真的想做之前，我不打算跟你上床。」艾許說。

但卡萊爾仍用一副摸不著頭緒的表情看著他。

「我這個人，必須要覺得自己已經對對方有一定程度的瞭解，才會有想做些什麼的慾望，可我跟卡萊爾到目前為止都還沒聊過天吧。」

「你說的聊天是？」

「舉例來說就像是，卡萊爾你喜歡什麼、從事什麼職業……之類的。」

艾許一邊說著，一邊領著卡萊爾到了位於泰晤士河畔的南岸中心一樓餐廳。這間餐廳不像是卡萊爾經常出入的高級餐廳，乾淨簡樸，給人一種幽靜感。

「所以今天卡萊爾就多跟我講一些自己的事吧。」我也會告訴你關於我的事。

隨著指引來到座位上，艾許邊說著邊為卡萊爾拉開了座椅。錯失時機的卡萊爾只能藏起自己的無措，依舊緘口不言。

卡萊爾感覺自己被對方的步調拉著走，奈何束手無策。他應該掌握主導權，保持平靜才對，但在兩人關係中最基本的核心正動搖不已。

——卡萊爾，打起精神來啊。

他在心中鼓舞自己，可惜才剛坐好，手便碰上了同時伸手去拿菜單的艾許。艾許與他對上眼後彎了彎嘴角，唇邊綻出如花般的微笑，同時握住了卡萊爾的手。

「你先挑吧，卡萊爾。」

艾許的手鑽入卡萊爾十指間與他緊緊相扣，暈乎乎的卡萊爾被抓著動彈不得，沉默了半晌才艱難開口回絕。

「不了，還是瓊斯先生先選吧。」

「那要一起看嗎？」

艾許握住卡萊爾的手柔軟又有力，並傳來宜人的體溫，彷彿要將卡萊爾冰涼的手融化一般。看了眼散落在艾許光潔額間的髮絲，卡萊爾最終還是將視線移到了餐單上。明明已經是晚上了，天氣還真熱。

只點了沙拉的艾許沒多久就吃上了甜點，卡萊爾則點了餐前麵包與湯。對於艾許詢問只點了這些是否足夠，卡萊爾也回敬了相同的問句。

在這短暫的時間內，艾許先提起了關於電影的話題，而對於自己喜好的電影類型，卡萊爾依舊苦惱了許久。欣賞藝術這種事對卡萊爾而言，不過是種培養品味的行為，因為是聊天中必定會談及的主題之一，就如同理所當然該學習的知識，也因此不會特別挑剔。

嗯，要說討厭的類型倒是有一種。

煩惱了好一陣子的卡萊爾又開始思考這是否適合說出口，因為在他的記憶中，壓根兒就沒對誰說過自己討厭的事物。艾許不知是否看出了他的遲疑，微微歪著頭問道。

「那沒有討厭的類型嗎？」

「這倒不是。」

「那就說說吧，卡萊爾，我想知道。」

不過就是討厭什麼類型的電影這種細瑣小事，艾許卻萬分認真地說想知道，雖然他只是重複先前的話，可那令人錯感懇切的低語不知為何使人感到窒息。方才還在猶豫的卡萊爾下定了決心，反正真的只是件小事，即使尷尬，說出來應該也沒什麼問題。

「……我不大喜歡殭屍之類的。」

「啊哈哈，這樣啊？」艾許像是覺得他可愛一般笑了出來，一臉興味地再次發問。

「我能問問你為什麼不喜歡嗎？」

窒息感再次湧上。這些事即使瑣碎，即使平平無奇，對卡萊爾而言也是相當困難的問題。為什麼？從來沒人問得那麼仔細。卡萊爾身邊從來沒人對他個人的瑣碎想法感到好奇。無論是混血還是純種，在他生活的，以貴族 Alpha 為中心的世界裡，這種問題只被允許針對更高尚的作品提出。

「沒為什麼……」

卡萊爾微微移開目光，和經過的女服務生對上了眼，臉上還能感受到艾許投來的視線，但他只是微微抬手示意，向來到桌邊的女服務生索要帳單。

卡萊爾能感受到艾許一直注視著自己，在女服務生點頭表示瞭解，迅速拿來帳單並再次離開後，艾許才開了口。

「卡萊爾。」

溫和的嗓音讓卡萊爾不自覺一抖，也停下從懷裡掏皮夾的動作。

「不想說的話不說也可以。」

艾許伸手握住了卡萊爾的手腕，而卡萊爾只是放開了皮夾，任由艾許拉過他的手。

「放輕鬆。」

艾許帶著卡萊爾站起身，將他拉向自己，並在帳單上放下一張紙幣。

「我來……」

「你上次不是付過了嗎？這次換我來吧。」

並非看不起對方，但卡萊爾也清楚家中擁有的財力是生活尚且過得去的一般人比不上的。他帶著費解的表情抬頭望向艾許，卻被他一把拉入懷中。卡萊爾後知後覺地發現自己幾乎是被艾許摟在懷中，隨即又被拉著往前走。

「電影快開始了，我們走吧。」

手臂與背上傳來的觸感讓卡萊爾將視線轉向前方。這是一副同為Alpha的身體，與他的生理構造並無特殊差異的身體。對於因為被這樣一副不應勾起他任何緊張感的身體碰觸，就渾身僵硬的自己，感到挫敗的卡萊爾繃起了臉。

這樣顫顫巍巍地受人擺布的他，變得不像原來的自己，卡萊爾覺得萬分不適且不悅。心中湧上的失望並非針對艾許，而是他自己。即使如此，他仍不想推開艾許，這也讓他更加心亂如麻。

不過無論腦中思緒多麼紛亂，卡萊爾仍邁出腳步，不多時便與艾許走進了電影院。

電影院裡幾乎沒什麼人，艾許率先走向了最後排的座位。由於影廳本身並不大，在最後一排映入眼簾的畫面大小反而相當適中。艾許在卡萊爾身旁落坐，打量一番卡萊爾的臉色才放低聲量打破了兩人之間不自然的沉默。

「你還好嗎？」

卡萊爾點了點頭，但並未看向艾許。與艾許相處時的他就像走在流沙中，感覺不再擁有身體的掌控權，逐漸遭到吞噬掩埋。

「卡萊爾，看著我。」艾許以更低沉的嗓音說。

卡萊爾依言轉過頭，看到剛剛還笑著的艾許沉下了臉色。

「我的行為讓你感到不舒服嗎？」

「……不是的。」

「那你為什麼不看我的眼睛？」

隨著影廳內燈光慢慢暗下，室內一片漆黑，接著打在布幕上的強烈白光照亮了艾許的半邊面容。

「那是……」

差點不自覺瞇起眼的卡萊爾打起了精神。就這樣失去冷靜可不行，對方對他而言不過就像是一次性用品，甚至還是個 Alpha，兩個月後就不會再見面的關係。即使接過吻，對方也根本不記得……

「卡萊爾，你不直接告訴我的話，我是不會知道自己哪裡做錯的。」

「您沒有做錯任何事。」

「真的嗎？」

艾許覆上了卡萊爾放在座椅扶把上的手，卡萊爾低頭看了一眼。

「你不討厭我的碰觸吧？」

不討厭。卡萊爾不自覺地快速搖頭，並果斷否認。

「我上次已經明確告知過您，我並不討厭。」

「那麼，就請你不要避開我的眼睛。」艾許用低沉且平穩的嗓音說道：「如果卡萊爾不看著我……我會受傷的。」

卡萊爾瞬間如鯁在喉，摸不清艾許的用意。他既非想起了過去的事，不過是受人囑託來當卡萊爾的對象，男人卻彷彿將卡萊爾當作愛人一般對待。而卡萊爾明確知道並非如此。

艾許深愛著尼可拉斯．懷特，且對卡萊爾仍舊懷著不大正面的印象。那句卡萊爾原不打算說出的疑問終究忍不住脫口而出。

「本來……就要做到這種程度嗎？」

艾許稍稍挑起了眉，聽著卡萊爾混亂的詢問。

「我知道您先前並不那麼喜歡我。」

「是這樣沒錯，但我上次也明確說了，我不會將這放在心上。」

「即使如此，您現在的態度也……」

像是猜到了卡萊爾想說的話，艾許的表情出現了些許鬆動。

「沒錯，我與卡萊爾的關係以後只要再見幾面就結束了。」

艾許的語調親切卻果斷，彷彿像刀劍一般刺入卡萊爾肋間，令他沉默了下來。

「但現在和我約會的人，只有卡萊爾一個。」摩娑著卡萊爾手背的手再次與他十指相扣，「至少在這個瞬間，我想好好對待我的床伴。」

床伴。卡萊爾默默重複了一次艾許對他們關係的定義，這個在舌尖上滾動的詞彙令他心頭發澀。

「就算這樣你也不必擔心。」艾許執起卡萊爾的手，唇抵上了他的指尖，「我不會像卡萊爾擔心的那樣，對你產生不必要的感情。」

艾許的聲音中飽含一股令人信服的力量，他對卡萊爾要求的再次承諾，帶來奇妙的感受。安全感，還有另一種道不清的感覺。

卡萊爾緩緩點了點頭。大銀幕上正好播完預告，進入電影正片。艾許再次吻了吻卡萊爾的指尖，並對他露出一抹笑，握著卡萊爾的手放到自己腿上，視線轉向前方。卡萊爾則由著自己的手被握住，勉強看向銀幕。

但卡萊爾絲毫無法專注在電影上，全副心力都被以恰如其分的力道抓住自己的手攫住。除了幼時帶著弟弟凱爾到處跑之外，卡萊爾記憶中幾乎沒有如此長時間與人牽著手的記憶。

不僅是因為卡萊爾並未真正與人交往，就算是在社交應酬或僅有床上關係的約會中，卡萊爾幾乎也都沒有牽過對方的手。對他而言，牽手是一種過度親密的行為。

由於一直以來的對象都是 Omega，他便刻意不讓對方對自己動感情，以致現在該如何回應艾許做出的舉動，卡萊爾毫無頭緒。

同樣身為 Alpha 這件事讓他感到違和，卻也因此而更加曖昧。

依艾許的話來說，卡萊爾希望他們的關係不要摻雜任何不必要的感情。當然這件事比起針對艾許個人，倒不如更像是適用於所有人的規則。

他從一開始就不可能跟 Alpha 發生任何關係。雖然情況特殊，他們的關係是以遲早會進行性交為前提，但這也就是全部了。

卡萊爾的未來很明確。即將步入適婚年齡的他，不久之後就會訂下婚約對象，卡萊爾的未來只能是為身為自己配偶的 Omega 完成所有應盡義務的人生。

想著想著，卡萊爾耳邊傳來的氣息令他轉過了視線。

艾許的唇瓣正貼著他的耳畔悄聲低語：「想什麼呢，卡萊爾？」

溫熱的呼吸拂過耳垂，傳入耳中的私語引起的顫慄爬上脊背。卡萊爾的耳朵本來就很敏感，雖然有過出於義務地愛撫他人的經驗，但因為不喜歡被碰觸，所以對這種刺激格外陌生，快感總是很快被不適的感覺蓋過。

「沒想什麼。」

卡萊爾從乾澀的喉中擠出回應，學著艾許低聲耳語，艾許立刻又再次輕啟雙唇。但這次，他柔軟的唇輕輕咬住了卡萊爾的耳垂。

柔軟光滑的唇瓣含住耳垂，接著移向耳廓。耳邊傳來的柔軟觸感讓卡萊爾不禁握緊了雙手，與艾許十指相扣的手背上青筋凸起，身體也變得僵硬。

「電影很無聊嗎？」

令卡萊爾感到羞愧的是，他根本無法分神注意電影演了些什麼，這也讓他為自己的不成熟感到羞恥。要是被問起電影的內容，他根本答不上來。

他連最基本的主角名字都想不起來。對一向善於傾聽、觀察與記憶的卡萊爾．佛羅斯特來說，這種事幾乎不可能發生。

「不、不無聊。」

艾許微微伸舌舔了舔卡萊爾的耳朵。感受到嘴唇無法比擬的刺激，卡萊爾咬牙緊閉雙眼，使勁壓下顫抖的氣息，無法確認艾許的意圖。

「艾……許。」

應該要阻止對方的，但現在一張口彷彿就會發出不堪的聲音，讓卡萊爾只能咬著唇拚命忍耐。想著只要忍忍就會過去了，卡萊爾持續嘗試著壓下這股異樣感受。

「但我覺得很無聊。」

艾許說，並在卡萊爾的臉頰上輕輕吻了一下，對上了他的視線。

「我們出去吧？」

卡萊爾渾身發燙，後頸火辣辣的。他艱難地點了點頭，任由艾許溫柔地帶著他往外走。

艾走過散發著蒙塵地毯味的廊道時，還有其他影廳的觀眾正在散場，卡萊爾靠向牆邊，艾許則微微側過身，為卡萊爾隔開了人潮，低頭望向他的眼睛帶著笑。人群散去後走廊再次回歸寂靜，四周靜悄悄的。

「我道歉。」艾許突然開口。

卡萊爾抬眼看著他，完全沒有意識到自己正被困在艾許和牆壁之間，反問道：「您為什麼要道歉？」

「因為我選了一部無聊的電影。」

卡萊爾壓根兒不知道電影的內容，也無從判斷是否有趣，只好抿起嘴唇。

「沒關係。」

無異於撒謊的回答讓卡萊爾良心不安。

沉默與謊言是不同的，儘管過去曾以沉默讓人分辨不清他的意思，但記憶中幾乎沒有說過謊的卡萊爾，不知怎麼地突然覺得自己像是個十惡不赦的罪人。

「下次我會挑個更有趣的。」

卡萊爾被下次這個詞嚇得一個激靈，避開了艾許直盯著他的目光，垂下眼睫。

「您不必這樣。」

卡萊爾答道，卻沒說不會有下次。艾許低低一笑，配合著卡萊爾的視線微微俯身。

「也是，卡萊爾原本看起來就覺得不出來也沒關係。」

「硬要說的話，您也是……」

卡萊爾一下子頓住。兩人的臉靠得很近，鼻尖幾乎要碰在一起，卡萊爾的視線不禁落在艾許泛紅的嘴唇上。那雙唇形狀完美，唇色也彷彿是畫上去的。

「艾許。」

微妙的氛圍驅使卡萊爾開口喚了聲艾許的名字，回應他的則是帶笑的雙眸。他游移不定的雙手放上了艾許的肩膀，像是要推開他般地微微使力並說道。

「在公共場所做出這種行為……」

「這種行為？」

艾許故作天真的反問讓卡萊爾感到一陣狼狽，後頸像是要燒起來般。艾許還沒做出任何動作，聽起來就像是卡萊爾自己先期待發生些什麼一樣。

「卡萊爾，你說的這種行為是什麼行為？」

「就是……」

「是這樣嗎？」

說完，目光一瞬不瞬地停留在卡萊爾身上的艾許，非常輕地用唇碰了一下卡萊爾的嘴唇，彷彿一根柔軟的羽毛輕輕拂過。

卡萊爾握著艾許肩膀的手收緊。腦海中先是浮現對方是不是哪裡不舒服的念頭，隨後想起艾許是個 Alpha。即使只是一次小小的接觸，也讓他全身僵硬。

「還是，這樣？」

還沒等卡萊爾出聲阻止，艾許又動了起來。卡萊爾的下唇被含著輕輕吮吸，隨著艾許的動作被拉扯。貼著濕潤的唇瓣被吸吮的感覺令卡萊爾一陣顫慄，後脊骨像是湧上一股電流般酥麻。

「艾許，可能，被看到……」

卡萊爾撲克臉面具被撕去，無法控制地大口喘氣，喘息聲則讓艾許的眸色加深，一隻大手捧起卡萊爾的臉頰，另一手環上後腰，兩人緊緊相貼，接著又吻上了彼此。

「哈，呃。」

短促的呻吟很快被吞進嘴裡，艾許沒給卡萊爾丁點逃跑的時間，靈動的舌鑽入他微啟的雙唇之間，熟練地舔過齒列，再以舌尖愛撫過上顎。被舔吻過的部位傳來的搔癢感讓卡萊爾顫抖起來，不自覺地瞇起眼，緊緊抓住艾許肩胛骨的雙手用力得發疼。

才剛輕輕摩娑過上顎的舌頭，又緊緊地壓住了卡萊爾的舌面，小腹處同時傳來沉重的壓迫感。等、等等，卡萊爾的腦海裡敲響了警鐘。不對勁，這是……

沒等卡萊爾反應，艾許的舌又纏了上來。一股失重感翻湧而來，卡萊爾整個人像是飄浮在半空中，耳邊嗡嗡作響，什麼也聽不見，只剩下兩人嘴裡舌頭交纏的聲音。

口中的唾液已分不清是誰的，在卡萊爾有過的無數次親吻中，唯獨這次感覺不同，身體變得不像自己的，若不是艾許的手臂始終摟緊他的腰，不知道他會露出怎樣的醜態。這個男人的吻，也太……

「我想這就是正確答案了。」

就在卡萊爾心癢難耐時，艾許突然放開他的唇，方才還在他口中肆意作亂的人毫無留戀地抽身，一臉若無其事地低聲說道。

卡萊爾急促地喘著氣，不只嘴唇火辣辣的，明明沒有多用力吸吮，舌頭仍麻腫熱燙。更多的是某種不滿足的感覺，這種念頭讓卡萊爾不知所措，忍不住皺起了眉頭。看到他這種樣子，艾許笑了出來。

「嚇到你的話，對不起。」

他捧著卡萊爾臉頰的手動了動，拇指輕輕撫過卡萊爾的嘴唇。卡萊爾能感覺到艾許為他拭去了唇上不知道來自誰的液體。

「我覺得這應該會比電影更有趣，所以剛才都沒能專心看電影。」

低沉的嗓音讓卡萊爾再次背脊發麻。他或許也興奮了，但不能表露出來。

至少，現在還不行。

「您覺得……有趣嗎？」

「是的。」

艾許的聲音中帶著饜足，放開了卡萊爾。

「可以說是我最近做過的事情中，最有趣的呢。」

艾許用剛才為卡萊爾擦拭嘴唇的拇指摩娑著自己的唇，卡萊爾忍不住盯著他明顯比不久前更加紅豔的唇瓣，瞬間感覺艾許的氣息向自己撲面而來。

頭昏腦脹的卡萊爾一把將艾許推開，艾許也只是順著他的力道退到一旁。卡萊爾突然覺得自己像是誤入了什麼地方，不覺往後退了退，並看著艾許說：「我還、有點事……」

卡萊爾隨口編造了個連自己都覺得荒唐得可笑的藉口。

「這、就先告辭了。」

卡萊爾說完便不顧面露詫異的艾許，迅速轉過身離開。下腹傳來陣陣抽痛，但他努力不去想這種像是緊繃成結的感覺來自何處，並不顧體面地用手背擦了擦嘴唇，被用力摩擦的嘴唇就像著火般滾燙。

這男人很危險。

他的本能發出警告。

快步離開電影院的卡萊爾走了好一會兒，突然又回頭看了一眼。艾許並沒有跟上來。這讓卡萊爾如釋重負的瞬間又感覺不大自在，一臉狼狽地用手將髮絲爬梳到腦後。

這不是平常的他。僅僅見了兩次，不，三次後，就讓卡萊爾亂了原本的步調。

無論如何，有必要改變計劃了。

卡萊爾盯著自己沾上唾液的手背，改變了主意。

「卡萊爾，沒想到會在這裡見到你。」

隨著熟悉的嗓音轉過身來，卡萊爾一眼便看見了艾登·海伍德，那個在他年紀尚小，初入社交界時就經常見到的老熟人。

卡萊爾看著半梳起一頭金髮、面帶狡黠的艾登，淡淡地答道：「只是剛好有事順道過來一下。」

「別人就算了，你？」

艾登的驚訝並不難理解。卡萊爾今晚出席的是由麥拉倫舉辦，僅邀請投資者的派對，這種聚會分為兩種類型，卡萊爾通常只會為了必要社交參與晚會，結束就離開，因為接下來的活動目的會有些不同。

在晚會之後舉行的派對上，多數是擔任廣告代言人的賽車手及相關人員，還有不少人是來尋找共度良宵的對象，藉此擴大人脈或尋找金主。

因此，這種派對的氣氛也比較不同。昏暗的燈光、嘈雜的音樂聲與隨興交換的親吻。而卡萊爾現在出席的正是這樣的聚會。

「你何不回去做你的事，別在這浪費時間。」

「你幹麼心情那麼不好？」

比起卡萊爾的弟弟凱爾，艾登與他見面的次數更多，所以更擅長根據卡萊爾的語氣分辨他的情緒變化。卡萊爾注意到艾登背後一名眼眸狹長的人正看著自己，應該是艾登這次出席派對的舞伴。考慮到艾登換對象的速度與喜好，這應該也是他們最後一次見面。

「海伍德。」

聽見卡萊爾沉下聲，艾登隨即舉起雙手做出投降的姿勢。知道了、知道了，他一邊咋舌，一邊向後退去。卡萊爾這才嘆了口氣，冷著臉開始環顧四周。他維持著手持酒杯的姿勢，靜靜地觀察人群。

這裡充斥著 Omega 與 Alpha 的氣息，混雜的空氣無法激起他心中一絲波動。與他聞到瓊斯味道時的感覺有些不同。

自從那次不知羞恥地在公共場所發生的親吻，卡萊爾心中便升起了警戒，怎麼想都覺得不該與艾許繼續見面了。可恥的是，他在親吻艾許時竟然感到興奮，陷入了難以言喻的衝動之中，令他不禁猜想這是否代表自己的狀況將有所好轉，因此在隔天立刻去找了路透。

可惜的是，在路透問清卡萊爾這邊的進展後，只是露出了意味深長的笑容，接著斷然否定了卡萊爾的猜測。

對於身為醫生的路透所做的判斷，卡萊爾並沒有立場反駁，只能無奈地接受。

接著，卡萊爾便將原訂於週六與艾許的約會推遲到下週。艾許並未多問什麼，只表示知道了，還祝他有個愉快的週末。察覺自己不自覺輕撫著嘴唇的動作，卡萊爾放下了手。

問題出在接吻上嗎？

如果他現在的問題是缺乏充分愛撫的性行為，那只要滿足這一點，不就能好起來了嗎？如果症狀有所好轉，與艾許見面的事最好也就此畫上句點。這對艾許也是好事，畢竟跟不喜歡的人上床，無論對誰而言應該都不是很愉快的事。

──『是我最近做過的事情中，最有趣的呢。』

卡萊爾倏地想起艾許與他對視時，以指腹拭過他唇瓣時所說的話，心情突然又複雜了起來。也不完全只有不愉快？這也不無可能。

艾許與卡萊爾不同，無論是牽手、肢體接觸，甚至是親吻時，他都是大大方方的，說不定對艾許．瓊斯這個人而言，這就純粹是一種娛樂而已。

卡萊爾越想越是混亂，更遑論找出解答。他努力甩掉腦中關於艾許的念頭，朝著偌大的宴會廳中央走去，光潔的黑色皮鞋表面反射著廳內的燈光，隨著他的腳步發出規律聲響，沒走幾步便輕輕撞上了一個人。那是個有著棕色頭髮，體型比卡萊爾嬌小多了的男人。

「啊，非常抱歉。」

是個 Omega 啊。卡萊爾反射性地扶住男人失去重心的身體，手碰上他背部的瞬間，男人也抬手撫在了卡萊爾胸前。男人抬起棕色的眼眸望向他眨了眨眼，臉上很快泛起了紅暈，卡萊爾能嗅到空氣中淡淡的酒味。

「是我撞灑了您的酒嗎？」

看著卡萊爾手中拿著的酒杯，男人問道。卡萊爾面無表情地盯著男人，他精緻的臉蛋看起來像隻嬌弱的小鹿。看著男人露出的白皙後頸，卡萊爾開口。

「沒有的事。」

卡萊爾並未鬆開扶著男人背部的手，男人也沒有推拒的動作。Omega 的氣味變得稍微濃郁了些，明晃晃地展露出好感，而卡萊爾只是用冷冰冰的眼神打量了對方一番，才再次開口。

「如果方便，能讓我為撞到您表達歉意嗎？」

聽到卡萊爾字正腔圓又正式的語氣，男人瞬間便綻出笑容，用輕柔的嗓音回覆。

「好的，我很樂意。」

原本扶在男人背上的手移到了肩上，稍微使了點力將他帶往酒保的方向，而男人只是順從地靠向卡萊爾，隨著他的引導前進。

兩人繼續著無關痛癢的對話，卡萊爾勾起嘴角，微笑著傾聽對方的話語。

靠坐在高腳凳上的男人的膝蓋則悄悄碰上了卡萊爾，但始終側著身俯視對方的卡萊爾，很快便感到興味索然。

實在沒什麼有趣的。

這種狀況其實並不少見，卡萊爾人生中與 Omega 的交流幾乎都與眼下的情況差不多，無論對方多麼能言善道，都無法讓卡萊爾產生超越好感的情感。就算是卡萊爾，起初也不是立刻就能隨心所欲地控制自己的情緒，但隨著年齡漸長，這對他而言逐漸變得輕而易舉。他的臉上不再表露出喜怒哀樂的同時，感情也跟著消失了。

當他覺得難以自控地動搖時，就會想些別的事情。想想弟弟被綁架後，勉力掩飾情感波動的父母，想想流瀉至漆黑走廊上的嗚噎聲，想想無從得知弟弟安危的那十天。每當想起這些往事，卡萊爾的心就會沉靜下來。

卡萊爾的肩上有他必須承擔的義務。為了讓弟弟能自由自在地生活，卡萊爾必須完美履行家族賦予他的責任。身為領導企業、領導家族的人，他不能有任何弱點。更何況，他也不想因為得罪祖父，而為母親招來麻煩……想起未來必須盡的職責，卡萊爾的心倏地冷了下來。他有時也會懷疑，等到被允許交付真心的對象出現的那一天，自己是否可能已變得麻木不仁。

「佛羅斯特先生剛才是說您跟這裡的人有生意往來嗎？」

見卡萊爾突然沉默不語，男人再次向他拋出了問句，話中的意圖昭然若揭。

「是的。」

「真了不起，那您一定經常出席這種派對吧？」

卡萊爾垂下眼眸，說：「的確算是常去，看來您很喜歡派對。」

「是呀，我還是第一次來這種地方，真的很有趣呢。而且多虧這次活動，我才能認識佛羅斯特先生您呀。」

男人笑得露出了深深的酒窩，手指輕撫上卡萊爾的臂膀。只要再多聊兩句，卡萊爾想跟面前的男人共度一夜並非難事。

如此一來，對於只與生意往來對象或只在發情期見面的 Omega 交往的卡萊爾而言，這將成為他的一夜情初體驗。

就在他腦中浮現這個想法的瞬間，一道聲音響起。

「你在這裡做什麼？」

從卡萊爾身後伸出的手臂牢牢圈住他的腰，撫在他下腹處，一陣清涼的香氣隨之撲面而來。被某人鎖進懷中的卡萊爾也因為不應在這裡出現的嗓音瞪大雙眼。

「……？」

卡萊爾帶著疑問的目光微微轉過頭，耳際便傳來嘴唇的觸感。

艾許怎麼可能出現在這裡……

「我還在想你有什麼事要忙呢，就是這個嗎？」

雖然難以置信，但確實是艾許沒錯。卡萊爾完全沒想到會在這種場合碰到他。突然在一個自己原先以為與艾許毫無關聯的派對與他碰上，這件事讓卡萊爾瞬間感到無比窘迫。

「……瓊斯先生？」

「我打擾你了嗎？」

嘴上這樣問，艾許卻加重了手上的力道。卡萊爾能感受到他的手掌緊緊按在自己的腰腹上，讓他產生一種從接觸之處漸漸泛起熱潮的錯覺。因耳廓被輕咬而不禁顫抖了一下的卡萊爾張開了口。

「您怎麼、會來這裡……」

「你能先回答我的問題嗎，卡萊爾？」

耳畔不斷被輕輕啃咬著的感覺，令卡萊爾緊緊咬住了唇。兩人的動作無論由誰來看都是超越一般親密的關係，坐在卡萊爾面前的Omega眨眨眼，在尷尬中看清艾許長相的男人臉上透出驚訝之色。

「那個、佛羅斯特先生，這位是？」

「對啊，卡萊爾，不幫我們介紹一下？」

卡萊爾只覺得頭暈目眩。雖然不知道艾許為何會出現在這裡，但他的一舉一動都讓卡萊爾無比在意，難以用平常心應對。卡萊爾勉強打起精神想處理眼前的狀況，首先，得把眼前這位男士送走。

「瓊斯先生是我的……」

卡萊爾猶豫著該怎麼介紹艾許，他實在無法堂而皇之地說出床伴這個詞。要說是怕失了體面也沒錯，可不知為何……

「卡萊爾是我的戀人。」

艾許反而先開了口。戀人這個詞讓卡萊爾屏住了呼吸，慌張地轉頭想看向艾許，卻被他緊緊鎖在懷中，無法看清艾許臉上的表情。

突如其來的發言，也讓一旁的男人露出驚訝的神情。

「啊，是、是這樣嗎？」

「是的，很抱歉打擾兩位的愉快時光，能容許我帶走我的戀人嗎？」

男人聽了急忙起身，慌慌張張地連連搖頭並一個勁兒地擺手。

「不、不會的，是我該離開。非、非常抱歉。」

也許是覺得自作多情，一臉羞窘的男人沒等兩人回覆便一溜煙地逃離現場。

被艾許抱住的卡萊爾耳畔都是自己不斷加快的心跳聲，他咬唇半晌才張口詢問。

「您，怎麼會來這裡？」

「你還沒回答我的問題，卡萊爾。」

在他耳邊低語的聲音更加低沉，卡萊爾能感覺到艾許的唇碰上他下巴一側，接著轉向他的脖頸。

「……您沒有打擾到我。」

「是嗎？遠遠地看還以為兩位很快就要相約去飯店了。」

「看來是我誤會了？」艾許溫柔地說。卡萊爾仍覺得提心吊膽，總忍不住在意「戀人」這個詞，以及艾許那好像心情不好的語氣。

「那瓊斯先生，為什麼……說我們是戀人呢？」

聽到卡萊爾衝口說出的疑問，艾許低低地笑了。

「要趕走礙事的人，這樣比較快嘛。很抱歉我撒了謊。」

礙事的人這個詞讓卡萊爾啞口無言，腦中一片混亂。這簡直就像……

「我不會限制你有多個性伴侶，卡萊爾。」

話音剛落，卡萊爾頸上便傳來了輕微的刺痛感。挺直的脖頸被吸吮著的感覺，令卡萊爾握緊了拳頭——這人現在、在我脖子上……

「但親眼目睹的話還是會不大開心。」

「我們……剛剛、才認識。」

一股微妙的感覺順著脖頸處往下延伸，就像是被什麼咬住了一樣。愛撫似的掃過頸肩的吻讓卡萊爾的眼角泛起一抹紅，拚了命才壓下熱燙的喘息。

「麥拉倫的廣告是由我們工作室承包的，所以我才會受邀，只是沒想到會在這裡見到卡萊爾呢。」

卡萊爾捉住了艾許話中的語病。

「您剛才說您不開心對嗎？」

「是呀，卡萊爾。」

艾許再次吻上了卡萊爾的頸項，滑溜的舌頭舔過後頸時，卡萊爾忍不住發出了呻吟。他伸手向後推開艾許，這次艾許乖乖地順著他的動作退開。調整好呼吸，卡萊爾沉下臉反問。

「但瓊斯先生您也來了，難道不是因為有其他目的嗎？」

像是沒想到會反過來被質疑，艾許眨了眨眼，隨後露出了迷人的笑容。

「你是這樣想的嗎？」

「不然怎麼……」

「我本來是不打算來的，為了跟你見面，我都已經事先把行程空下來了。」

提及自己失約的事，卡萊爾頓時啞口無言。

「我想說既然人家都邀請了，便來露個面就走，沒想到會看到卡萊爾……」

艾許偏了偏頭。

「看到卡萊爾和其他 Omega 待在一起，讓我突然浮現一個念頭。」

艾許伸過手輕輕握住卡萊爾的手腕，柔柔地摩娑著他皮膚相對嬌嫩的手腕內側，突然又使力將卡萊爾拉入懷中。

正面被摟住的卡萊爾對上了艾許的視線，艾許嘴角上揚，眼中卻絲毫不帶笑意。

「是我太鬆懈了，卡萊爾。」

話音剛落，艾許就輕輕咬上了卡萊爾的唇。濕潤口腔內的嫩肉被細細啃咬，又放開。

「哼嗯。」呻吟從半啟的唇縫間洩出，艾許的舌也乘隙鑽入。

這與兩天前的吻完全不同等級。艾許沒有給卡萊爾一點呼吸的時間，兩人的舌交纏著，身體也緊緊貼在一起。艾許放開了握住卡萊爾手腕的手，撫上了他的後頸。炙熱的體溫融進皮膚中，讓身體更加滾燙，如同進入發情期般的興奮感在血液中流淌。

卡萊爾感覺自己像是快被吞噬。

艾許的舌頭緊追著卡萊爾試圖逃跑的舌，分不清是誰的唾液在互動間發出色情的聲響。

「呼吸、不、了……」

卡萊爾忘了還能用鼻子呼吸，伸手緊緊抓住艾許的衣服。艾許的大腿擠進卡萊爾雙腿之間，他能感受到下體被艾許強壯的大腿擠壓著，輕輕地摩娑著中央。

決堤而來的快感讓卡萊爾無比興奮，幾乎要到無法承受的地步。下體被摩擦著，舌頭瘋狂交纏，讓他暫時失去了思考能力。周圍的一切都靜了下來，耳邊只剩下因為喘不過氣，而激烈搏動著的心跳聲。

「哈、哈啊、哼嗯。」

卡萊爾的腰痠麻得顫抖，雙腿幾乎使不上力，艾許的衣服也被他用力扯得起皺。費了好一番力氣，卡萊爾才勉強伸手推了推艾許的肚子。

但艾許不僅沒被推開，反而與他貼得更緊了，色情地纏上來的舌不停品嘗著卡萊爾的味道。被輕柔地吮著舌尖的卡萊爾眼睛睜大。這太、太刺激了。

「住、手……」

幾乎要背過氣的卡萊爾困難地順了順呼吸，扭開了頭。方才被吸吮舔吻的時候，他的眼前彷彿炸開了火光般腦中一片空白，下體也沉甸甸的，體會到無法否認的快感。

「哈啊、哈、哈啊。」

艾許靜靜地看著呼吸粗重的卡萊爾，卡萊爾眼角火辣辣的，不知所措地回望。

艾許低頭看向他的眼眸半掩，不知道是不是因為燈光的關係，他帶著隱隱笑意的眸色變得深沉。卡萊爾的視線不自覺轉向那沾著唾液的唇瓣——我真的快瘋了。

雖然不知道原因，但他就是有這種感覺。

「卡萊爾。」

相較於在極度羞恥中氣喘不止的卡萊爾，艾許呼吸平順，面上絲毫不見動搖。伴隨著溫和的嗓音撫上卡萊爾後頸的手動了動，輕輕地將手指伸進卡萊爾的耳中搔弄著。一陣酥麻感攀上脊椎，令卡萊爾不禁瞇起眼，再次發出喘息聲。

卡萊爾抿起嘴，緊緊閉上雙眼。艾許摟著他，在他耳邊輕聲低語。

「這次要好好呼吸喔。」

因為這還不是結束。

艾許說完便輕掐著卡萊爾的雙頰，再次闖入卡萊爾不自覺張開的雙唇之間。

他沒讓卡萊爾有好好呼吸的機會，似乎要將卡萊爾吐出的一切當作自己的所有物，卡萊爾的呻吟、喘息，都讓他毫無保留地納入嘴中。

從緊貼著的下體傳來的刺激，溫柔地摩娑著自己腰背與耳際的手，都令卡萊爾目眩神迷。艾許的動作看似甜蜜溫和，實則沒有給他任何逃脫的機會。如果真拿出力氣，卡萊爾應該能把對方推開，但他在過往的接吻經驗中從未體驗過的快感，讓他無法下定決心。

熱燙的氣息令卡萊爾雙眼開始感到刺痛，頭也火辣辣地疼，上身不住地向後倒去，卻還是被艾許無比自然地再次攏入懷中。

一定會被人看見的。卡萊爾腦中閃過這個念頭。對平時連手都不大牽的卡萊爾來說，像這樣在隨時都可能有人會經過的地方與人接吻的行徑，他根本不敢想像。以保守為美德的禮法來看，這種行為相當不雅，肯定會為他人帶來困擾。

不過這種念頭在艾許的舌纏上來的瞬間便灰飛煙滅。無論卡萊爾如何努力想集中精神，只要被艾許觸碰到，便會立刻化為一灘春水，心甘情願地嚥下已分不清你我的唾液，直到卡萊爾再也直不起腰，艾許才將他放開。

幾乎被迫憋著氣的卡萊爾頻頻大口呼吸，回過神一看才發現自己幾乎躺倒在吧檯上。

「卡萊爾比我想的還敏感呢。」

方才那個黏膩濃烈的吻，讓卡萊爾看起來像被狠狠欺凌過一般，渾身敏感不已。起了雞皮疙瘩的肌膚稍微一碰就會起反應，而在薄薄的西裝襯衫下，艾許屈起的指尖正順著他的背脊向下輕撫，令卡萊爾再次緊閉雙眼發出了呻吟。

「嗯哼。」在卡萊爾意識到應該忍住之前，就已不自覺發出聲音。卡萊爾後知後覺地抿住唇，為了不發出聲音而嘗試平穩呼吸，劇烈起伏的胸口才漸漸平息下來，但是自己不堪的樣子已經被看到了。

「我希望，您在外面……別做出這種行為。」

對於「敏感」的評價，剛恢復平靜的卡萊爾不知道該如何回應，只能生硬地轉移話題。艾許挑了挑眉，露出一抹淘氣的笑，彎起的嘴唇鮮紅並泛著水光，任誰看到都知道是剛接過吻的樣子。

卡萊爾的嘴唇大概也是差不多的狀態，他能感受到嘴唇應該是腫起來了，火辣辣的。卡萊爾放下不自覺想去觸碰嘴唇的手，握緊了拳頭後又鬆開。

「是嗎？」

「是的。」

「無論如何，都不行嗎？」

卡萊爾輕輕吐出一口氣，閉了閉眼。

「請您舉例。」

「嗯……」艾許摸著下巴，又伸手撫上卡萊爾的唇。像上次接吻後那種被撫摸的感覺，令卡萊爾渾身一顫。

「如果你像剛才那樣色情地看著我……」就會讓我忍不住想吻你。

艾許的手指輕擦過仍濕潤著的唇瓣，緩緩地又撫上卡萊爾的臉頰，所經之處都變得滾燙起來。

「但如果卡萊爾不喜歡，我會忍耐的。」

又來了，這種感覺。像是被什麼東西噎住般，胸口悶悶的，心臟像是要脹破一樣的感覺。卡萊爾微微皺起了眉。

為什麼？這種感覺到底是什麼？卡萊爾思考著。艾許的某些話總是會讓他心中升起難以言喻的情愫。

已經訂下期限的交往。

兩個月後就沒必要再見面的關係。

還有那種，說得像是為了他付出的磨人語氣。就像剛才把稱他為戀人的艾許。

令人心煩意亂。

不知道是否讀懂了卡萊爾的表情，艾許舉起撫摸著他嘴唇的手，幫卡萊爾輕輕撩起了幾縷散落的髮絲。這個人總是這樣，從語氣、笑容、體貼的舉動到細微的碰觸，所有的一切……都表露著深情。

「卡萊爾。」

「……請說。」

「我們，明天要見面嗎？」

卡萊爾一時間無言以對。他原本以為會順其自然地再發生點什麼，但艾許說的卻是明天。兩種截然不同的情緒同時升起，交織成既期待又悵然若失的微妙感覺。

「當然，前提是如果你方便。」

「……看來您今晚有其他規劃。」

雖然夜色已深，但時間其實還沒那麼晚，加上今天是星期六，明天也是假日。

「這倒不是……」

「您說。」

「如果就這樣帶你走，我可能會很難忍住。」

很難忍住。聽及此，卡萊爾胸腔內一陣發麻。

「那樣……會有問題嗎？」

艾許對待他的態度很奇怪。他，卡萊爾．佛羅斯特是一名身高超過一百八十公分的Alpha，在性愛方面，通常都是卡萊爾需要保持自制力。為了不過度折磨陪伴他度過發情期的Omega，卡萊爾總是會努力保持理智到最後一刻。然而，眼前這個男人對待他的方式，卻像是把他當作需要悉心照料的易碎品。

「因為卡萊爾是第一次呀。」

卡萊爾想起了被他暫時拋在腦後的事實。艾許大概是認為，若兩人發生關係，自己會是插入的一方。確實，路透建議的也是這種方式。雖然無法具體想像畫面，但卡萊爾確實有將這件事放在心上。

「……如果是說上床，我已經很熟悉了。」

「是嗎？」

艾許撫著卡萊爾腰背的手開始慢慢地往下移動，卡萊爾也停下了動作。艾許的手自然地摸上他臀部，讓熱潮瞬間集中在某處，接著臀部被微微用力地捏了捏。

「那麼……」

艾許稍加用力地揉了揉他的臀部，很快又像什麼事都沒發生般鬆開了手。

「你也用過這裡？」

「我不是，那個意思。」

艾許低低笑了起來，像是覺得卡萊爾很可愛一樣，看著他的眼眸溫柔地彎起。很快，艾許輕吻了一下卡萊爾的額頭，重新拉開兩人一直緊貼著的距離，站直身體。

「所以嘍，明天見。」

渾身僵硬的卡萊爾陷入片刻沉默。還是拒絕比較好，現在拒絕不算太晚，就像推遲今天見面的約定一樣，只是……

「我知道了。」最終脫口而出的答覆與卡萊爾的理性背道而馳。

艾許伸出手，理了理卡萊爾的襯衫衣領。

「約幾點好呢？」

「瓊斯先生方便的時候就行。」

每個週日其實都有社交性的網球比賽，可卡萊爾給出的答覆卻像是毫無安排的人。

「好。」艾許微微頷首，「我回家後聯絡你。」

「那麼，你回去路上也小心。」艾許溫和地笑了笑，隨後毫不猶豫地轉身離去。

獨自留在原地的卡萊爾這才緊緊閉上了眼。

該死。他反常地在心裡重複著粗俗的字詞。卡萊爾開始能夠聽到周圍傳來的音樂聲，但腦中仍是一片空白。

狼狽、慌亂、羞愧，以及某種失控的感覺，這些情緒混雜在一起，在胸口盤旋不去。他下意識抬起手摸了摸額頭，摩娑著艾許的唇觸碰過的地方，又觸電般放下了手。

接著朝艾許離開的反方向轉身走去。

艾許跟他約了下午四點，是個曖昧的時間。這個時候既不適合吃午餐，也吃不上晚餐，就算要喝個下午茶也有些模稜兩可，總之是個讓卡萊爾難以理解的時間段。

因為是自己有求於人，卡萊爾並不打算讓選擇地點的重擔落到艾許身上。

無論如何，地點必須在室內——如果事情按照卡萊爾預想的發展，卡萊爾在自己的家和飯店之間選擇了後者。因為除了傭人和他自己之外，他還沒讓任何人進過這棟一年內有一半以上的時間都閒置著的宅邸。

卡萊爾預訂了他母親名下位於飯店最高層的一間公寓型套房，處理了些該做的事，才按照約定時間抵達康諾特飯店。

艾許跟上次一樣，已經提前到了。身穿薄西裝襯衫及黑褲的頎長身影顯得自然優雅，吸引了大廳眾人的目光，但畢竟是在高檔飯店，這次並沒有人上前與他搭話，只有櫃檯人員不停盯著他瞧。

這件事讓卡萊爾感到一股微妙的不悅，他又向前邁了五步後在艾許面前站定，翻閱著雜誌的艾許抬眼看向他。

「嗨。」

艾許彎起眼角笑著打了招呼，習慣性上揚的嘴角弧度也變得更大。

「麻煩您跑一趟了。」

「怎麼會。」

艾許說著闔上雜誌。卡萊爾盯著雜誌封面看了一會兒，又閉上了嘴。一種不知從何而來的緊張令他覺得口乾舌燥。

原本倚著牆的艾許站直了身體，將手放上卡萊爾的腰，自然地環上腰際的手臂貼著卡萊爾的背。艾許俏皮地眨了眨眼，唇瓣貼上卡萊爾耳畔。

「那就走吧？」

卡萊爾嘴唇翕動，最後只是微微點頭。一種像是簽署重要合約前的緊張感與微妙的不安在他胃裡翻湧。卡萊爾面無表情地朝電梯走去，兩人陷入短暫的沉默，當艾許正打算再次開口，電梯門就打開了。

巧合的是，敞開的電梯門後出現了一張熟悉的臉，正是艾登‧海伍德。艾登負責海伍德家族的飯店事業，在這裡遇見他並不稀奇。

但非得要在今天嗎？

「卡萊爾？」

艾登看著卡萊爾微微皺起眉。卡萊爾能感覺到他的目光落在了旁邊的艾許身上。空氣一時凝滯，這也是 Alpha 們聚集在一處時必定會出現的沉默。

「……海伍德。」

「你今天不去聚會，跑來這裡做什麼？」

聽到這句話，艾許看了卡萊爾一眼。卡萊爾表情沒有任何變化，只是冷冷道。

「一點私事。」

艾許聽了輕笑出聲，接著便向艾登伸出了手。

「你好，我叫艾許．瓊斯。」

艾登不甘不願地與他握手，並做了自我介紹。

兩人的手只是短暫地碰了一下，立刻就又分開。

「我是艾登．海伍德。」雖然不及艾許，但平時大多也都會帶著笑容的艾登，現在卻毫不掩飾詫異地看著艾許。

「沒事的話，你能先讓個路嗎？」

「你和 Alpha 有私事？你？」

艾登很清楚，除了工作外，卡萊爾不會私下和任何人出去。加上對於同為 Alpha 的本能排斥，卡萊爾和艾登身邊通常只會出現 Omega 或 Beta，更別說卡萊爾根本沒有打算與工作以外的任何人見面。

「我希望你不要讓我更加不悅。」

聽到卡萊爾面無表情地發出警告，艾登又看了艾許一眼，然後聳了聳肩。

「真難伺候。」

「跟你無關，也不需要你操心，快走吧。」

卡萊爾沒理會仍站在電梯裡的艾登，轉身就要按下另一邊的電梯按鈕。

艾登立時出聲制止：「好啦，好啦，我走就是了。」

卡萊爾沒有回答。艾登最後看了艾許一眼，冷淡地笑笑道別。

「那麼，慢走。」

「好的。」

艾許意味不明地笑著回應艾登。這場意外的波折後，電梯內再次靜了下來。門一關上，艾許就開口問道：「你們很熟嗎？」

「只是認識很久而已。」這話表示，這並不代表他們很熟。

艾許輕撫著卡萊爾的背，再次開口：「下次要約在我家或你家嗎？」

「……我能問問為什麼嗎？」

「雖然我不介意……」卡萊爾看向艾許，但艾許並沒有看他，「如果出現不必要的誤會，卡萊爾似乎會很困擾。」

……確實如此。卡萊爾陷入沉思，倫敦說大不大，說小不小，到哪都有許多眼睛在看著。雖然不至於謹慎到這種程度……雖然他始終無法理清思緒，不管怎麼說，若不想被不必要的閒話纏上，這樣做自然更好。

「我瞭解了。」

門開了。艾許按著開門鍵，卡萊爾能感覺到他注視著自己，但這次卡萊爾移開了視線。

「你先走吧。」

卡萊爾看了看鄭重其事地為他扶著門的手，才向電梯外邁去。

寬敞的公寓式套房內，包括浴室在內共有八個房間。這個一晚要價數千英鎊的套房，也經常被卡萊爾的母親艾莉絲用來舉行各種活動。

儘管這個房間寬敞到普通人一輩子可能都沒什麼機會用上，但艾許卻沒有一絲特別的反應，反而看起來還有點司空見慣的樣子。

艾許的感想只有一句話。

「隔音效果應該很好。」

卡萊爾頓了一下，因為這句話用在對房間的評價上似乎有點奇怪。他記得艾許的工作是設計師，還以為他會先提到家具或擺設、裝潢之類的話題。

「……是這樣嗎？」

艾許轉過身來看向卡萊爾，像是在打量他似地端詳了一會兒後低聲笑道。

「對，所以你今天不必忍耐也沒關係。」

卡萊爾更加疑惑了，甚至不自覺表現在了臉上。

看著他皺起的眉毛，艾許直爽地笑了出來。

「我比較喜歡大聲呻吟的類型。」

艾許一邊說著，一邊向卡萊爾靠近，與進房前截然不同的眼神讓卡萊爾一時無語。那是種濃烈深邃，又像是能看進人心裡的眼神。

「雖然我不知道卡萊爾本來是什麼類型……」

握住卡萊爾腰的手一把將他拉過，兩人結實的身軀相貼，呼吸也交融在一起。緩慢呼出的氣息找不到出口，又被卡萊爾吞了下去。他的腦中因為「呻吟」這個詞而變得一團混亂。

這個男人真的是這樣看待他的。

一個 Alpha，這樣去看待另一個 Alpha。

「但我還沒遇過忍得住的人。」

艾許說完這句話，便含住了卡萊爾的唇，卡萊爾原本屏住的呼吸變得急促。艾許俯身用力將卡萊爾拉入懷中，下腹緊貼，輕咬幾下唇瓣後，舌頭便輕車熟路地探進了唇間。艾許的吻每次都不甚相同，今天也是。今天的吻，就像是要把卡萊爾捲走的海浪一般。

「哼、呃。」卡萊爾被推到牆上，艾許緊緊壓得他生疼，他甚至在不知不覺間緊緊抓住艾許的肩膀想將人推開，卻是徒勞無功。卡萊爾並不是真心想推開他，艾許看來也沒有要退開的意思。

方才還像是要深入至喉嚨般氣勢驚人的舌頭，再次掌控起了節奏，稍稍退出後開始軟軟地舔拭卡萊爾的上顎。輕輕搔弄著口腔內側的舌尖，讓卡萊爾起了一身雞皮疙瘩。黑色尖頭皮鞋在地上發出急躁的敲擊聲。

卡萊爾好不容易才勉強跟上艾許的節奏，兩人的舌頭糾纏在一起，嘖嘖水聲在口中反覆迴盪、消失，艾許的手同時自然而然地探進卡萊爾的衣襟內，在他還忙著消化這個吻時，就已經將他的襯衫拉出褲頭，解開了釦子。

肉體接觸的刺激讓卡萊爾一顫，心裡像是有什麼崩塌了似的，接著又聽到下方傳來腰帶被抽出的聲音。

這聲響讓卡萊爾一下子回過神來，他瞇著眼抓住艾許的手，完全不知道這隻手是什麼時候來到下方的。勉強吞下就要溢出嘴角的唾液，卡萊爾扭開頭，艾許則微微一笑，像是高抬貴手一般放開了卡萊爾的唇。

「艾許，等、等等……」

「好，你說吧。」

與溫柔的嗓音相反，艾許的手仍在繼續移動，剛才解開皮帶的手眨眼間又拉下了拉鍊。卡萊爾目瞪口呆地低頭看著這驚人的一幕。

還沒等他白皙的大手碰到內褲，卡萊爾又緊緊捏住了他的手腕。後頸傳來的麻癢感與快感順著脊椎一路往下蔓延。

「在這裡做這種事似乎不大對。」

「為什麼？這裡不像上次那樣在外面，又只有你和我。」

卡萊爾牢牢握住艾許手腕的手背上冒出了青筋。無論艾許說的有沒有道理都不重要，不分場合地在走廊上做這種事是不可能被允許的。要說是情不自禁也對，但卡萊爾不接受這種理由。他就是，覺得這樣不行。

「艾許。」

感受到卡萊爾的堅決，艾許垂眸，將已經勾住內褲鬆緊帶的手指緩緩放開。內褲摩擦過平坦的小腹，再次貼上身體的感覺，讓卡萊爾咬住牙關，腹部火辣辣的。

「這樣嗎？」

卡萊爾在艾許收回手後，仍緊握他的手腕，力道之大，理應讓他感到疼痛，但艾許還是毫無反應，逕自用另一隻手拂過卡萊爾的臉頰。

「真可愛。」

「並沒有。」

「如果只是在走廊上就這樣，那我想其他的應該要稍微緩緩了。」

沒空去弄清楚「其他的」代表什麼，卡萊爾吐了口氣，緩緩鬆開抓著艾許的手。見狀，艾許又低笑了一聲，才舉起雙手做出投降狀問卡萊爾。

「要先喝點酒嗎？」

卡萊爾沒有指出現在還是下午四點，而是轉過身去酒櫃挑酒，正如艾許所說的，他的確需要喝一杯。

等卡萊爾從廚房拿出威士忌與酒杯，艾許已經躺在了床對面的沙發上，看著窗外的風景。卡萊爾注意到他修長的雙腿超出了沙發扶手一截，接著不動聲色地走進房內。

在躺下三個人都綽綽有餘的大床旁垂放著床簾，另一側設計了一個布置優雅的露臺，可以俯瞰整座城市。艾許悠哉地躺著，懶洋洋地看著卡萊爾微笑。

「威士忌？」

「您還需要什麼嗎？」

「唔……」艾許搖搖頭，「我喜歡甜食，但現在大概不大需要了。」

總覺得不應該問為什麼，但卡萊爾最終還是問了。

「為什麼不需要？」

「因為如果想吃甜食，吃卡萊爾就好啦。」艾許比劃著說。

對「甜」的描述和「吃」這個動詞讓卡萊爾感到頭暈目眩。這男人從上次就一直說些奇怪的話。像是說他單純，說他用色情的眼神看自己，還有今天說的話，都是與卡萊爾搭不上邊的語詞。

「瓊斯先生似乎沒什麼比喻的天賦。」

雖然他已經擺出完全無法理解的態度，艾許卻還是一直招手要他過去，卡萊爾別無選擇，只能向他走去。

他不知道為什麼艾許躺在連只有一個人都顯得逼仄的沙發上，還要叫他過去。

「你知道嗎？」

「請說。」

「卡萊爾呢，只要接吻就叫我的名字。」

艾許笑著拍了拍自己的肚子。

卡萊爾不明白他的話跟手勢到底是什麼意思，只得閉口不語——我有那樣嗎？

「一下叫我瓊斯先生，一下又叫我艾許……」

艾許收起笑坐起身，一把拉過卡萊爾。一手拿著威士忌，一手拿著酒杯的卡萊爾被按坐在艾許結實的腿上，尷尬地扭動著身體。

「如果你想把我弄硬，那你成功了。」

說著，艾許把臉埋進卡萊爾的頸窩，在剛剛解開的襯衫之間，輕輕咬上鎖骨，嘴上發出啾啾的親吻聲，沿著胸口一路輕吻下去。

艾許順著卡萊爾上半身輪廓分明的線條移動，緊緊箍住他腰間的手臂阻絕了一切退路。卡萊爾無法放下手上的酒瓶和玻璃杯，腹部緊繃著。

這種感覺非常奇妙，與過去被 Omega 碰觸時的那種搔癢般的愛撫不同，被艾許的嘴唇碰到的皮膚像要融化一般，宛如砂糖慢慢溶進水中那樣。

「艾許，先喝酒、呃……」

嘴唇碰到了卡萊爾的胸口，控制得宜的胸肌結實卻不過分壯碩。艾許用鼻尖蹭開了襯衫，微微側過頭舔了舔卡萊爾的乳暈。隨著黏膩潮濕的舌舔過，卡萊爾的乳頭逐漸挺立起來，令他心中湧上一股羞恥感。

「等、艾許，等等。」

「甜點是一定要吃的吧？」

「還不如，喝點別的酒，嗯……」

艾許輕輕地啃咬著腫起的乳頭，但卡萊爾並不覺得痛，反而因為那極度輕微的囓咬，升起了一種莫名的快感。

過去有任何人舔吻過卡萊爾的胸部嗎？當然沒有。他的腹部無比緊繃，腹肌線條更加明顯。卡萊爾咬著牙向後退去，艾許的嘴唇卻跟了上來。

唇齒間發出的輕微舔吻聲響令卡萊爾耳根滾燙，艾許的舌頭還在輕輕刺激著他高高挺起的乳頭，沿著乳暈慢慢轉了一圈，又再次吸住了尖端。

威士忌酒瓶落在藍色地毯上發出悶響，卡萊爾嘴唇微張，身體不住地顫抖著。當他還沉浸在胸口傳來的酥麻感裡時，艾許的手又往下伸去。

卡萊爾方才整理服裝時重新繫上的皮帶、拉鍊，喀噠一聲很快又解開了。他掙扎著想站起身，可艾許不允許，摟住他的腰又把他拉了下去。

艾許的手伸進卡萊爾早已沒有任何遮擋作用的西褲裡，輕輕抓握著他的臀部，接著便開始揉捏那飽滿的肉團。在他胸口肆虐的唇舌攻向另一邊胸部，無論是被唾液濡濕的部分因接觸到空氣而發冷，還是滑膩的舌頭舔吸著敏感處的感覺，都令卡萊爾感到難為情。

卡萊爾最討厭的就是愛撫，認為這只是為了讓 Omega 興奮，分泌出體液好方便進入的行為。相反的情況則不在討論範圍內，因為卡萊爾並不想被碰觸。然而，他卻被同為 Alpha 的人做了這件事……

在他愣神時，禁錮在他腰上的手臂鬆開了。艾許的手向前，摸上了卡萊爾內褲下緊緊壓著的又硬又熱的勃起處。

「哈啊。」卡萊爾嘴裡發出一聲幾乎要洩出唇邊的悶哼。

艾許又大又寬的手掌按住了他的性器，並開始大幅度地上下摩擦。令人顫慄的快感洶湧而上，這股強烈的感覺從下腹蔓延開來，令卡萊爾無聲地張開了嘴，微蹙著眉壓抑喘息。

按在卡萊爾內褲上的手掌很快便拉下褲頭，手指纏上了終於擺脫束縛彈跳而出的陰莖。在龜頭處徘徊的指尖觸感就跟艾許本人一樣溫柔又堅定，他輕拂過因興奮而變得通紅的圓潤頭部。

「……！」

卡萊爾最終沒能拿住酒杯，玻璃杯掉在柔軟的地毯上滾遠了。覺得自己對性器受到刺激的感受似乎變得遲緩，彷彿才是昨天的事，但艾許的撫觸卻有些不同。

「卡萊爾也硬了嗎？」

「真令人高興。」艾許低語的聲音像在告白似的隱密又飽含愛意。卡萊爾恢復自由的手不自覺地環上艾許的背，感受著撫在自己性器上的大手觸摸、晃動著的動作。

艾許的動作很熟練，一下子就讓他的陰莖更加脹大。卡萊爾沉浸在身前人的氣味中，清爽中帶些辛辣的費洛蒙氣味混合了衣物柔軟劑的溫和香氣，以及艾許本人的體香，沁入卡萊爾的肺部。

但他瞬間開始感到懷疑，對於正坐在艾許大腿上，嗅著他費洛蒙氣味，順從地被擁抱著的自己。不都是沒意義的掙扎嗎？

就算像這樣好轉下去，恢復以前的狀態，現在感受到的這一切最終也只會同樣令人感到厭煩。如果有了婚約對象，會有什麼改變嗎？或者又會是同樣的結局嗎？這些疑問像毒液般在卡萊爾心中流淌開來。

艾許很快就發現了他的分心，愛撫著卡萊爾陰莖的大手轉向馬眼摳挖，突如其來的尖銳快感讓卡萊爾的表情瞬間失控。

「你不專心，卡萊爾。」

艾許伸手捏住卡萊爾的下顎，讓他的視線對上自己的雙眼。鎖住卡萊爾的是一雙異色瞳，右眼泛著灰，左眼則是如同湖水般的淺藍，此刻都倒映著卡萊爾的樣子。

「我讓你感到無趣了嗎？」

「不，不是的。」

身下傳來的刺激變得更加強烈，艾許的手與他緊緊相貼，體溫逐漸滾燙起來，被撫弄著的地方令卡萊爾心中升起一絲畏懼，忍不住用力抓住了艾許的襯衫。

電流般刺激的快感讓卡萊爾腦中一片空白，但很快就因身後傳來的陌生觸感回過神。方才還捏著他下巴的手，不知何時移到他身後，也就是，那處。

「艾許，那裡……」

卡萊爾胃裡感到暈眩般的翻湧，彷彿有種支撐他的東西受到了挑戰。對他正在做的事的質疑、身為 Alpha 的主體性被動搖的感受，讓他生出一股反感。這種場面他也曾暗自想像，路透也向他提過，但，有必要嗎？真的？真的要他做到這個分上嗎？

在他穴口打轉的手指並未停止動作，一吋吋撫過緊縮著的皺摺處，一種從未感受過的異樣快感逐漸從那處泛開。

反胃的感覺更加強烈了。在艾許的手準備進一步開拓穴口時，卡萊爾推開了他，顫顫巍巍地站起身來。

「請、請住手。」

艾許眨眨眼，歪過頭靜靜地看著卡萊爾，臉上的笑意逐漸消失。

「受不了了嗎？」

艾許坐直了身體，表情恢復成平時溫和的樣子，可看著卡萊爾的眼神不再像剛才一般熾熱。卡萊爾自暴自棄地向後爬梳了一下頭髮，一絲凌亂的瀏海隨著他的動作垂下。

「這……應該也不是。」

「那是？」

艾許換了坐姿，翹著腿望向他，接著露出了然的神色點點頭，轉身拾起掉落在地上的酒杯與酒瓶，輕輕放在沙發上。

「那我想，卡萊爾跟我應該就到此為止了。」

艾許理了一下衣服便站起身來，不似卡萊爾般狼狽，他的襯衫在剛才的動作中仍略顯凌亂。反胃的感覺又開始出現，卡萊爾心裡突然感到一股焦躁與不悅，就好像被丟棄了一樣。

「……瓊斯先生。」

「我沒有強迫人的興趣。」

艾許的嗓音與平時一般溫和，說出來的話卻意外的冰冷。卡萊爾不知所措地看著艾許，帶著尷尬地冷卻下來的熱氣，站在艾許面前的他一身狼狽。是因為這種情形帶來的相對剝奪感才讓他有這種感覺嗎？

心情真的……到此為止這種話，實在令人非常，不是滋味。

「這不就像是我在強姦你嗎？卡萊爾，雖然也有這種角色扮演的情趣，但我不想強迫真心想推開我的人。」

艾許看著卡萊爾，臉上彷彿沒有一絲留戀。

卡萊爾想不出該如何回覆，不，其實他知道，沒有意義的事，只要收手就好了。別再做這些一點也不適合他的蠢事，就這樣送走艾許就好。

那麼他們便不會再見面了。

「尼可那邊我會去說。」

聽到艾許口中說出尼可的名字，卡萊爾又開始動搖了。他想起自己原本的目的，是為了把這個男人放在身邊以便監視。

卡萊爾想起那個連自己都無法確信的理由。他的決定是因為不想讓弟弟幸福的生活出現任何一點意外。

「我會跟他說，介紹其他人給你可能比較好，這樣可以嗎？」

艾許斜靠在寢室的門框上望向他，就像隨時準備要離開一樣。這番與他劃清界線的話，就像是對兩人關係的宣判似的，一槌定音。

卡萊爾眼前漆黑一片，心中複雜的情緒無法用任何言語說明。結束了。

他一直都知道的。他們也就是見了四次面的關係，還是五次？反正不重要了。無論是那遙遠的從前，還是這兩週來發生的事，那些不知為何令他心緒混亂的事，通通要被抹得一乾二淨了。

『我知道了。』只要說出這句話，卡萊爾的生活就可以恢復如初。

想到這裡，他的身體彷彿被掏空似的，徒剩軀殼般虛無。「恢復如初」就是好的嗎？卡萊爾眯起眼。

「……」

沉默在兩人之間蔓延，艾許靜靜地看著不發一言的卡萊爾，半晌後像是要離開般轉過了身。卡萊爾望著他的背影，還有他身上被抓得起皺的襯衫，終於艱難地吐出了話語。

「我……」卡萊爾喉頭微澀，胸腔也傳來陣陣刺痛。

「我只是、還不習慣……應該是這樣。」

艾許並未因為他的答覆回過身，讓卡萊爾覺得度秒如年。從未有人稱讚過他個性好，但他還是懂得分寸的。

艾許是因為尼可拉斯的請託才願意配合他。在不記得兩人曾見過面的情況下，單單因為他人請託而見面的對象，如果再像他這般難搞……肯定很快就會讓人失去興致。

艾許自己也說過類似的話。從一開始，卡萊爾對他而言就不是個令人愉快的約會對象，更不是那個兼具聰穎狡黠與善良隨和的尼可拉斯．懷特。

他與卡萊爾太過不同。卡萊爾不知道該如何與艾許相處。他從未將 Alpha 帶在身邊，也沒有稱得上是朋友的對象。所以說，艾許更不可能對他這種人感興趣。

對卡萊爾而言可說是驚天動地的那個吻，對艾許而言應該早被拋在腦後。

「卡萊爾……」

卡萊爾的心口傳來酥麻的感覺，像有什麼裂開一樣針刺般的泛著疼，讓他倍覺痛苦折磨，卻根本不知道為何如此。

「你沒必要這樣勉強自己。」

伴隨一聲低沉的嘆息，艾許回過身來，方才像是隨時要飄遠的費洛蒙氣味留在了房內。卡萊爾感到一股莫名的安心，同時回答了艾許的話。

「我沒有。」

「我再問你一次，你真的……想跟我做這種事嗎？」

卡萊爾在艾許質疑的詢問下回想起自己剛剛經歷的一切。手指侵入時的異樣感，隨之而來的下意識抗拒，這些都被卡萊爾咬牙嚥了下去。

「……真的。」

艾許緩緩朝他走來，低垂著看向卡萊爾的雙眸重新恢復了先前的多情似水。明明才過沒多久，卡萊爾卻以難以置信的速度習慣了艾許的一切，而對他有了既定的期待。

「我知道了。」

艾許慢慢露出笑容，這一切衝突彷彿是偶然的意外般被輕易化解。卡萊爾沒來由地覺得心安。

「那麼，你想做到最後嗎？」

卡萊爾點了點頭，艾許凝視著這樣的他，靜靜地帶他坐到床上，接著拿來了被擱置在沙發上的威士忌。

酒塞拔出時發出清脆的聲響，然後是被推到眼前的酒杯。卡萊爾接過，同樣沉默地看著淺褐色酒液緩緩注入杯中。為自己也斟了酒的艾許拿著酒杯坐到了他身旁，輕聲開口。

「確實應該先喝杯酒。」

手中的酒杯被艾許的碰了碰。

「是我的錯，卡萊爾。」

看著明明沒犯錯卻主動道歉的男人，卡萊爾犯了難。腳踝上像是有什麼陷入了皮肉，好似小時候在樹林中落入捕獸夾時的感覺。

無法逃脫。

未經稀釋的酒精很快順著血管流向四肢百骸，在火熱的酒精灼燒著卡萊爾的喉頭與全身時，艾許只是與他天南地北地閒聊。

對話主要是由艾許提問，卡萊爾回答。就像之前在電影院見面時那樣，艾許想更瞭解卡萊爾這個人。這些到底有什麼意義呢？

即使懷疑，卡萊爾還是一點一滴地回答了艾許的問題，像是他的工作是什麼、從什麼時候開始出現這種狀況、喜歡什麼天氣、喜歡哪種酒，之類瑣碎的小事。有些問題，卡萊爾很快能給出答案，有些得深思許久。

「卡萊爾家裡沒有人是混血嗎？」

艾許像是突然想起什麼般問道。卡萊爾將酒杯從唇邊移開，視線緩慢望向他。上湧的酒氣讓卡萊爾全身暖呼呼的，緊張的同時又有種放鬆的感覺，非常矛盾。

「就我所知沒有。」

「這樣啊？」艾許朝斜靠在一旁的卡萊爾露出笑容，伸手撫上他的眼角。

「你的眼睛很漂亮，所以我才想說是不是有混到北方的血脈。」

「……北方，是指北歐嗎？」

「對。」艾許頓了一下再度開口。

「當然，我不是說你只有眼睛漂亮，卡萊爾自己應該也很清楚吧。」

「漂亮……你對所有人都會這樣說嗎？」

「當然不是，我只對漂亮的人說。」

「但這個詞似乎不大適合用在我身上。」

卡萊爾此刻就像穿上不合身的衣服般彆扭。艾許笑著摟住卡萊爾的腰，將他往自己身邊帶了帶，像是要壓倒卡萊爾似的俯視著他，輕聲呢喃。

「那『美麗』這個形容詞怎麼樣？」

「這也不大適合。」

「英俊、可愛、惹人憐愛？」

對於這類調情般的舉動，卡萊爾過去多是視而不見，要不是連一眼都不給地馬上離開現場，就是將對方當作空氣。

可他對艾許無法做到如此，心裡就是不願意，因此嘗試著轉移話題。

「……瓊斯先生又是如何呢？」

「我嗎？」

卡萊爾突然發現，這還是他第一次對艾許提出問題。除了職業、年齡，以及與尼可拉斯・懷特之間的關係外，他對艾許一無所知。

「是的。」

「你對這個感興趣嗎，卡萊爾？」

卡萊爾選擇了沉默。比起給人誤會的機會，還是這樣比較好，雖然已經晚了。

「我稍微有點複雜，父親混了一半的瑞典，母親則來自馬賽。」

所以才那麼會說話嗎？卡萊爾默默想著馬賽這個位於法國的城市。

「我很高興你對我提問了，卡萊爾。」

艾許在卡萊爾結實的腹部上挑逗著的手用了點力，推著他躺下並自然地覆了上去。早已被酒精浸透的卡萊爾只覺得懶洋洋的，又渾身發燙。手上的酒杯接著被艾許拿開。

艾許將兩人的酒杯擱置在床邊，對上卡萊爾的視線露出微笑，隱約的香氣隨著他的動作飄散。雖然是來自 Alpha 的氣味，卻不讓卡萊爾感到排斥，這種體驗還是頭一遭。

「卡萊爾，再多問我一些。」艾許彎起了一雙令人心蕩神馳的眼眸，後退著將手放上卡萊爾的大腿，使其為自己緩緩敞開。

方才匆忙收拾過的褲子再次被褪下，一吋吋滑過肌膚，卡萊爾口乾舌燥地移開了視線。

「對我越熟悉，你就不會那麼抗拒了。」

卡萊爾下身很快便一絲不掛，艾許熟練地剝去掛在他腳踝上的衣物，撐開了雙腿。卡萊爾的心跳開始止不住地加快。

再變得更熟悉，會發生什麼事呢？

這樣的念頭剛閃過腦海，艾許就已經擠進了卡萊爾的雙腿間。

「快問呀，卡萊爾。」

「瓊斯先生喜歡的類型……」問題就這樣不經思索地脫口而出。艾許也在瞬間壓低身軀，吻上卡萊爾光潔的大腿。

如羽毛般輕輕落在大腿內側的吻，留下了星星點點的印記，刺激著卡萊爾從未被愛撫過的地方。

「什麼、類型的、人……嗯、嗯哼……」

卡萊爾還沒來得及後悔這個問題有多愚蠢，便被刺激得瞪大了眼，忍不住挺起腰肢。不過眨眼之間，艾許便低頭含住了卡萊爾的陰莖。

艾許熟練地吞吐著卡萊爾碩大的性器，被用力吸吮著的感覺讓卡萊爾猛地繃緊下腹。感受到低垂著眼眸專注在眼前東西上的艾許動起了舌尖。

卡萊爾快速硬起的陰莖被艾許裹入嘴中吸吮，口中的唾液順著柱身流下，又被舌尖舔去。卡萊爾不自覺伸出手抓住艾許的髮絲，令艾許發出沉沉的低笑。

在艾許無比嫻熟的攻勢下，卡萊爾很快失去了理智。一半以上的性器被艾許吞入口中，抵在喉口處。像是要將人整個吞下般，艾許以濕潤的口腔盡情吞吃著性器的模樣實在太過煽情，還有他柔和的眉眼、纖長的睫毛，以及被卡萊爾握在手中的髮絲，在在令人心動。

手中柔順的髮絲觸感，讓卡萊爾不禁咬住嘴唇，下腹處硬邦邦的，他難耐地挺起腰腹，用力扯著艾許的頭髮。

艾許不僅沒喊疼，反而將他的陰莖吞得更深。前端被喉頭肌肉包裹著的感覺促使卡萊爾不自覺發出哼聲，就像要飛上雲端，感覺好得令人產生罪惡感。

被 Alpha 口交竟然能產生快感。

不過即使艾許的口交與愛撫技巧熟練得近乎完美，卡萊爾仍遲遲未能高潮。他對口交本身已經相當熟悉，快感確實會逐漸攀升，可就是怎麼樣都無法高潮。

艾許的手倏地摸上了卡萊爾的嘴唇，卡萊爾一下子咬住了摩娑著緩緩探入他口中的手指。艾許則同時吐出了他的性器，轉而用另一隻手套弄著已經濕漉漉的柱身，並用膝蓋將卡萊爾的雙腿分得更開。

「卡萊爾想知道我喜歡的類型嗎？」

他用力按壓著卡萊爾的舌頭，用手指攪動著聚積在口中將要滴落的唾液。

「啊。」卡萊爾口中洩出輕吟，腦中一片空白地鬆開了嘴。

「表現好的話，我就告訴你。」

卡萊爾在幾秒鐘後才瞭解艾許的話中之意。

沾滿卡萊爾唾液的手指向下探去，像稍早前那樣撫上他的後穴。緊繃的入口沾染著手指上濕潤的唾液，卡萊爾剛想併攏雙腿，就被艾許用親吻阻止了動作。

手指抽離口中所留下的空虛感，很快就被艾許靈活的舌頭填滿，神奇地令卡萊爾放鬆了下來。

「呃嗯、嗯。」隨著曖昧的聲音響起，濕滑的兩條舌親密交纏。艾許在卡萊爾口中用力舔吻、搔弄著的同時，手指也慢慢動了起來。

原本緊繃得像不可能放鬆的入口，在修長的手指揉弄下緩緩綻放開來。除了細微的疼痛，更強烈的是被侵入的異樣感。或許也受到了酒精的影響。卡萊爾本能地哼唧著要推開艾許的動作，因為纏吻著的舌頭變得遲緩。

艾許的吻讓卡萊爾彷彿融化了一般，整個人像浸在蜜罐裡，只想著要努力接受，唇邊總是不自覺洩出呻吟。

「哈、嗯、哼嗯……」

隨著手指逐漸深入，陌生的侵入感使內壁不住收縮，而那手指只是溫柔地按摩收緊的腸肉，像在尋找什麼似的，嘗試戳刺著內壁。

感覺、很、不舒服……

敏感柔嫩的腸壁被用力按壓的感覺讓卡萊爾汗流浹背，汗珠順著背脊流下，腹中像有東西在攪動著。

但很快，一股奇異的感覺湧上。

「啊……」

卡萊爾瞪大雙眼，臀肉因強烈的快感不由得收緊，原本沉浸在親吻中的唇也掙脫開來。

卡萊爾不明所以地低頭望去，只見艾許靜靜地笑著。

「找到了。」

找、找到什麼了？

「啊、哈啊、呃……」

卡萊爾還來不及發出疑問，腹中某處便被接連不斷按壓刺激，每每都讓他忍不住收緊雙腿，腳趾也蜷縮起來。卡萊爾掙扎著想逃脫，宛如被什麼東西追趕著似的，眼前忽明忽暗地模糊起來。

「哈、啊嗯、呃、嗯……」

口中發出的聲音變得不像自己，卡萊爾想咬唇阻止自己發出奇怪的聲音，卻總被艾許啃咬著下唇阻止。不斷施加在敏感身體上的刺激讓卡萊爾氣喘不已，掙扎著想逃離這種從未體驗過的快感。

「停、停下、艾許、啊嗯、這、太……嗯呃、呃……」

卡萊爾再也顧不得形象地胡亂踢著腿，床單隨著他的動作變得凌亂不堪，腳趾也被刺激得不斷蜷曲又伸直。簡直要瘋了，身體彷彿已經不屬於自己。

「太、太奇怪了，這個、哈啊……」

「這很正常的，卡萊爾。」

艾許溫柔地在他耳邊低語，似乎一切再尋常不過。

「這種時候，應該說舒服。」

不，不是的。這種將腦中攪弄成一團糊糊，讓人像是化成一灘水的感覺，並非如此輕易能形容。

艾許不輕不重地按壓著卡萊爾的身下某處，性器在後穴周圍試探的頻率，也漸漸跟上手的動作。

「艾、艾許……」

顫抖地呼喊著對方名字的卡萊爾最終抓緊了艾許，粗暴抓上肩膀的手指似是要把他的骨頭捏碎般用力，但艾許仍只是笑著。

「噓，沒事的。」

——什麼沒事，到底是……

卡萊爾腦中才剛閃過這個念頭，接下來發生的事讓他更加難以置信。

「啊……哈啊……」

他的眼睫顫抖著，腰肢用力地向後彎去，大腿也猛地僵直。

接著，精液從被艾許握在手中的陰莖前端湧出。

卡萊爾的眼前只剩一片白光，耳邊什麼也聽不見，莫大的快感緊接著貫穿頭頂。

噴射出的白濁落在艾許手上及卡萊爾的腹部，積壓了許久的精液又濃又多，艾許的手上沾了不少濃濁的液體。

艾許緩緩收回手，手指沿著內壁滑出，收縮著的內壁像是要挽留般不自覺蠕動。卡萊爾維持著仰頭的姿勢皺著眉眼，從緊咬著的嘴邊流下的唾液順著脖頸留下水漬。

「表現得很好呢，卡萊爾。」

艾許垂眼看了看，舉起沾滿精液的手。卡萊爾這才察覺到周圍的聲響，呆呆地看著艾許的手。

熱氣徐徐攀上卡萊爾的頸項，方才沒注意到的一切將他淹沒。艾許一臉無辜，又用著像要滴出蜜的視線凝視著他。

「我告訴你我喜歡的類型是什麼樣子吧。」

艾許頂著單純的表情，將手上卡萊爾的精液一一舔去。伸著舌頭舔拭精液的出格動作吸引了卡萊爾的視線。好色，太色了。

「我喜歡色情的人喔，卡萊爾。」

——就像現在的，卡萊爾這樣。

卡萊爾陷入沉默，羞恥心讓他無法開口，總覺得艾許會再說出更過分的話，眼前的景象也讓他不知如何是好。總之，有一件事能夠確定。

他，卡萊爾．佛羅斯特，而不是其他的任何人……能夠靠著刺激後穴達到高潮。

Chapter 4

第三週

「真的不用事先為你們準備餐點嗎？」卡萊爾幼時的奶媽，也是長年來為他打理家中大小事的梅姆女士問道。

略顯福態的梅姆大睜著眼，眼中閃著飽含憂慮的光芒。比起卡萊爾的母親艾莉絲，梅姆陪伴他的時間更多，甚至可能比艾莉絲更瞭解他。

正坐在長形桃木餐桌旁的卡萊爾放下了報紙，看向仍站著不動的梅姆，下了逐客令。

「我沒關係的。」

今天是卡萊爾首次帶人回家，梅姆仍在猶豫是否真不用為即將到來的訪客預作任何招待準備。她一方面是為了這意外的訪客感到緊張，一方面也是惋惜自己竟然不能留在現場。就算卡萊爾強調了兩次他們沒有任何關係仍是如此。即使卡萊爾知道長輩通常都是這樣，卻還是因為被梅姆誤會他跟艾許有些什麼而感到不自在。

嗯，只是不自在。

發生過那種事，每當想起艾許時，胸口升起的那股酸脹感，肯定也是因為不自在。

正確來說已經過去六天。自那天後，卡萊爾每天都會想起上週日下午五點左右發生的事情，這都是因為他的潛意識在作怪。當然，也是那段回憶為他帶來的羞恥感相當強烈。

還有僅僅是因為艾許……對他做的那些事，就解決了一個多月來困擾著他的症狀。

他已經許久無法達到高潮，不得已只能靠自己擼出來的狀況大概有幾個月，直到上個月變得連自慰都無法射精。

雖然他對性交的質疑並未因此而消失，好像也沒有什麼改變的地方，但總之從結論來看，卡萊爾確實高潮了。

他在艾許的手中正常地射精，艾許還把流淌在手上的精液美味地舔吃入腹。

這還沒結束，艾許像是玩笑似地說了喜歡色情的人，之後又折磨了卡萊爾一次。輕而易舉地阻止了卡萊爾的反抗，在他後穴攪弄的手指又添了一根。

彷彿要證明稍早的一切都是真實的，卡萊爾第二次也高潮了。艾許每次動作都讓他腦中的念頭消失得一乾二淨，眼前模糊不清，全身的血液像是要沸騰一般。

卡萊爾之後才想到艾許應該也要發洩這件事，他在確認之前猶豫了幾秒，因為他並不確定艾許是否也會希望透過與他的性行為解決生理需求。

艾許是說過「硬了」這種粗俗的詞，可之後兩人發生過爭執，他實在不好揣測艾許是怎麼想的。

卡萊爾自己現在的態度明顯是有問題的。他竟然連揣測對方這件事都要猶豫，要知道過去他對這種事一向是乾脆俐落的，這就顯得目前的狀況更奇怪了。

無論如何，在短暫的躊躇後，卡萊爾還是採取了行動。他輕咬著下唇直起身，以伸手去解艾許皮帶的動作取代發問，畢竟他所處的境況並不尋常，實在很難堂而皇之地問出口。

艾許卻立刻握住他的手笑道。

「我沒關係。」

沒關係？這代表艾許在這些行為中根本沒有興奮起來嗎？但艾許很快就提供了解答。

「現在做到底的話，卡萊爾會受不了的。」

這種低估他能力的話照理說應該是相當無禮的，可卡萊爾卻無法反駁。他說的沒錯，當前體驗到的事已經對他造成相當大的衝擊。

「你不是嚇到了嗎？所以沒關係，今天到這裡就好。」

對於一直維持著撲克臉的卡萊爾，艾許笑著說，接著便將他摟進懷裡，輕柔地將唇印在他的額上。

「我今天也大飽眼福了，就先試著忍耐一下吧。」

說要試著忍耐的艾許看起來一點也不像被勾起情慾的人。酒勁退去後開始恢復理智的卡萊爾也絲毫不想嘗試說服他做到最後。

這些對話結束，艾許還在卡萊爾身邊多躺了一小時左右，跟他聊著各式各樣的話題，最後約定了下週見面，便先行離開了。

這樣說來，他好像沒有跟艾許待在一起超過三小時。突然發現這件事的卡萊爾靜靜地盯著報紙。

「真的不用嗎？少爺？」

卡萊爾對梅姆已經問了四次的問題恍若未聞，只是用食指輕敲著桌面。

這似乎也毫不奇怪。

卡萊爾過去在性方面的活動都是安排在晚上，完事後多數是和對方一起睡上一晚再走。若是像這樣出於特別目的見面的對象，換作卡萊爾應該也會把該做的事做完就離開。

但心裡還是莫名發澀。

「少爺？」

卡萊爾在梅姆疑惑的呼喚中回過神來，揮去腦內的雜念。

「是的，梅姆，真的不用，妳就去休息吧。」

「少爺真是的，下次一定要介紹給我認識喔。」

不會有這種事發生的。可要是這樣說，梅姆肯定又會開始大驚小怪，所以卡萊爾只是安靜地從餐桌旁起身，將她送出了門外。看著不停回頭的梅姆走遠，終於只剩下卡萊爾獨自一人了。

三層樓的大宅靜悄悄的，連卡萊爾都不自覺緩下微弱的呼吸聲，重新走回了屋內。

這棟位於富人區旁漢普斯特德曠野的私宅，名義上是佛羅斯特家族的財產，實際上除了卡萊爾以外，沒有其他人會造訪。

受到祖父偏愛的凱爾，住在自己名下坐落在靠近市中心羅素廣場的私宅，他們的雙親則住在位於梅費爾的主家老宅，而這裡自然而然就給了卡萊爾。這可能也是艾莉絲對他的特別照顧。

從這裡越過漢普斯特德曠野遼闊的山丘，稍微往北走就能看到路口，距離格德斯綠地站最近的這間房子內部設有泳池、視聽室、會議室及撞球間，各種設施應有盡有。

卡萊爾基本上只使用書房與自己的臥室，空下的四間客房與其他房間，只有梅姆會定期進去打掃。加上卡萊爾近年幾乎都待在卡達，這裡沒留下什麼生活過的痕跡。

正想著，就聽到有人敲響了門。剛好還站在玄關沒離開的卡萊爾轉身握住門把，略為停頓後拉開了門。

首先映入眼簾的是大紅色的玫瑰。

「看來我沒走錯地方？」捧著花的艾許笑著說。

不同於上次在飯店見面時，艾許主動提出想到處看看，還問了卡萊爾能否為他介紹。卡萊爾點點頭，接著懷中便被塞入了盛開著的玫瑰花束。

「如果你不喜歡花，先說聲抱歉。我走了之後你可以丟掉沒關係。」

跟艾許在一起時初次體驗到的事又多了一項。卡萊爾記憶中有許多買花或請人代勞的經驗，但除了至今五次畢業典禮外似乎沒收過花。更別說私下收到別人送的花還是頭一次。懷中花束的重量讓卡萊爾覺得怪異又陌生。

「……不會不喜歡。」

雖然沒仔細思考過這個問題，但應該是喜歡吧，否則怎麼會一直忍不住去看艾許送的玫瑰呢。這算是喜歡花嗎？卡萊爾家的庭院裡，到了春天也會綻放各種顏色的芍藥，即使主人不在家，園丁與梅姆仍認真地照顧院裡的花草。

應該帶他去院子裡看看嗎？想起了位於屋後的花園，卡萊爾又開始煩惱起該從哪裡開始介紹。

「真是太好了。」艾許的語氣聽起來相當開心，「我也很喜歡呢。」

聽到艾許的話，原本正走向客房的卡萊爾頓住了腳步。明明是在說喜歡花，他卻瞬間聯想到了其他畫面。跟在他身邊的艾許困惑地望向他。

「卡萊爾？」

艾許也會用這種方式告白嗎？送上花，說出我喜歡你……下意識冒出的念頭讓卡萊爾一驚，搖搖頭甩掉這些想法，慌亂的感覺湧上。

「……抱歉，突然想到了別的事。」

「我沒有打擾卡萊爾吧？你有工作要做嗎？」

「沒有，不是這樣的。」

艾許的視線在卡萊爾與他懷裡的玫瑰來回打轉了一下，看似很高興地笑著說。

「真的很適合你。」

「……我能問問瓊斯先生喜歡什麼花嗎？」

卡萊爾委婉地問道。艾許對他的稱讚總是些跟他搭不上關係的特質，很難給予回應。還好艾許似乎並不大介意這些。

「玫瑰。就是卡萊爾現在懷中的這種紅玫瑰。」

「您不覺得這太常見嗎？」

「現在大家講到紅玫瑰就會聯想到浪漫，確實不算特別……」艾許側首看向卡萊爾，溫柔的視線像是眼中只有他一般。

「但也因為如此，我認為它也是最能代表愛情的花。」

愛情這個詞讓卡萊爾陷入了沉默。又是一個跟他八竿子打不著邊的事物。

「看來您很喜歡浪漫的話題。」

「是呀。」

艾許大方承認，接著便無比自然地將手環上卡萊爾的腰。不過才幾次見面，艾許的動作已經無比熟練。他將卡萊爾拉向自己，並垂眸凝視著他。

「卡萊爾覺得這個話題很可笑嗎？」

「我……」卡萊爾說不出話。真要說起來，他先前的確是這麼想的。

「直接說沒關係，我時常被人打趣說是不是太天真了。」

「那是因為每個人的價值觀不一樣。」

「所以還是要有像我這樣的人，這個比例才會平衡嘛！」

說著兩人再次邁出腳步，在卡萊爾介紹完廚房與客房後，便走上樓梯為艾許簡單說明整棟房子的配置。艾許對書房和視聽室表現出相當大的興趣，與先前對飯店內華麗的裝潢毫無反應的態度大相逕庭。

看到撞球桌時，艾許開口問了卡萊爾有沒有將此用於其他的用途上過，但卡萊爾無法理解他所謂的「其他用途」是什麼，便回了沒有，艾許便露出意味深長的笑容。

在大宅內轉過一圈，又回到客廳的艾許在鋼琴旁停下了腳步。

「卡萊爾會彈琴嗎？」

鋼琴一直都擺在這裡，但卡萊爾已經很久沒有坐到琴椅上了。他將視線轉到了鋼琴上。

「以前偶爾會彈。」

「現在不會的意思嘍？」

「因為沒有聽眾。」

又不是鋼琴家，卡萊爾沒時間為了聽音樂自己坐在鋼琴前彈奏。他的每分每秒都被各種應該做的事情占據。

「這裡不就有一個嗎？」艾許指著自己笑道，拉過沉默不語的卡萊爾，連同玫瑰花一起攬在懷中。艾許身上隱約有縈繞不去的香味與玫瑰香氣交織，不知為何讓卡萊爾感到暈眩，原本平靜的脈搏又開始加快。

「能彈給我聽嗎，卡萊爾？」艾許低聲懇求，用的是那種，像是真的在央求什麼的可愛語氣：「我想聽。」

卡萊爾心中本就不多的為難，在這句話下瞬間化為烏有，他深深吸了口氣。

「我知道了。」

「真的？」艾許露出開心的笑。

這到底算什麼。

從上次見面開始，男人就一直為了一些沒什麼大不了的事表示開心。這總讓卡萊爾莫名有種被冒犯的感覺。

像是想壓下心頭湧上的情緒，卡萊爾拉開琴椅坐下。這架平臺鋼琴已經許久無人使用，但仍有定期保養，不必擔心音準的問題。

「學藝不精，希望您能喜歡。」他對噙著笑意的艾許說。

聽到卡萊爾客氣的語氣，艾許俯首輕吻他的臉頰。

「謝謝你，卡萊爾。」

意外被親了一下的卡萊爾垂下眼皮，心臟激烈跳動得發疼，臉頰湧上的熱意大概也肇因於此。

卡萊爾唯一一項幾乎不遜於優性 Alpha 的優點就是記憶力，他能記住很多東西，不只是現在打算演奏的樂曲，還有弟弟被綁架的那天早晨喝的橘子汁香氣，祖父在他代替弟弟在社交界亮相的那晚露出的表情，以及初次與艾許接吻那天，他身上襯衫的顏色。

這其中有些是卡萊爾想忘也忘不掉的，也有些是因為他不想忘掉。

但關於初次見到艾許那天的事，是唯一讓他無法明確區分屬於哪種類型的回憶。究竟是因為他自己想記得，還是因為怎樣也無法抹去。

在腦中挑選著曲目的卡萊爾突然陷入了這樣的沉思，艾許只是安靜地坐在一旁看著他，兩人的吐息在房內靜靜飄散。卡萊爾最後終於選定了一首曲子。

他的技術並不高超，但真要說起來，這曲子可說是他彈起來最得心應手的一首。不，其實，他是覺得艾許搞不好會喜歡這首曲子才選了它。

卡萊爾努力甩掉腦中浮現的念頭，動了動手指。太久沒彈琴，他的手果然有些僵硬生疏，輕微的緊張感束縛了指尖的靈活度。他暫時停下動作，緩緩活動了一下手指才開始正式演奏。

落在白鍵上的手指修長白皙，粗細適中的手指動作逐漸快了起來，優雅地鋪展開來的旋律節奏慢慢快了起來。

一點點地。

非常、非常細微地。

加速了起來。

他的手中像是有什麼東西在翻騰般，心臟怦怦直跳，隨著曲子加快，整個人也陷入其中。這是卡萊爾從來沒有在彈琴時體驗過的感受。每當他感受到艾許露骨地落在自己臉上的視線越發熾熱，就會更感到頭昏腦脹。

不自覺屏住呼吸的卡萊爾緩緩舒出一口氣，樂曲也緩緩歸於平靜，直至琴鍵上的手指停下動作。隨著隱約迴盪著的旋律完全消散，心情也像是沉澱在水底一般。

「……不知道這符不符合你的喜好？」

片刻的沉默讓卡萊爾喉頭發乾，只有極少數的狀況會讓他出現這種感覺。就像是，渴望得到祖父稱讚的小男孩會有的感受。

他不敢轉過頭。客觀來說，卡萊爾的演奏並不差，就算疏於練習，技巧或節奏都還是非常準確。但是，光靠這樣是否就能得到艾許的喜愛……

「卡萊爾。」

艾許的手伸了過來，捧起卡萊爾低頭盯著琴鍵的臉轉向自己。卡萊爾眼睫輕顫，壓下短暫的動搖，再次抹去了臉上的表情，一如往常。

「這是我聽過最美的演奏了。」

「我真的很喜歡。」

艾許又再次說了喜歡。就像稍早說喜歡玫瑰一樣，都是不帶任何其他含義的語句，卻還是讓卡萊爾定在了原地，但他很快就找回理智。

「過譽了。」

「我聽過很多演奏，卻是第一次聽到那麼喜歡的。」

曲名是什麼？艾許撫摸著卡萊爾的臉頰，望向他的眼中帶著難以形容的光彩，而這雙美麗的眼眸現在只映著卡萊爾的樣子。

「Liebestr äume。」

「是德文嗎？」艾許臉上的笑意更深了。

「……對。」

「我不知道你還會說德語。」

「只是日常對話的水準。」

「很性感喔。如果卡萊爾是德語老師的話，我高中時一定會選修的。」

卡萊爾眨眨眼，強壓下想啃咬自己嘴唇的動作，渾身僵硬著，連只是輕觸在他頰上的手都無法輕易擺脫。

「那麼……曲名是什麼意思呢，老師？」

艾許半開玩笑地湊近他身邊低語。兩人的鼻尖幾乎要碰在一起，隨著艾許俯首接近，卡萊爾唇上都能感受到艾許呼出的氣息，吹拂的感覺令他口乾舌燥。

「……」

不過就是三個字，根本算不上什麼，但卡萊爾就是無法輕易說出口。

「……愛……」

只是個普通的曲名罷了，卡萊爾努力揮去那絲他自己也無法理解的猶豫，緩緩吐出那三個字，聲音低沉乾澀。

「……愛之……夢。」

「這樣啊？」

艾許回道，溫和彎起的眼眸直盯著卡萊爾。回望著他的視線，卡萊爾又感受到一股幾乎像是要令他昏過去的飄忽感。

到底為什麼……艾許為什麼要這樣笑？這也只是他的習慣嗎？

「這意思我很喜歡。」

卡萊爾胃裡像是有什麼東西炸開了般，順著血液翻湧著，溫暖又酥麻的感覺傳遍全身。血液翻攪讓卡萊爾更覺口渴。這時艾許又朝他靠了過來，輕輕啃咬他的上唇，柔軟的唇就因為他猜中了艾許的喜好。他說他喜歡這首曲名的意思。

瓣被吸舔著。卡萊爾推著艾許的肩，艱難地將頭轉到一邊，他的心臟飛速跳動，隱隱作痛。

「……您、您要喝點茶嗎？」

卡萊爾這時才發現他竟連這種基本的招待都沒做，但帶著莫名笑意的艾許只是微微低下了頭。

「茶嗎……」他輕笑著，「比起茶，我比較想吃點別的。」

他滾燙的手掌撫上仍端坐在鋼琴前的卡萊爾的大腿，柔軟又飽滿的掌心揉捏著大腿內側，促使卡萊爾瞇起眼。

「要去洗澡嗎，卡萊爾？」

耳垂被用力咬了一下，短暫沉默後，卡萊爾才開口。

「……好。」

卡萊爾回絕了艾許一起洗澡的提議，語氣連他自己聽起來都覺得很無情。但考慮到他從未與人一起沐浴，加上總覺得會發生什麼難以預測的狀況，他還是選擇拒絕。艾許只是笑了笑表示知道了。

他這次比平常花了更長的時間沖澡，也像是因為緊張。竟然會因為這樣而緊張的自己讓卡萊爾更加焦躁不安，心裡七上八下的。

順著水流摸向隱密處的手指在碰到入口後又移開，想起艾許深入他體內的手指，還有那指尖帶來的快感，他幾乎快被難以形容的羞恥感淹沒。

懷疑是不會輕易消失的，他仍然不清楚自己能透過這種行為改變什麼。過去三週的成果姑且只能證明 Alpha 跟 Alpha 的確可以性交，還有艾許．瓊斯這個人的吻技有多麼……

想到這裡，卡萊爾放下了蓮蓬頭。他的腦中混雜著各式各樣的念頭，就像一團雜亂無章的線頭。

他不應該再想下去了，卡萊爾一邊試圖找回平靜，一邊走出了浴室。艾許應該還在臥室對面的客房沐浴。

走進房間的卡萊爾因空氣中隱約飄散的青草味停下了腳步。房間一側的兩扇窗之間，有一扇可以通往露臺的門，現在正大大敞開著。站在門前的正是艾許。

從卡萊爾的視線可以看到艾許寬闊的肩膀與平滑的背部，以及原本在衣物遮擋下難以看清的整齊肌肉線條，曲線完美的背肌連接著結實的腰線。

他的目光逐漸下移，艾許的下身以毛巾遮擋了一半，卡萊爾在那裡轉開了視線並下意識地摀住眼，接著才難堪地開口。

「……等很久了嗎？」

艾許聽見他的聲音便立刻轉過身，帶著水氣的髮絲捲出柔和的弧度，被隨意地爬梳到額後。因為沾濕而顯得比平常更深的髮色，襯得艾許的臉別有風情，平時給人溫和印象的臉蛋此時顯得更為性感。

「卡萊爾，你們家的花園真漂亮。」以平易近人的語氣稱讚著花園的艾許走向卡萊爾，胸口仍有未擦乾的水珠滑落，筆直漂亮的鎖骨緊接著是胸膛，都和他的背部一樣肌肉密布。溫柔和善的長相一配上保養得宜的身材，艾許瞬間就像變了個人似的。

「沒經過你的允許就進來了，真是抱歉。」

「沒關係。」

艾許站在卡萊爾面前，視線落在卡萊爾套著浴袍的身軀上，一雙笑眼緩緩打量著他。被艾許視線掃過的地方泛起癢意，不久後艾許的目光停在卡萊爾的下腹處，咧嘴笑了起來。

「要幫你擦擦嗎？」

「您沒必要……」

「你會感冒的。」

卡萊爾成年後連小感冒都沒得過，但還來不及反駁，艾許眨眼間就將他拉到床邊坐下。

艾許做出一副單純的表情，跪坐在卡萊爾身前，接著握住了他的腳踝。

「我可以自己擦。」

「艾許，真的不……」

溫熱的手握上腳踝，卡萊爾閉上了嘴。包裹住他腳掌的手將整隻腳舉起，艾許低下頭，嘴唇碰上卡萊爾形狀優美的踝骨。

該不會，他說的擦是……卡萊爾還沒弄清狀況，艾許已經開始舔吻他的腳踝。被輕輕吮吸的肌膚彷彿有電流滑過，腳背不住抽動。驚慌的卡萊爾掙扎著向後移動，但握著他腳踝的艾許仍居高臨下地看著他。

「艾許，等等，這種地方……」

卡萊爾又閉上了嘴。小腿後側的腳筋與踝骨之間的凹陷處被男人重重舔拭著，泛起的顫慄感流竄全身，雙腿漸漸分開，讓艾許得以往上親吻。小腿、脆弱的膝蓋後側軟肉，接著是大腿……

卡萊爾不自覺地雙腿大張，原本搭在肩上的浴袍滑落，裸露在外的肌膚在空調吹拂下冷得激起一片疙瘩。

跪在卡萊爾雙腿之間的艾許握住了他的雙膝，不停地愛撫，大腿內側最敏感的部位也被吻覆蓋，不知何時已高高挺起的陰莖一跳一跳的。艾許看著在他眼前抽動著的陰莖，然後對上了卡萊爾的視線。

艾許用臉頰磨蹭著卡萊爾的陰莖。

身下蓄意誘惑的行為讓卡萊爾的性器迅速硬挺起來，某種本能的慾望湧出，想讓眼前彷佛撒嬌般用臉蹭著自己的男人吃下自己的東西。這對於身為 Alpha 的卡萊爾來說是再自然不過的慾求。

艾許帶著性暗示的笑意瞅著卡萊爾，接著張開唇輕咬了一下卡萊爾的前端，讓他洩出一聲短促呻吟。艾許像在吃甜食一樣舔吻著眼前的巨物，緩緩垂眸，慢條斯理地用形狀姣好的雙唇將其含入嘴中。

哈啊，卡萊爾忍不住粗喘，輕皺著眉頭閉上雙眼，嘴巴緊咬著阻止更多聲音洩出，不輸艾許的健壯上身隨著喘息劇烈起伏著。

嘖嘖的舔吻聲響起，身下傳來的快感讓卡萊爾無暇再分心，過了幾分鐘才發現狀況不大對勁。

不知何時，他已經躺在床上，呈現自己抱著膝蓋、雙腿大開的姿勢。努力平穩氣息，卡萊爾睜眼眨了眨，便看到艾許正俯視著他。

「……艾許？」

「卡萊爾。」

身上充滿危險氣息的艾許低語。

「答應我，從現在起不許亂動。」

艾許的嗓音低沉沙啞，卡萊爾第一次聽到他用這種聲音說話，還沒深想就點了頭。卡萊爾的頭腦已經被上湧的熱氣沖昏，難以思考，只能順著他充滿慾望的嗓音行動。

「真乖。」

卡萊爾剛點頭，就被擒住了膝彎抬高，雙腿大張著整個人向後倒去。奇異的感覺令他頓了一下，眨眼之間艾許便壓著他低聲說。

「現在要做什麼呢？」

問題的答案在難以預料的地方傳來奇怪感覺時呼之欲出。

「等、等等……哈啊……」不合時宜的喘息聲從唇邊溢出。

瞪大雙眼的卡萊爾勉強支起身，腹部因為驚嚇縮緊。完全無法掌握究竟發生了什麼事的他顫顫巍巍地向身下看去，卻被眼前的光景驚得倒吸了一口氣。

艾許正在舔他的後穴。

衝擊性的景象令卡萊爾胃裡一陣倒騰，背上全被汗濕。過去與 Omega 上床的時候，他從未做過這種事。其他愛撫倒是無所謂，但對口交總是有種莫名的排斥，沒想到會在這種情況下體驗到了。

「艾許，等、等等，哈、嗯呃……」

身後緊閉的穴口被細細密密地舔過，敏感處被舌尖戳刺著的感覺，讓卡萊爾繃緊了臀部肌肉。

「艾許，那裡很髒……嗯、拜託、請你、停下……」

艾許未依言停止動作。目光恍惚的卡萊爾總算明白對方為什麼要讓自己別亂動。他，卡萊爾本人，正像個 Omega 一樣被人舔著後穴。

「嗯、哈啊……停、停下……」

方才還緊閉的入口慢慢變得濕潤，脆弱的黏膜傳來的奇異快感讓卡萊爾腿上不覺使力。不該感受到快感的地方被吸吮時讓他有了感覺，將卡萊爾推向理智崩潰的邊緣。

「艾許，還不如、直接……啊……」

卡萊爾難以忍受地用力試圖撐起身，卻因為艾許的動作再次失敗。感受到身後的舌頭乘隙鑽入了緊閉的穴口，卡萊爾猛地閉上嘴，手指用力捏皺了身下的床單。

艾許緊貼著企圖逃脫的卡萊爾，抓著他膝蓋的手也用力將人固定住。這是一向將卡萊爾當作易碎品般悉心對待的艾許第一次那麼用力地壓制他，這也讓卡萊爾心中升起一股微妙的悸動感。

「哼、哼嗯……」

無論卡萊爾如何緊咬牙關，鼻間仍止不住發出哼聲。探入後穴的舌頭在穴內來回游動，敏感的內壁變得濕潤，卡萊爾能清晰感受到身後所有令人顫慄的動作。

被認為不潔的部位現在正被艾許舔吻著的事實所帶來的衝擊，與內壁傳來源源不絕的快感混雜在一起。該怎麼辦？用這裡也能獲得快感嗎？卡萊爾身為一個Alpha，認知中能得到快感的器官應該只有陰莖，現在的狀況已經超過他的接受範圍。他竟然能從抽插以外的行為得到快樂。

卡萊爾在艾許的攻勢下幾乎魂飛天外，下身像要被舔化了般，伴隨著胯下傳來的陣陣水聲，卡萊爾渾身無力地癱倒在床上，性器仍筆直地硬挺著，幾乎要貼上下腹，清澈的前列腺液在小腹上留下濕痕。

不斷堆積的快感即將來到高潮。模仿性交抽插的舌頭在後穴不斷進出，時而刺激著脆弱的內壁，時而舔拭穴口的皺摺，在不斷刺激之下，卡萊爾很快便接近高潮的狀態。但果然還是不行。身為Alpha，他無法接受自己靠著被舔吻後穴就射精。

感受到危險的卡萊爾翕動著唇，就在正要發出哀求的前一刻，艾許總算移開了嘴。感受到舌頭離開的後穴收縮著，空虛與遺憾的感覺襲來，卡萊爾壓下了想罵髒話的衝動。怎麼可能覺得遺憾？

艾許直起身笑著看向卡萊爾，原本被撥到額後的濕髮現在已經風乾，垂落到額前。

「濕得很漂亮喔，卡萊爾。」

艾許臉上仍帶著習慣性的笑容，聲音比剛才更加低沉。他伸手撫摸被自己唾液濡濕的卡萊爾的後穴，尖銳的快感讓卡萊爾腰肢顫動。

「這裡也是。」

搔癢感隨著他的指間掃過會陰，撫上卡萊爾的下腹。布滿前列腺液的腹部一片水亮，摸上去就是滿手滑膩。卡萊爾方才感到興奮的證據，就這樣赤裸裸地呈現在兩人眼前。

「那麼舒服嗎？」

「那個……」

卡萊爾只覺得腦中一片空白，重獲自由的身軀不自覺地朝後退去。

但艾許沒讓他就這樣逃走。抓住卡萊爾腳踝的大手猛地一拉，兩人的身體再度緊貼在一起，濡濕的穴口也碰上了某處。那東西的熱度不亞於方才的手指，這次卡萊爾不用看也知道那是什麼。

心跳快到他胸腔發疼，再這樣下去可能就要爆炸。緊張、微妙的興奮、排斥感一股腦兒席捲而來。

與過去被愛撫的經驗完全不同，卡萊爾的身體本能地排斥同樣來自 Alpha 的費洛蒙。

「剛剛。」

艾許目不轉睛地凝視著卡萊爾開口。他幽深的瞳孔讓卡萊爾感覺自己無處可逃，像是被迷惑般回望著他。艾許兩隻瞳色不同的眼眸映著慾望，那是無可質疑的情慾，露骨的、令人渾身發顫的、無法視而不見的慾望。

這副模樣與剛才果斷抽身的人大相逕庭，卡萊爾全身彷彿有電流竄過。

艾許．瓊斯現在渴望著卡萊爾．佛羅斯特……

這個念頭在卡萊爾體內深處勾起無法言說的興奮，甚至能麻痺本能排斥其他 Alpha 的費洛蒙的身體。他的性器脹大至極限，整個人暈乎乎的。

「我找過了，這裡似乎沒有潤滑劑。」

那是當然的，卡萊爾從來都是與情動時會自行分泌體液的 Omega 上床，自然沒必要在房裡準備那種東西。

才稍微分神，艾許的陰莖已經開始在卡萊爾的後穴打著圈揉弄，渾圓的龜頭在入口處摩擦，像要把皺摺熨平般。快感迅速擴散開來，光是這樣的觸碰就讓卡萊爾近乎瘋狂。

輕柔地在入口摩娑著的性器，很快就熟練地探入其中。在唇舌退出後立刻又縮起的那處，再次被堅硬的肉棒緩緩撐開。

「雖然已經好好做過擴張了……」

隨著窄小的洞口被粗大的性器擠開，卡萊爾微微張口喘息，但像是氣管被堵住般喘不上氣。他剛才並未仔細看過艾許的下體，完全不知道自己將被什麼尺寸的東西進入，只覺得後穴被撐開到極限了。

「會痛喔。」

艾許說這句話的同時向前挺身，卡萊爾感到後穴突然被撐開。

「啊、哈、呃……」

本能的抗拒、難以言喻的壓迫感，加上撕裂般的疼痛，令卡萊爾緊緊咬著唇，下頷不住顫抖。殘存的快感與疼痛混合在一起，帶來一股無法形容的感受。

「卡萊爾，看著我。」

卡萊爾像是忘記了該如何呼吸，才進了一點的肉棒剛撤出去，他就嗆咳了起來，接著因為接連的咳嗽顯得蒼白的臉被捧住。

「卡萊爾，嗯？」

卡萊爾在溫柔似水的嗓音裡艱難地抬起頭，捧住他汗涔涔臉頰的手輕輕揉搓著，為他緩解了些許緊張。

「不行了嗎？」

氣喘吁吁的卡萊爾皺起眉，方才抽出的性器又重新搗了進去，這次進入的速度稍微快了些，也比剛才更深入。那剛才究竟進到哪裡了？卡萊爾抓回縹緲的神智，才終於開了口。

「可、可以。」

「是嗎？」

「還可以、忍……嗯……」

粗大的性器在緊閉的嫩肉之間進出，像是要鑿開堵塞處般插入、抽出，反覆著進出的動作，卡萊爾額上也因此布滿冷汗。

他已經無心去想自己是不是正被另一名 Alpha 玩弄著後穴，是不是正像 Omega 一樣被插入，因為艾許的東西實在太大了。卡萊爾眼角掛著淚珠，咬牙緊閉著眼搖起頭來。

「噓，乖，快好了。」

騙人。艾許的性器仍在不斷進入，這樣還不如像剛才一樣被舔穴來得更好。卡萊爾不知道這一切什麼時候能結束，只能在艾許退出時困難地嘗試呼吸。

「艾、許……太、這太……太大、哈嗯……呃。」

卡萊爾心裡清楚在 Alpha 男性之間，不，在任何雄性生物間，談及陰莖大小與那微不足道的自尊心有關，還是忍不住說出了這句話。

「呼吸，卡萊爾。」

卡萊爾再次搖起頭，緊咬著的牙關發酸。

他怎麼可能會知道，該怎麼在後面被開拓時呼吸……

「卡萊爾裡面，真的……很舒服。」

這句話讓卡萊爾再次找回了呼吸，他眨著眼前的水霧勉力睜開眼，艾許則是一如往常地凝視著他，表情淨是彷彿看著戀人般的依戀，撫在他臉上的手溫柔地揉捏著。

「我能動了嗎？嗯？」我可忍耐很久了。

這短短一句話就讓卡萊爾長長舒了口氣，滿溢的情感湧上心頭。艾許抓緊機會將自己全部挺進，粗長得彷彿沒有盡頭的性器總算完全沒入窄小的穴中。

「……啊、哈啊……」

顫抖著吐出氣息，視線模糊的卡萊爾身體僵直，腹部傳來像被人狠狠揍了一拳似的鈍痛。擴張後仍然相當緊繃的後穴深處火辣辣的，百般折磨人，但即使如此……

「卡萊爾。」

卡萊爾顫抖著揪緊了床單的手被艾許的覆上並交握，幾乎要脫力的手被艾許帶著往下，手指碰上了那處。

卡萊爾的手被艾許控制著撫摸自己的後穴，感受到被完全撐開的脆弱黏膜，還有吞到性器根部的洞口。他感受到了，艾許正在他的體內。

神情渙散的卡萊爾喘著粗氣，視線無法聚焦。

「都吃進去了呢。」

交纏著的手指輕輕撫過入口處，卡萊爾覺得自己變得奇怪了起來。他，把艾許的、艾許的東西在他體內……陰莖，在他體內……

「如果還是覺得不行……」

在卡萊爾身後摩娑著的手被拉到身前，艾許將兩人的掌心相對，扣緊了十指。卡萊爾是第一次與人這樣十指交纏，心跳快得像是隨時要爆炸，胸腔傳來難耐的抽痛感，又癢又疼。

「就抱緊我，卡萊爾。」

話音剛落艾許便將性器大幅退出，卡萊爾覺得內臟彷彿要一起被抽出體外，不住地大口喘氣，還沒來得及平穩氣息，艾許又深深挺了進來。

感覺就像新生的皮肉再次被扒了開。後穴緊繃的內壁狠狠纏住入侵者，試圖將這巨大的異物往外擠。艾許的另一隻手在這時握住了卡萊爾的前端。

因為疼痛變得萎靡的陰莖落入滾燙的大手中，被輕輕撫弄，像安慰一般輕柔撫過柱身。艾許讓兩人的身體更加緊貼，還在卡萊爾體內的性器也隨著動作更加深入，堅硬的肉棒不斷戳刺著被操得軟糯的腸道。

「……呵、嘶……」

卡萊爾死命忍著呻吟，疼痛感讓這件事變得更容易了些。用力過度的下顎開始發疼，但他仍嘗試調整呼吸。

艾許在這時吻上了他的下巴、臉頰、鼻子，接著是眉骨，都被柔軟的唇瓣依序蜻蜓點水地吻過，微弱的低沉笑聲在耳邊響起。

艾許緩慢地動著腰，在卡萊爾體內打轉，像是要把內裡的嫩肉鬆開來，龜頭總在某處頂弄著。艾許反覆地埋在卡萊爾內裡攪動、退出，再輕緩挺進的動作，像是善良地照顧著卡萊爾的感受。

撕裂的疼痛慢慢退去，取而代之的是另一種微弱的搔癢感，類似剛才被舔穴時的那種感覺逐漸漫了上來。

微妙的恐懼令卡萊爾不自覺抓緊了艾許的手，艾許隨即像收到信號般改變了動作。原本只在入口附近淺淺抽動的性器，開始更深地往裡前進。卡萊爾因此緊繃著大腿、發出呻吟的同時，艾許進到了更深處。

「呵、呃……」

一股微妙的電流上竄，艾許的性器擦著某處搗了進去，又擦著那處抽了出來，龜頭每次摩擦著經過時都會讓卡萊爾雙腿不自覺用力，腿部肌肉變得僵硬，體內也有股莫名的感覺油然而生。

「哈、呵呃、嗯……」

卡萊爾的呻吟逐漸染上一絲甜膩，「呃、嗯……」在他不注意時，帶著鼻音的微弱哼聲已經從唇間洩出。卡萊爾上半身發軟，不住地挺動腰肢。

「……看來會比預想的還快。」

艾許喃喃自語，卡萊爾不懂他說的話是什麼意思，只知道有什麼事正在發生，一種他無法理解的狀況。

「啊、呃、呵呃……哈、呃。」

艾許進出的速度與頻率都在不斷加快，將肉穴撐至極限的陰莖直直釘入卡萊爾體內。在反覆幾次這樣的動作之後，卡萊爾便感受到了酥麻的快意。

「呵、呃……」

卡萊爾雙眼圓睜，每當幾乎要把肉壁搗爛般的陰莖用力刺入，內壁就會傳來麻酥酥的刺激感，那股癢意不斷上漲如鑽心般刺激。卡萊爾的性器也在艾許手中再次充血硬挺起來，顯示他已經感受到快感。

「等、等等，哈呃、啊、呵呃，啊……」

撲騰著的身體幾乎要丟盔棄甲，卡萊爾寧願繼續像剛才一樣忍受疼痛，也比現在這樣來得好。用後穴含著粗大的東西，卻還能體會到快感，對 Alpha 而言簡直太、太不像話。

「一般來說，應該要花上好一段時間才能那麼有感覺。」

艾許沒有停下動作，反而加快了速度，開始擺動腰肢，結實的大腿拍打臀部發出的啪啪聲昭示著一切才要開始。卡萊爾身體一抖一抖的，雙腿也無力地隨著艾許的動作晃動著，還能感受到濕潤的內壁用力絞著肉棒的異樣感覺。

「停、停一下，呵呃、艾許……」

恐懼不斷湧來。卡萊爾不想承認自己害怕，但確實是如此。他感覺自己像是陷入了奇怪的地方，不能再這樣下去了。與陰莖進行插入式性交時完全不同的快感衝擊著他的全身，疼痛已經大幅退去，只剩下微弱的感覺，在一波波快感之間若隱若現。

「看來卡萊爾很有天分呢。」

卡萊爾覺得有股血氣上湧，咬著唇大力搖著頭，像是要否認艾許所說的話，用自由的那隻手拚命撐起身體，可意圖逃跑的身軀立刻又被艾許壓在身下。

沉重的肉體緊緊壓著卡萊爾，上身貼著對方結實的胸肌，不知何時挺立起來的乳頭在艾許光滑的胸部上摩擦著。

「不，艾許，停，不要了……哈呃、呃、嗯、呃嗯！」

拚命壓下即將決堤的生理性淚水，卡萊爾用力往上看，將濕意收回眼眶。他不可能哭得這樣難看，就算他在艾許面前展現過許多不堪的模樣，他也不想再讓對方看到自己更多的醜態。

「討厭嗎？」

卡萊爾困難地點了點頭。

「呵呃、哼。」他盡力不讓自己發出聲音，用腳撐住床面，努力想離開深深侵入自己雙腿之間的艾許。

「真的？」

艾許扭了一下腰。方才最能感受到酥麻感的地方被性器尖端胡亂地蹭了下，光只是被頂弄那處，卡萊爾就像是要瘋了一樣，只想乾脆就這樣昏死過去，這實在太……「哈、呃、呃嗯，啊、啊啊……」

太舒服了。

卡萊爾仰起頭，上身彎成一道弧線，搖晃不穩的身子被艾許攬過抱起。被放開的手空落落的，他就這樣被艾許一把撐起身體，坐在了艾許的腿上。

相對而坐的姿勢讓性器進得更深，卡萊爾緊縮的臀部顫抖著，全身肌肉都繃得死死的。

「啊、啊啊。」沒能吞嚥的唾液順著脖子往下滑去。

「但你吸得那麼緊？」

「……哈呃、呃、啊……」

艾許摟著卡萊爾的腰身，在他耳邊低喃著粗俗的話語，卡萊爾的身體隨著他下身的動作起起伏伏。兩人的身體緊貼在一起，汗濕的兩具赤裸軀體互相摩擦著帶來更多快感。

只要是艾許接觸到的地方，都會升起快感，從胸部、手臂、肩膀、腰、大腿，一直到兩人的結合處……

「你知道嗎？」

卡萊爾毫無防備地仰起頭，就像是反射動作。現在的他已經無法思考任何事，腦中一片空白，只能感受到像是用手指玩弄著後穴時，不，是比那時還強烈的快感。

「我第一次遇見像卡萊爾這麼敏感的人。」

性器在後穴裡打著轉，卡萊爾費力地抬起手臂，握住艾許的肩膀。得想辦法脫身才行，不然的話，再這樣下去……

「啊、不，哈啊、呃、嗯！」

「不是嗎？」

「我、才沒、感，呃嗯、啊、嗯！」

說著違心之論的卡萊爾想盡辦法撐起大腿，讓體內的性器滑出了一半。

艾許只是笑看著他動作，又溫柔地將他拉回懷裡，緊箍住他的腰肢。心中湧起難以言喻的不安感，卡萊爾眼神游移，艾許則直直盯著他的臉，倏地用力壓下他的腰。

隨著瞬間被撐開的感覺，他深深頂入了卡萊爾體內。

卡萊爾大腿痙攣著歪倒下來，上半身落入艾許懷中，像是全身被鑿穿的感覺與無比的快感同時湧上，順著脊柱攀上頭頂。

卡萊爾頸上青筋暴起，如果不立刻停止，他有預感將會發生更不可控的事。他突然想起，艾許要他覺得不行就抱緊他的那句話。

來不及深想，卡萊爾幾乎是本能地抱住了眼前的男人。他展開雙臂環抱著面前滾燙又柔軟的身軀，將臉深深埋入艾許的脖頸間，就這樣緊緊地抱住他，像是攀住了救命浮木。

艾許的動作頓了一下。

卡萊爾彷彿不願放手般抱著艾許，粗重的吐息落在他的肩上，體內有什麼在蒸騰升起，讓他感到被填滿。

「艾許，慢、慢點……」

話還沒說完，他就與男人對上了眼。艾許看著他的眼中絲毫不帶笑意。

「卡萊爾……」

「呵、哈呃，什、什麼、啊、事，哈啊、啊……」

「你再這樣撒嬌……」我可就停不下來了。

話落，艾許像是變了個人似的動了起來。原本輕柔上頂的動作不再游刃有餘，卡萊爾被撞得全身搖晃，粗壯的性器在後穴大力戳刺著。

下腹升起的刺激強烈，慢慢地、慢慢地累積著，在艾許無數次的撞擊下，累積的歡愉瞬間在腦中如煙花般炸開，卡萊爾體內迎來滅頂的快感。

「……哈！……啊！」

卡萊爾大力喘著氣，腰間的弧度彎成了極限，仰著頭簌簌抖著。下腹繃緊著噴射出精液，馬眼掛著白色黏液，胸腹也沾上點點白濁，甚至落在艾許的胸上。

腦中空白的卡萊爾眼前發黑，他喘著氣用力閉上眼，抱住了艾許。艾許的手在他背上輕撫安慰著。

「我不是說了嗎？」

艾許溫柔多情的嗓音在他耳邊低語，一面啃咬著他的耳垂，一面用極盡色情的方式來稱讚他：「你很有天分。」

卡萊爾勉強抬頭望著艾許。看著似乎還沒理解剛才發生了什麼事的卡萊爾，艾許露出親切的微笑。

「還不明白嗎？」

不自覺露出懵懂表情的卡萊爾眨了眨眼。他真的，完全無法理解，現在，究竟發生了什麼事。他剛剛經歷了絕頂的高潮……

「別擔心，卡萊爾。」

艾許又動了起來。卡萊爾撇撇嘴，不小心哼了一聲，抬眼對上了艾許的視線，後知後覺地為自己現在的模樣感到羞恥。

他放開了環抱著艾許的手，猶豫著伸手遮住了那雙美麗的眼瞳。卡萊爾能清楚感受到在他掌心中翕動的眼睫。艾許發出了低笑聲。

「我們的時間還很多……」

艾許拉下了卡萊爾擋在他眼前的手，放在嘴邊吻了吻。

「我會讓你知道，你的天分究竟是什麼。」

熱燙的嘴唇緩緩包裹住他的手指，溫熱潮濕的口腔含住食指與中指吸吮著，舌頭在指尖挑逗著，就像剛才下身被愛撫的感覺，讓卡萊爾一下子紅了臉。才剛射精的性器也立刻顫顫巍巍地立了起來。

卡萊爾慢慢脹大的陰莖頂住了艾許的下腹，才掃過指尖的舌立刻黏糊地朝指縫間舔去。很快，像是要告訴他之後將發生的事，艾許猛地頂入卡萊爾體內。

不知道過了多久，艾許像是進入發情期似的死命纏著卡萊爾不放。原本還掛著紅霞的窗外天色逐漸黑沉，卡萊爾的身體也隨之更加癱軟無力。他全身的肌肉完全臣服於快感之下，隨著放鬆又緊繃起來。

卡萊爾的嗓子因為壓抑不住的呻吟已經變得沙啞，乾涸的聲帶幾乎發不出聲音。身下的床單也被翻來覆去地折磨，沾上了卡萊爾的體液。第三次射精後，卡萊爾喘著氣仰望艾許，掛在他肩上的腿蜷縮著。

「艾許，別、別做了……好嗎、呃。」

卡萊爾不自覺地縮緊了後穴，像要榨出精似的擠壓著艾許的肉棒。艾許呼了口氣，微微皺起眉低頭看著身下的人。

「你還懂得這樣挑逗人？」

「我才、不是、嗯、啊哈、啊……」

深吸了一口氣的艾許俯下身，讓兩人貼得更加緊密。回到了最開始的姿勢，高挺著的乳頭再次緊貼著艾許的胸部，蔓延開的快感令卡萊爾難耐地扭著身體。這舉動對艾許而言無疑是火上加油，他再次粗暴地將陰莖深深頂入卡萊爾身下。

很快地，卡萊爾便感到腹中一股溫熱感瀰漫開來。巨大的性器擠壓著內壁射精，來自男人的費洛蒙同時擴散開來。這也是卡萊爾第一次用這種方式接受了來自Alpha的費洛蒙。

艾許的氣息縈繞在鼻間，來自同種的費洛蒙被吸入肺部，在體內引發了古怪的感覺。敵意如開水般沸騰，緊接著與那股費洛蒙糾纏在一起，體內熱氣蒸騰。

卡萊爾瞪著眼，用力抓撓著艾許的背，艾許的手繞到背後將他環抱住。在體內橫衝直撞的費洛蒙不久便徐徐消散，只留下一片火辣辣的泥濘。

「沒事的，卡萊爾。」

艾許親密地摟著卡萊爾因為排斥反應而不停發抖的身體，嚴絲合縫地緊貼著的身體甚至能感受到對方的心跳，卡萊爾也在兩人不同步的心跳聲中慢慢冷靜下來。

半晌，只剩下高潮後的餘韻，以及從艾許身上傳來的溫度。剛才也感受過的充盈感填滿全身，因為一絲不掛地被艾許擁抱著而產生的奇異滿足感，還有看見了之前從未見過的他，而滋生的微妙獨占欲。

各種令人摸不著頭緒，令卡萊爾感覺不像自己的情緒噴湧而出，彷彿在心中堵著的牆倒塌了一般。卡萊爾被這無法控制的情感擾亂了心神，感到難堪又混亂。

卡萊爾又再抱緊了艾許，彷彿這樣就能將混亂從腦中趕走。明明只是抱著一副跟自己一樣，遍布結實肌肉的身軀，但他就是覺得非常安心，在翻雲覆雨時始終忍著的淚水忽然像是要決堤。卡萊爾皺著眉，死命咬住下唇，不肯讓人看見他這種模樣。

呼出一口長長的熱氣，艾許慢慢支起身，撐在臉頰旁的手臂上立起的青筋相當性感。卡萊爾轉過頭看了好一會兒，才看向艾許的臉。不知為何，他總覺得很難直視艾許的雙眼。

艾許眨了眨眼，接著平穩呼吸，看著卡萊爾。艾許汗濕的臉帶著情慾，無比香豔。無論是貼在額上的些許髮絲、纖長的睫毛、總是帶笑的眼角邊的紋路，所有的一切都是。斂眸望向卡萊爾的艾許很快又露出笑容。

形狀姣好的唇隨著笑容拉開優美的弧線，艾許用寵愛似的眼神凝視著卡萊爾，低頭在他臉頰上落下一吻，令他全身酥麻。

卡萊爾還在想著該說些什麼，突然忍不住顫抖了一下。艾許退出了他的身體，卻在看到他後穴時很快收起了笑意。

「該死。」他低聲咒罵了一句，抓了抓頭髮直起身來。

卡萊爾一顆心因為他突如其來的粗鄙用詞猛然下沉。

——有什麼不對？

不祥的預感湧上，卡萊爾的心跳明顯緩了下來，剛才還熱到發燙的身體也慢慢冷卻。看著艾許用手摀著眼，他的心糾結成一團。

「……有什麼問題嗎？」

「卡萊爾。」

艾許呻吟著皺眉，接著又可憐兮兮地垂眸看著卡萊爾，露出了非常真心的抱歉神色。

「對不起。」

卡萊爾再次被他抱住，不知所措的雙手很快也回抱住對方。

「怎麼了？」

「我真蠢，竟然忘記用保險套了。」

艾許皺著臉，像是真的非常惱怒自己，但很快又懷抱歉意，乖巧地垂下眼，唇瓣在卡萊爾頰上磨蹭。

「怪我忍了太久，都失去理智了。」

卡萊爾這才鬆了一口氣，心中升起類似方才的那股癢意。這句話就像是……艾許渴望他許久似的。

「卡萊爾實在太色了，害我整個人都不正常了。」

不知道如何回應的卡萊爾最終只能移開視線，可環抱著的手臂並未鬆開。他的嘴唇翕動幾下，好不容易想到了要說的話。

「沒關係。」

「真的很抱歉，下次絕對不會再發生這種事了。」

是該抱歉沒錯。若不是為了受精，以衛生考量來說，即使是跟 Omega 性交也該使用保險套。更何況是 Alpha 與 Alpha 之間的性行為，卡萊爾能理解艾許的態度。本身有點潔癖的卡萊爾自己與人發生性關係時一定會戴上保險套，無一例外。

雖然是這樣說，卡萊爾對留在自己身體裡來自艾許的精液倒沒有任何排斥。除了在費洛蒙爆發時本能地抗拒，更多的是能確認艾許失控時無可名狀的雀躍。他必須承認，在這短短三週多的時間內，他只要遇上艾許就難以維持平常心。

「……其實不用也沒關係。」

所以，他才會說出這麼愚蠢的話來。

卡萊爾一個激靈，艾許只是默默地眨眨眼。他知道有些 Alpha 偏好不戴套。

雖然不知道艾許是不是那種人，但他聽說感覺會很不一樣，總覺得艾許應該不會討厭。

艾許卻面露難色，輕嘆了口氣開口。

「你是經過深思熟慮才說這句話的吧？」

卡萊爾沒有回應。艾許露出更溫柔的笑，為卡萊爾整理凌亂的髮絲。

「謝謝你，卡萊爾。但記得以後跟其他 Alpha 做的時候，最好別自己先說出這種話。」

其他 Alpha……？

艾許溫柔的嗓音說出的話，讓卡萊爾怔怔地看著他，全身血液彷彿凍結。

「你是說……其他人嗎？」

卡萊爾感受到全身細胞像是停止了活動，呼吸開始不順了起來，心臟又像被擰住一般火辣辣地疼。他說，其他的、Alpha。

「因為有很多人會仗著對方答應過就得寸進尺。」艾許繼續說著：「我知道卡萊爾不可能不知道，但還是會擔心。」

卡萊爾卻慢慢放開了緊抱著對方的手。他的心裡如火燒般焦躁，細細密密的疼痛湧了上來。艾許是在擔心他。

明明艾許只是在擔心他，為什麼會讓他感到痛苦呢？

「在瓊斯先生之後……」

在這時保持沉默太奇怪了。卡萊爾拚命想擠出回應，卻拼湊不出一句完整的話語。他的眼角刺痛，心臟也宛如被千根針刺般的疼。

艾許還是笑著，溫柔地順著卡萊爾的頭髮。

「我應該不是非得要跟其他 Alpha 上床。」

「這樣嗎？」

「因為這是帶著目的的行為。」

「要說起來是這樣沒錯。」

艾許想了想，瞇起眼笑了。

「這樣說來，我就是卡萊爾的第一個，也是最後一個 Alpha 嘍？」

第一個，也是最後一個。這種說法讓卡萊爾心臟撲通直跳。

是呀，所有的一切都是。嘗試跟陌生人接吻、嘗試一起做些小事、在他人面前露出狼狽的神色、從他人口中聽到溫柔多情的話語，這些都是艾許給他的第一次。甚至是在發情期外，不經算計地與人交纏，也是第一次。

所以是因為這樣才無法保持平常心嗎？

所以是因為這樣才總是為艾許的一舉一動賦予意義嗎？

卡萊爾知道自己關注錯了重點，不可能不知道的。這並不像卡萊爾．佛羅斯特。活了三十多年，從來沒發生過這樣的事。這是唯一的第一次。

而且，卡萊爾怎麼也無法想像自己與艾許以外的其他人再次做這些事。

「……應該是這樣的。」

卡萊爾想要的只有面前這個男人。

「我的榮幸。」

看著艾許開心的笑臉，卡萊爾徹底鬆開了環住他的手。無力垂下的雙手很快握緊了拳頭，指甲幾乎嵌進肉裡。恍然醒悟自己被推開的腦袋昏沉沉的。

說不要在關係中產生不必要感情的人明明是他——卡萊爾．佛羅斯特本人。說了那樣的話，現在卻……萌生了想要得到艾許．瓊斯這個人的想法。

這殘忍的事實深深刺痛了卡萊爾，以致他不自覺開始無法控制表情。原本總是平靜無波的眉眼，隨著不安動搖的心低垂，唇角也僵硬著。艾許很快就發現了不對。

「卡萊爾？」

「……我們差不多該起來梳洗了。」

卡萊爾想要擺出維持了一輩子的撲克臉，但現在對他而言卻是無比困難。他只想著趕緊起身離開，可被艾許攔住了去路，將他輕輕按回了原位。

「看著我，卡萊爾。」

「……」

帶著憂心的嗓音讓卡萊爾無法狠下心來拒絕，原本閃避著的視線再次看向艾許。在外面看不到的、凌亂髮絲下的那雙眼中只有卡萊爾一人。

那些從未感受過的情緒不再給卡萊爾壓抑的時間，爭先恐後地湧了上來。尤其是滿滿的獨占欲。他想要讓這個人以後都只能看著自己。

「你的臉色不大好，很痛嗎？」

「不是。」

「那是我剛才表現不好？」

這個問題讓卡萊爾一時間不知如何回答。習慣於用結果證明一切的他，並不熟悉怎麼評價上床後的行為。Omega 們一定都會說很舒服，他也不會認真看待那些評價。他只是遵照著學習的內容去實踐，他知道這樣就能滿足對方。這就是全部了。

但如果此刻保持沉默，會被如何解讀可想而知，並不會是正面的意思，卡萊爾也不希望讓艾許因此感到受傷。

雖然他還不知道該如何定義艾許．瓊斯這個人帶給他的感覺，但有一件事他非常確定。他想讓這個男人開心，希望這個男人因為他露出笑容。即使這一切像個荒唐的鬧劇，他也始終都是這麼想。

「……很好。」這也是事實。

如果祖父知道這些肯定會跌破眼鏡。明明是 Alpha，卻委身於其他 Alpha 身下，無法處理好自己的發情期問題，還在這種行為中得到快感，這所有的一切都讓他感到羞恥與侮辱。

不過他也不能因為自尊心而拒絕承認。卡萊爾不是個直率的人，可也不會為了維護自尊心而讓情況變得不可收拾。

聽到這句話，艾許立刻又綻出笑容，嘴角幾乎要揚到耳邊。

「聽你這麼說我很高興。」聲音沒有了方才那股擔憂。

卡萊爾知道艾許不是會受自己一句話擺布的人。從那個攝人心魄的吻開始，到帶來淹沒痛苦的快感的床事，怎麼看都是身經百戰。

這讓卡萊爾突然開始思考艾許在遇到他之前到底跟多少人交往過，心中湧上一股不悅感，與他在飯店大廳發現櫃檯人員盯著艾許不放時的感覺很像。

「我也覺得很舒服。」

艾許用另一隻手伸向卡萊爾仍腫脹著的後穴，那處入口因為被粗大的性器拓開，還有點無法完全闔上，指尖一觸碰到就傳來刺痛感。

卡萊爾顫抖了一下，微微闔上大腿。艾許的手指就著溢出洞口的白液揉按、進入，讓卡萊爾心中的不悅頓時煙消雲散，取而代之的是熟悉的興奮感。

「卡萊爾的洞太緊了，我本來還以為無法全部進去。」

手指徐徐拓開逐漸變得滾燙的內壁，看著後穴蠕動著絞緊手指的樣子，艾許懶洋洋地笑了起來。

「一進去就迫不及待地纏著，我真的差點被逼瘋。」

「您說的……有點太過了。」

嘴上說著太過，卡萊爾的身體反應卻是相當火熱。柔情似水的嗓音說著那些淫聲浪語，刺激得內壁反覆收縮，發洩後疲軟的陰莖也慢慢甦醒。就算過了一會兒，內壁仍因為填滿自己的東西產生反應。

「卡萊爾不喜歡這種話嗎？那我會配合的。」

艾許用帶著笑意的嗓音詢問，完全進入後穴的中指開始在裡頭刮搔，讓卡萊爾扭著腰咬緊了下唇，微瞇著雙眼發出喘息。

「要、配合、哈、呃、什、什麼？」

「你喜歡溫柔一點的，還是喜歡被強迫？還是你喜歡角色扮演？道具呢？」

詢問著性癖的聲線相當平穩。卡萊爾完全無法理解他所說的詞語，只能集中在艾許的手指帶來的觸感上。大腿因為微微曲起的手指在體內的動作不斷開合，腳趾蜷縮成一團。

「艾許、再這樣、哼、感覺、又、啊……」

「沒辦法，淫水留在裡面的話，等一下會不舒服的。」

竟然說是淫水。好不容易才理解的低俗話語讓卡萊爾腰間微顫，應該要將精液清出的手指在穴內色情地攪動著。

原本在敏感點周圍徘徊的手指彷彿失誤般，猛地朝那處按壓下去，刺激得卡萊爾腳背用力地僵直。

「啊、呵呃、嗯……」

他再也抑制不住呻吟，敏感點被猛攻實在令人難耐，與忍受疼痛根本不是一回事。原本還游刃有餘地笑著的艾許眸色也逐漸變得幽深。

面露難色的艾許抽出手指。卡萊爾感覺像是有什麼被抽離了一般，空虛感襲罩下來，後穴也不自覺地收縮著。

「你總是這樣發騷的話，我會忍不住的。」

卡萊爾渾身一顫，努力地睜開眼，不明所以地看著艾許。艾許調整著有些紊亂的呼吸，扶著卡萊爾的腰讓他坐起身來。

「再做下去的話會受傷的。」

已經做了大概兩小時了嗎？卡萊爾在心中默默想著，但先說想停下來的人確實也是他自己。他不知所措地看著艾許，接著被一把抱起。

「去洗澡吧。」

卡萊爾難以置信地往下看，他現在……是被艾許整個抱起來了嗎？

「艾許，放我下來。」

「嗯，要放嗎？」

艾許露出淘氣的笑，然後指了指自己的臉頰，調皮地眨眨眼。

「親我一下就放你下去。」

卡萊爾又咬住了唇。他怎麼可能做出這種不雅的動作。令人哭笑不得的是，艾許真的就這樣抱著他進了浴室。雖然只有短短一段距離，不知所措的卡萊爾仍忍不住心臟狂跳。

卡萊爾是個一百八十五公分的大男人，平常根本不可能被人這樣抱著走來走去。而且他的體重也有七十九公斤，雖然卡萊爾自己也能拿得動這個重量的東西，但這樣、這樣……

「小心腳下。」

在卡萊爾快被逼瘋之前，艾許終於將他放了下來。卡萊爾毫不遲疑地脫身，卻在腳踏上地板時感受到一股異樣。

他的腰非常痛，後穴也火辣辣的，腰部以下彷彿失去知覺般發麻。艾許像是預料到地伸手扶住卡萊爾的腰，從後摟住了他。

「我來幫你洗吧。」

一副理所當然的艾許輕吻了卡萊爾後頸一下說道。卡萊爾只覺羞恥感蜂擁而來，但不討厭艾許的行為。他很喜歡。

「您不用這樣也沒關係。」

「真的不行嗎？」跟剛剛毫不遲疑退開的樣子判若兩人，艾許又問了一次。

不知道是不是因為深入交流過後的親密感，卡萊爾總覺得不好再推開對方，於是默許了他的動作。艾許再次用唇蹭了蹭卡萊爾的後頸，便和他一起進了淋浴間。

以黑色系大理石為基調的寬敞浴室用些許原木作為亮點，風格古典優雅。走進約足以容納三名成人的淋浴間，艾許關上門後便打開了蓮蓬頭。

溫度適中的水從頭頂淋下，卡萊爾被打濕的深灰色頭髮變得服貼，艾許的手從後方伸出來為他拂去黏在額前的髮絲，卡萊爾能感受到貼在背上的緊實胸肌、滾燙的體溫，以及滑膩的肌膚。他看著艾許伸手擠了些放在蓮蓬頭下的沐浴乳。

就著沐浴乳產生的泡沫，那雙手開始摩娑著他的每一吋肌膚，順著脖頸線條來到胸部徘徊，感覺乳暈隱約地被按壓著，卡萊爾稍稍歪過頭，閉上了雙眼。

「嗯。」細微的呻吟在浴室內被放大。

在胸前挑逗著的手再次下滑到線條分明的腹部，泡沫也被水流沖去。撫摸著平坦小腹的手接著來到胯下，握住了不知何時再次挺立起來的性器。

「艾許。」

「嗯？」

「那裡、嗯、哈啊、不、不用洗……」

「怎麼可以，都要洗乾淨才行。」

卡萊爾抖著身體掙脫開來，粗喘著望向艾許。艾許的表情與剛才摳挖著他後穴時無異，令他體內升起一股邪火。

艾許被水打濕的臉龐，與方才在床上汗濕的樣子有著不同的風情，多出了一分孩子氣，卻是清純又色情。

卡萊爾很快被順著那張臉滑落的水珠奪去視線。額角、高挺的鼻梁、俐落的下顎線。艾許緊緊貼了上來，抓著卡萊爾的手往下帶，手心被兩人的性器填滿。

艾許大掌覆在卡萊爾的手背上，兩人挺直的陰莖相對著，無法用一手握住，只能鬆鬆地圈著。卡萊爾想後退，但身後碰上了冰冷的大理石牆。艾許長長呼出一口滾燙氣息，咬上了卡萊爾的唇。唇上傳來的刺痛感就像某種信號，卡萊爾的手也開始動作。

在手掌上摩娑著的性器形狀不大相同。相較於卡萊爾的挺直修長，艾許的則有些彎曲，正胡亂地磨蹭著。馬眼處溢出的前列腺液觸感微妙，沿著柱身流下的液體雖然跟水一樣透明無色，卻更加黏稠滑膩。

可能是從剛才就被挑逗得興起，卡萊爾體內很快湧上射精感，他呼哧呼哧喘著氣，極力撐起隨時要打滑的雙腿，腰間一陣酥麻。

兩人唇舌混著水液交纏，順著髮絲滾落的水珠滴進唇間，立刻又被抿去。舔吻著的激烈程度不亞於身下動作，卡萊爾喘不過氣的喉頭接連發出「嗯、呃嗯」的痛苦喘息聲，手臂也因為不斷晃動發出痠疼的信號。

從青春期以來，卡萊爾連自慰都很少做，過去只覺得這種行為低俗不堪，現在卻因此在全身點起了火，眼前像是有煙花綻開。

對於正觸碰著自己的艾許的愛意，還有抓心撓肝似的渴望，這種情緒簡直快把卡萊爾逼瘋。艾許用力吸吮他的舌尖，卡萊爾腰肢挺起，吐出更加急促的喘息。

他能感受到下體已經硬得不行，顫抖著手又將兩人的硬挺握緊了些。

艾許放開他的唇，轉而咬上他的脖子。他猛地被咬住的後頸如遭雷殛般，皮膚也在隨之而來的大力吮吸下變得腫脹。

激烈的快感讓卡萊爾無法忍受地緊閉雙眼，顫抖的唇瓣微張，勃發的性器倏地噴射出濁液，順著他的手流下。

濃白色的液體很快順著水流落在地磚上，其中也包含了艾許的。卡萊爾呆呆地看著兩人混雜的體液發怔。

這是他之前從未體驗過的，無與倫比的高潮。

「你想吃什麼？」

艾許向在他之後披著浴袍走出浴室的卡萊爾拋出詢問。艾許已經將床單整理好，收拾妥殘局，衣服也乾淨齊整地穿在身上。但方才在浴室內發生的一切都太過煽情，讓卡萊爾難以直視艾許的臉。

應該說，前幾個小時內發生的所有事對他而言都太過刺激了。沒想到他竟然會有對著床伴的臉感到羞赧的一天。

卡萊爾彷彿回到了第一次與 Omega 同床共枕的那天。可他那天至少還能按照學習的方式動作，緊張地迎來高潮後，也還能起床收拾善後，更別說過程中根本沒有一瞬間露出臉紅或害羞的表情。

聽到艾許的話，卡萊爾才發現對方已經餓了。也是，做了那樣消耗熱量的活動，肚子餓是理所當然的事。這也代表艾許打算吃過晚飯再離開，這讓卡萊爾稍稍感到激動。

「如果瓊斯先生有什麼想吃的……」

聽到卡萊爾對自己的稱呼，艾許笑了出來。

「又變成瓊斯先生啦？」

「……艾許。」

「你想怎麼叫都可以，反正我都很喜歡。」

如同艾許所說，不知不覺間，卡萊爾已經習慣在做那種事的時候喊艾許的名字。能在那麼短的時間內就讓卡萊爾直呼其名的人，至今只有艾許一人。就連認識多年的艾登，卡萊爾都還是常常叫他海伍德。

過去二十一天以來兩人之間發生的事，對卡萊爾而言全都是初體驗，數量多到連特意強調第一次都顯得多餘。

「如果有想吃的料理，我會請廚師來。」

「不用，我來做給你吃吧。」

艾許說著在卡萊爾身前站定，看著他還沾著水氣的鎖骨，為他掖緊了浴袍。

「作為交換，你能換件衣服再出來嗎？」

卡萊爾微微挑了挑眉，他現在的著裝確實有些失態。

「是我失禮了，您先下樓……」

「你穿成這樣，我可能又會忍不住撲上去，所以才這樣說的。」

艾許說著在卡萊爾眉上落下一吻。卡萊爾依舊沉默著。

「我在卡萊爾面前總是沒什麼自制力呀。」

貼在卡萊爾眉上的嘴低語著，引起一陣搔癢。卡萊爾心中一陣翻湧，幾乎聽不清聲音。這個男人到底是抱著什麼想法，才會用這種方式說話？

艾許這種行為讓他有種錯覺，好像卡萊爾．佛羅斯特這個人，是不是比之前被允許更靠近艾許了呢？

「當作參考，甜點我已經決定了。」艾許拋了個媚眼，裝模作樣卻又讓人覺得可愛，

「是檸檬蛋白霜派。」

「您會做蛋白霜？」

「會，有材料就可以。」

想到艾許要親手為自己下廚，加上他可能因此留在這裡更久，卡萊爾不知為何覺得心癢難耐。

「你能吃嗎？」

「可以，我不挑食。」

吃甜點對卡萊爾而言從來都只是一個禮貌上的環節，而他也真的沒什麼挑嘴的，除了不碰劣質食材，對食物沒有什麼特殊好惡。

「肉桂呢？」

「甜點我都吃。」

「包容性真高，應該跟我很合喔。」

心臟不住地跳動。

「我對甜點是有點挑剔。」艾許故意以嚴肅的語氣開著玩笑。

「你慢慢來吧。」話落，艾許便率先轉身下樓。

卡萊爾獨自站在重新安靜下來的臥房裡，定定地看著床。床單充滿兩人的痕跡，房間則瀰漫著兩名 Alpha 的味道。心裡騷動著的卡萊爾下意識咬著唇，抬手伸進敞開的浴袍中，緊緊按住肋骨。

卡萊爾沒有去管堆在床尾的床單，換起了衣服。他仔細打量著倒映在鏡中的自己，視線突然停在了脖頸處。

鮮明的牙印與變得紅豔的吻痕無比刺眼，卡萊爾無力再去壓抑心中升起的騷動，那種難以忍受的悸動在肉眼看不見的某處張牙舞爪著。

簡單換好了衣服，下樓來到廚房的卡萊爾，一眼便看見像是這個家的主人般用眼神迎接他的艾許。

看著他無害的臉上笑意加深，卡萊爾不自覺加快了腳步，艾許也作勢歡迎他的到來。

「我這才想起有一件事應該先問你。」

廚房傳出陣陣的音樂聲，卡萊爾環顧四周，想看看是不是開了音響，接著便發現聲音來自艾許的手機。那是夾雜著細微黑膠唱片雜音的爵士樂曲，埋藏在卡萊爾腦海深處的記憶被勾了出來，這是英國歌手阿爾．鮑利的歌。

「請說。」

「占用你那麼久的時間，沒關係嗎？」

卡萊爾快速地否定這個問句，速度快得連他自己也感到驚詫。

「沒關係。」

「雖然我也都會把跟卡萊爾碰面後的時間空下來，但你應該很忙，所以才問問。」

確實如此。可並不是只有卡萊爾一個人如此。根據他收到的調查結果，艾許的公司可以說是全倫敦最有名的工作室之一。

艾許身為總監，必須代替公司創辦人麥肯錫．阿爾內打理工作室的所有事務，同時也是相當有名的設計師，許多報導都曾提到該工作室旗下獲得英國設計與藝術指導獎的作品，都是出自艾許之手。照理說他也應該非常忙碌。

「跟瓊斯先生在一起……」

卡萊爾本來想說自己更喜歡兩人在一起的時間，話到嘴邊又吞了下去。沒必要把自己的心意全都剖白，這不像卡萊爾．佛羅斯特會做的事。現在說可能也不合適，對方可能不想知道這種事。卡萊爾為了合適的回覆暫時陷入了沉思。

「我也是習慣在有約定的日子，留下自由時間的人。」苦思之後的回答平淡無奇。

艾許點了點頭，環視四周一番便微笑問道：「你想好要吃什麼了嗎？」

這次的問題倒是容易很多。

「油封鴨如何？」

「當然，是由我來做。」在艾許回答之前，卡萊爾又補充了一句。

「卡萊爾做嗎？」

艾許像是有些意外般笑了，看起來心情挺好地斜靠在冰箱上。

「你真的什麼都會呢。」

「那個……瓊斯先生應該也是這樣吧。」

「我不會的事可多了。我什麼樂器都不會，沒有安全駕駛的天分，啊，也吃不了太燙的東西。」

艾許像個孩子般扳著手指細數這些聽起來並不像缺點的小事。正如他所說，卡萊爾確實沒有什麼事做不到，只是無法做得像優性 Alpha 那麼出色，但卡萊爾深知這種話題在艾許面前毫無意義。這樣很好。

「總之，我也喜歡油封鴨，我媽媽以前也常做給我吃喔。」

艾許在講到母親的話題時用了「以前」這個詞，讓卡萊爾頓了頓，卻無法輕易將問題問出口。艾許此時已經自然地將話題轉了回來。

「那在卡萊爾做油封鴨的時候，我就來做甜點吧。」

兩人就這樣確定了分工。

卡萊爾在十六歲時開始學做料理。他的弟弟被綁架後，再回來時就不大願意吃飯，他想幫助弟弟，也想幫上雖然沒有表露出來，但十分辛苦的母親艾莉絲。

即使知道梅姆跟其他幫傭的料理水準都在他之上，卡萊爾還是想為家人做些事。默默學習著料理的卡萊爾有一次就做了母親最常吃的料理油封鴨。

在那道油封鴨被端上桌時，卡萊爾緊張地屏息，低垂著的眼簾還未能熟悉地掩蓋情緒，不自覺顯露出緊張情緒。

拿起放在一旁的餐叉，艾莉絲切起了放在面前餐盤上的鴨肉，將肉塊放進紅豔的唇間安靜咀嚼。卡萊爾在一旁靜靜等待母親的評價。

對料理的稱讚無疑是對日復一日的辛勞最好的補償，可這只有在他們家中才能如此。一般在貴族之間的晚宴場合，稱讚料理等於是在稱讚比他們更低下的人，並不符合禮儀。不過，艾莉絲只要在家，就會給予料理簡單評價，這天也是如此。

『很美味。』

幫著卡萊爾料理的梅姆太太聽了這話便露出笑容，輕聲說道。

『其實今天的料理是大少爺做的呢。很了不起吧？大少爺真的沒有什麼不會的呢。』

聽了梅姆太太的話，艾莉絲的表情瞬間凝固，微微帶笑的臉也冷了下來，將視線投向了卡萊爾。

『是這樣嗎？卡萊爾？』

眼神微微露出欣喜的卡萊爾回道。

『是的，母親。』

坐在餐桌另一邊的凱爾也看著他。

『手藝很不錯，但以後你不必做這些。』

這不是稱讚。卡萊爾臉上淺淺的笑容逐漸消失，失望感襲上心頭，被卡萊爾努力壓下。

『不要把你寶貴的時間浪費在這些事上。』

說完，艾莉絲就移開了視線。喬納森靜靜地聽著兩人的對話，接著重新執起了刀叉。艾莉絲最終並沒有將那道油封鴨吃完。

剩下一半的油封鴨始終停留在卡萊爾的視線之中。喬納森在用餐途中接了通電話，便離開了餐桌，只剩下凱爾留在位置上，朝卡萊爾輕聲開口。

『很好吃，卡萊爾。』

卡萊爾一言不發地看著弟弟，凱爾乾淨白皙的臉上輕輕綻開微笑說道。

『我會好好吃完的。』

那天只有凱爾將餐桌上的食物都吃光，但他自從被綁架後，食量就變得很小，反而因為勉強吃了過量的食物導致腹瀉。

艾莉絲說的沒錯，卡萊爾只是在浪費時間。從那天起，卡萊爾再也沒有進過廚房，而是將時間都用在努力成為祖父期望的「貴族」上。

「卡萊爾的冰箱真是應有盡有。」

方才正在做塔皮的艾許開口。這都多虧了熱愛烘培的梅姆太太，再加上卡萊爾住在倫敦的期間，梅姆太太對他的飲食格外用心，每天都會買來新鮮的肉類與蔬菜填滿冰箱。如果去地下室的肉品儲藏室，搞不好連鹿肉都找得到。

「您有找到需要的東西嗎？」

「有。看起來還能做黑布丁呢？」

卡萊爾皺了皺鼻尖。竟然提到黑布丁，真是意外。

「您吃黑布丁嗎？」

「不吃，卡萊爾吃嗎？」

「不會特別找來吃。」

艾許小心翼翼地將派皮放在蛋塔容器上，看起來相當樂在其中。將麵團擀成厚度適中的派皮，手法看來十分熟練。

「我只是隨便說說，跟卡萊爾討厭一樣的東西真令人開心。」

「看來您很懂得如何從小事得到樂趣。」

「你還有什麼討厭的東西嗎？」

艾許饒有興致地繼續詢問。卡萊爾完全無法理解，但還是慢慢地思考著。過去不曾想過的東西開始接二連三地浮現在腦中。

「我不吃蝸牛。」

「哇，真的嗎？連那種小蝸牛也不喜歡嗎？」

「看來瓊斯先生挺喜歡的。」

卡萊爾沒有開玩笑的意思，艾許卻咧開嘴大笑了起來。正在將鴨腿上的皮剝下，與蔬菜醃漬在一起的卡萊爾，像被施了定身咒似的僵立當場。

「當然，我可是個野蠻人，大大小小的蝸牛都會被我吃光光。你要小心啦，卡萊爾。」

開著玩笑嚇唬人的語氣讓卡萊爾心裡偷笑了起來，臉上的表情也在不經意間放鬆了些。雖然沒有露出笑容，稍微明亮的神色還是讓艾許視線定住，可卡萊爾並未發現。

兩人就這樣一邊談論著各種瑣碎又重要的話題，一邊做著料理。艾許將塔皮壓進模具中，撒滿了豆子後將其放入烤箱，接著開始做起蛋白霜。

話題此時已經來到甜點上。卡萊爾對甜點沒有明顯的偏好，因此一直是艾許在提問。

「你喜歡大黃根還是無花果？」

「大黃根應該好一些。」

梅姆太太不擅長使用機器，更偏好手打鮮奶油或蛋白霜，卡萊爾家裡並沒有專用的烹飪機器。艾許用力的手臂上青筋突起，熟練地打出柔軟又有彈性的蛋白霜。

打發的蛋白霜必須利用熱糖漿煮熟，卡萊爾便擔任了將預先煮滾的熱糖漿倒入鍋中的角色。在緩慢甜美的爵士音樂陪襯下，和某個人一起做著料理，對卡萊爾而言非常陌生，但他非常喜歡。

「我喜歡水蜜桃。」

「看起來不像。」卡萊爾戳破。

「真敏銳，以後就請您擔任我的面相試吃官了。」

試吃官這個詞讓卡萊爾眨巴了一下眼睛。艾許的手指在弧度完美的蛋白霜上沾了沾，卡萊爾卻對此不知所措。

「這、這是……？」

「來，快吃啊。」

艾許一臉無辜地將手指往他的方向伸，看著卡萊爾猶豫的樣子，又將手往前推了推。

「啊。」在低聲響起的誘哄下，卡萊爾還是張開了嘴，微微低頭含住眼前的手指。後頸卻火辣辣的。

手指上的蛋白霜味道清淡又帶著些甜，卡萊爾伸出舌頭，低垂著眼眸，含著艾許的手指將蛋白霜細細舔去。廚房裡的熱氣彷彿升高了些許。

艾許抽回手指，像是為逝去的甜味感到可惜，卡萊爾抬眼的剎那收回了舌頭。艾許沒有抓住卡萊爾，只是低下頭去與他接吻。

融化在卡萊爾舌尖的蛋白霜被艾許的舌頭捲去，但甜味並未消失，反而更濃郁了些。舌頭像奶油一般融化在唇間，無比甜蜜。

短暫的哼聲溢出，卡萊爾情不自禁地閉上了雙眼。艾許的費洛蒙在周身湧動，正當意亂情迷時艾許退開了身，因為烤箱的時間到了。

兩人對視，艾許舔了舔紅潤的唇瓣，笑著說：「塔皮差點就要焦了。」

放下盛裝著蛋白霜的大碗，艾許像是要圈住卡萊爾似的向他張開了手，因為烤箱正好就在卡萊爾後方。艾許就這樣以環抱著卡萊爾的姿勢關掉了烤箱開關，順帶在他耳邊低語。

「味道如何？卡萊爾？」

方才的甜味還縈繞在嘴裡。

卡萊爾轉開視線小聲回答：「……很甜。」

「是喜歡的意思嗎？」

——不知道。

「我不大清楚。」

「不想吃了嗎？」

卡萊爾搖搖頭。

「想吃。」

——想吃，想一直試吃下去。

艾許聽了他的回答，滿意似的笑了。

料理的過程很順利，蛋白霜派與油封鴨在一小時後順利上桌。卡萊爾將梅姆太太做的麵包切成適當大小，作為餐前麵包，配上兩人一起做的庫斯庫斯沙拉，完成了豐盛的一餐。卡萊爾不知道該如何歸類他與艾許的關係，只知道他比想像中更享受兩人相處的時間。

他很少如此享受一件事，艾許也是第一次陪在他身邊那麼久。他們雖然已經見過五次面，但從未像今天一樣從下午見面起，直到晚上九點都還待在一起。卡萊爾對此相當滿意。

「真好吃。」

剛嘗試了油封鴨的艾許出聲讚美。這句話大概是真的，因為他一個人就吃掉了半隻以上的鴨肉。過去被艾莉絲留在桌上冷卻的餐盤與眼前艾許的空盤重疊，卡萊爾感覺到全身的血液又流動了起來。

「太好了。」

「能跟卡萊爾交往的人真是太幸福了，可以擁有那麼萬能的伴侶。」

卡萊爾安靜地停止手上的動作，原本優雅切著肉的手停滯在半空中，他一面努力控制不讓手發抖，一面繼續交談。

「瓊斯先生……對所有交往對象都是這樣的嗎？」

但口中說出的話卻是酸澀難當。就像之前詢問喜歡的類型時，卡萊爾這次也在心中無比悔恨。

艾許撐著下顎，放下叉子的手拿起了酒杯。卡萊爾家中只有葡萄酒，艾許便選了度數最低的一支酒來搭配餐點。

「因人而異嘍。」

艾許坦蕩蕩的回答讓卡萊爾沉默了下來。

「卡萊爾是第一次，又必須跟不喜歡的人做這種事，所以我也是費了很多心思的。」

「不喜歡的人」這個形容讓卡萊爾垂下了眼簾。

「……我並不討厭你。」

艾許眨眨眼，很快便露出笑容，就像它帶來的那束玫瑰一般明媚的笑。

「我已經脫離最討厭的範疇了嗎？那我就安心了。」

如果真是像他說的那樣就好了。艾許的話讓卡萊爾漸漸明白了自己的感情，這已經超過一般的好感，甚至可能是……

「對了。」

艾許放下撐著腦袋的手，卡萊爾受驚般的望向他。

「脖子，對不起了。」

卡萊爾低下頭，留在他頸上的紅痕非常明顯，普通的夏季襯衫無法完全遮蓋住。

如果就這樣外出，勢必會被人看得一清二楚，可能要穿上正式的西裝才能徹底遮掩。確實有些麻煩，但艾許為此道歉的行為，讓卡萊爾心裡感到不舒服。

「不是正式交往的話，我通常會克制的，是我不小心忘了。」

正式交往。卡萊爾抬手想摸摸頸間，又及時阻止了自己的動作。印記是占有欲的象徵。這對 Alpha 而言是再自然不過的行為，甚至也不是 Alpha 獨有的習性。

卡萊爾倏地想起那些曾被艾許留下印記的「正式交往過」的對象，雖然不知道對方姓啥名誰，但就是很反感。想來不會只有一個人，這個念頭讓他倍覺焦躁。

——到底為什麼？

想知道答案，卡萊必須先承認自己的感情。理性總是在這種時刻失效。言語是召來現實的媒介，那些細微的感情，最終也會在話語中成為現實。如果他心裡的那些感情都能被定義，屆時就再也無法回頭了。

卡萊爾希望能盡可能延遲這個時刻的到來。說不定等這次約定過去，一切就會消失或式微，也可能隨著兩人的告別自然消散。

吃甜點時卡萊爾一直想著這些，與艾許牽著手在庭院裡漫步時，也努力地控制心緒。

夏夜的空氣中飄散著隱約的青草香，遠處傳來細微的蟲鳴，看著艾許在昏暗光線中欣賞怒放的芍藥，卡萊爾拚命不去直面那些感情。

然而……

在一切結束，站在向他告別的艾許面前，卡萊爾終究不得不承認。

「卡萊爾，你要給我一個晚安吻嗎？」

這個用著多情嗓音誘騙著他的吻的男人……

「這樣的話，我晚上應該就能做個好夢了。」

到底，為什麼讓他這麼著迷？

「嗯？」

艾許在滿天星斗的夜空下對卡萊爾說出了請求。肋骨像是被撕扯開來，在這樣恍惚的痛苦中，卡萊爾仍是抬起了臉。

柔軟的唇瓣吻上，交換的氣息中還能嗅到兩人方才分食的檸檬蛋白霜香味。艾許頭上的漫天星光就像是滿天星的花朵般綻放著光芒。

整個場景是如此耀眼又美麗。

兩人的唇慢慢分開，環繞周身的夏日空氣、艾許身上清爽的香味、嘴角酸甜的檸檬氣息，在在令人捨不得。跟艾許在一起的每分每秒都過得飛快。

「那麼，晚安了。」

艾許直起身，轉身朝自己的車走去，一次也沒回頭。卡萊爾想問他要不要留下來過夜，或是請司機來開車，最終沒能說出口。

艾許的車開遠後，卡萊爾在原地呆站了許久。沒有艾許的夜空看起來是那麼遼闊不見邊際。獨留在黑暗中的卡萊爾抹了把臉，在心裡默默計算起時間。

還有五次。

他跟艾許只能再見五次面。已經過了三週，時間流逝得太快了。卡萊爾又想起在那遙遠的從前，他也曾經感受過這種茫然的恐懼。小時候的他想著可能無法再見到活著的凱爾時，感受到的情感相當類似。

看著他露出的笑臉，溫柔的撫觸，對任何事物都好奇詢問的多情嗓音，隱約的香氣，令人化作一灘春水的吻，艾許贈予他的一切幸福都有終點，想到這就讓他萬分痛苦。

組成卡萊爾這個人的一切，在極致的孤獨與恐懼中開始支離破碎。四散的骨血緩慢聚集，組成了新的自我。

回到房裡的卡萊爾撫摸著還留著兩人痕跡的床單，終究還是承認了。他的人生中，第一次喜歡上了某個人。

而那個他深愛的人，叫做艾許。

Chapter 5

國家肖像館

卡萊爾這週預計去溫哥華出差，這也是他第一次帶凱爾去加拿大，即使是卡萊爾也不免有些期待。

這次出差是為了簽訂佛羅斯特家族在弗雷澤河東部一帶的土地開發契約，除了預定配合的大型開發商的簡報，卡萊爾還必須聽取公司在他回英國這段時間的近況報告，總共安排了四天行程，加上來回路程，週末必須在出差中度過。

這也代表他這個週末無法與艾許見面。

「卡萊爾，過了幾週，您看來有些不一樣了呢。」

在卡萊爾出神的時候，路透已經開門進來，無聲無息地坐到了他對面的座位上，但直到路透出聲，卡萊爾才發覺他的存在。

「怎麼會？」

一頭梳得齊整，露出光潔額頭的深灰色頭髮，連袖扣都扣得規整的正式西裝打扮，與平時的他無異。體重沒有變化，運動量沒有調整，所以外貌上應該不會有所改變。

路透聽著卡萊爾的話打開了資料夾，裡面放著上次的諮商紀錄與檢查結果。

「但您的心情看來不錯。」

卡萊爾緩緩眨著眼，放在膝蓋上的手細微地抽動了下。他最近確實有幾次情緒化，但真要說起來，他的心情現在不好也不壞，甚至有些沉重，可以算是不大好。

……因為不能和艾許見面。

不過這個原因他無法說出口。卡萊爾在沉默中坐直了身，路透也習慣了得不到回應的狀況，很自然地開啟了下一個話題。

「好的，那現在就放輕鬆聊聊吧。您最近身體狀況怎麼樣呢？」

路透不動聲色地丟出了其實很難回答的問題，卡萊爾一時間閉口不語，手指在膝上摩娑著。雖然是為了治療需要，但被其他Alpha進入，還多次高潮這件事，說出口之前還是需要一些心理準備。即使有些寒磣，也不得不承認。

如果是以前，卡萊爾會為這種情況感到自責與羞恥，現在事情有了些微的變化。他現在已經不會厭惡這種治療行為。當然，這不代表他習慣了，這種事大概一輩子都不會習慣。

腦中不自覺想到的一輩子，讓卡萊爾皺起了眉。太輕率了。應該說，之後的五次治療都無法習慣，畢竟到了上週才第一次實際進入。

他確實透過被進入的行為體會到快感，進而達到高潮、射精，可他至今仍不能想像這種事會讓他出現什麼樣的改變。

「首先可以告訴您的是，確實有效。」

「您是指從性高潮到射精的過程都沒有問題嗎？」

「是的。」

還不如說太順利才是問題。卡萊爾抬手摸著下巴，如果說插入後穴是透過刺激前列腺來得到高潮，那還可以理解。

問題是……上完床兩人在浴室裡一邊淋浴，一邊不知羞恥地相互撫慰性器達到的高潮，又是怎麼回事呢？卡萊爾覺得混亂。

「不過……」

「是。」路透十指交錯地擺在面前，一副洗耳恭聽的樣子。

卡萊爾撥弄了一下額前的碎髮才開口，這是他焦躁的表現。

「沒有插入也可以射精。」

「您是說，只透過愛撫就達到性高潮嗎？」

卡萊爾心虛地點頭。

「就像上次提到的，少爺您的高潮障礙源自對性交本身感到的負擔。如果性交的對象或環境與發情期無關，和過去的經驗不同，確實可能因為未曾體驗的刺激達到同樣的效果，不一定非得有插入的行為。」

聽到這裡，卡萊爾開始懷疑起他對艾許的感情變化，是否也受到環境或發生關係的因素影響。雖然艾許有很多令他心生動搖的部分，但還是在肢體接觸的時候最容易失去平常心。

「這樣說來……」

「嗯，請說。」

「會因為發生關係，對對方……」

卡萊爾停頓了一下，路透靜靜著看著他。想到路透最後會把所有發生在他身上的事都記錄下來，卡萊爾又一次撥弄了頭髮。

艾許是個 Alpha，即使卡萊爾對他產生了感情，兩人以後也不會發生任何事。這個問題只是為了記錄現在發生的狀況而已。

「可能會產生某種依賴感嗎？」

卡萊爾跟很多 Omega 睡過，所以這個問題也不一定是針對艾許，雖然他確實是第一次遇到這種情形。

兩人陷入短暫的沉默，路透似笑非笑地看著卡萊爾，然後才理所當然地開口。

「是的，性行為期間會分泌許多化學物質，抗利尿激素可能會讓您對性伴侶產生依戀。

實際上，這種激素也是導致 Alpha 會對其他 Alpha 產生敵對意識的原因之一。」

路透肯定了他的猜想。這讓卡萊爾莫名安下心來，卻又有點失望。

「另外，性交也會刺激多巴胺及腎上腺素數值上升，遏制血清素分泌。這也是為什麼人類的歷史與文化中，經常將性交與愛連結在一起。肉慾與愛情雖然不是同樣的東西，但肉慾確實是能激發愛情的媒介。」

愛這個詞讓卡萊爾大腦瞬間當機，體內像有電流竄過般麻癢，嘴角僵住。

愛是卡萊爾人生中最沒有價值的東西。祖父雖然不會對虛構作品中論及愛的部分多加批評，可對現實中的浪漫愛情卻是嫌惡至極。

為了成為能與凱爾同樣優秀的人，卡萊爾必須相當努力，如果因為愛情虛度光陰，勢必會是祖父最不樂見的結果，所以卡萊爾對愛情一點也不感興趣。

卡萊爾並非不懂愛。他非常愛他的家人，尤其是他善良可愛的弟弟。這就夠了。

真要說起來，他對艾許可能根本不是愛情。那只是對他人最基本的好感罷了，那種好感不一定會發展成愛情。

卡萊爾無法否認對艾許產生感情，但還是努力將其歸於可控制的範圍內。

即使他還是想繼續和艾許見面。如果情況許可，他還想稍微延長……在五次見面之後，增加兩人見面的機會。

他也知道這種想法太過貪心。艾許沒有非得與他見面的理由，可他還是忍不住想，或許呢？或許艾許會比之前更喜歡他這個人，那會不會就有可能再見面？

卡萊爾的思緒紛亂，總是朝自己不希望的空虛期盼奔去。他知道這些都沒有用，知道一切都有終點，卻仍是如此，令人感到萬般折磨與痛苦。卡萊爾最後開口。

「謝謝您的說明。」

「看來對方是位很不錯的人。是叫艾許．瓊斯嗎？」路透問道。

艾許的樣子在卡萊爾腦中浮現——柔軟微捲的髮絲、挺直的鼻梁、帶笑的嘴角與一雙美麗的眼眸。平常看起來就像乖巧的大型犬，在床上壓著卡萊爾時卻會散發出驚人的威壓。聯想到艾許在床上的樣子，卡萊爾猛地回過神來。

路透還在看著他。卡萊爾輕咬住唇壓住下腹的燥熱，然後才開口。

「……是的。」

「真是太好了。您的發情期預計會在下週，您打算怎麼做呢？」

因為艾許升起的燥熱感，在談到發情期時一下子冷卻。竟然就是下週了。光是想到自己的發情期，就讓卡萊爾倍感壓力。

卡萊爾腦中浮現出不知長相的 Omega，那些大張著腿、汁水四溢的洞穴，也想起了就算沒有任何感覺，也必須努力動作的自己，令他內心作嘔。路透看著卡萊爾的表情補充道。

「如果瓊斯先生願意，您不妨請他陪您一起度過發情期。」

卡萊爾的心彷彿高空彈跳，剛才還焦躁不已的心情逐漸回到了正軌上。艾許與發情期兩個詞一起出現，讓他感到困惑，直直地盯著路透看，而路透只是在紙上寫了些什麼，便將資料夾闔上。

「您現在對性行為本身已經沒有那麼排斥，應該可以嘗試將那些與發情期綑綁在一起的經驗，用新的體驗沖淡。」

「兩名 Alpha 也能一起度過發情期嗎？」

「雖然沒辦法完全解決，但還是可以的，而且少爺您現在的狀況也很難跟 Omega 一起度過發情期吧。」

卡萊爾撫了撫額，完全摸不清頭緒。路透的話總是有憑有據，卡萊爾從來沒拒絕過這位主治醫生的建議，更何況對象還是艾許．瓊斯。

卡萊爾終究只能選擇答應。

「我知道了。」

「很好。」

彷彿確信一切都會很順利，路透帶著笑站起身來。一直看著他的卡萊爾也從座位上起身，將椅子歸位後向路透點頭示意道別。

離開路透的研究室之前，路透對卡萊爾說：「我認為少爺按照自己喜歡的方式去做是最好的。」

聽到這沒頭沒尾的一句話，卡萊爾定定地看著路透，想起了祖父的教訓。

『卡萊爾，人活著不可能只做自己想做的事。』

祖父說，越是優越的出身，就更要將這個真理謹記在心。卡萊爾．佛羅斯特出生以來享有的一切優待、財富，都是所謂的特權。祖父所指的便是對此的責任感。

與他的血統帶來的特權相伴的責任。

卡萊爾沒有回應路透的話，只是扭開了門把。

今天下午有個尷尬的空檔，距離要去載凱爾前往希斯洛機場的時間還有兩個多小時。凱爾現在正與伴侶尼可拉斯及他的家人一同在逛嬰幼兒用品店。這也是卡萊爾一個月前從研究室出來時，正巧能遇見他們兩人的原因。

尼可拉斯懷孕了，知道這件事的凱爾每天都帶著笑容，至少在尼可拉斯及卡萊爾面前是這樣。總是為弟弟的幸福感到開心的卡萊爾，因此也總是對尼可拉斯的存在心懷感謝。

然而他也不免想起了艾許。仔細梳理起來，他們的關係也是真夠複雜的。除了第一次約見面那次之外，艾許就再也沒提過尼可拉斯，但卡萊爾不知道他是否已經完全放下了對尼可拉斯的感情。

這種不上不下的感覺讓卡萊爾心情沉悶起來，他面無表情地拿出手機，手中的黑色手機上顯示的淨是滿滿的工作訊息。

私下聯絡的訊息，卡萊爾一向只挑必要的回覆。在伊頓公學或大學就讀時便是如此，娛樂活動只根據目的性參加，或許也稱不上是娛樂。

拿著手機好半晌，卡萊爾才解開了螢幕鎖定，手指在訊息匣滑動，找到了艾許的名字。名為瓊斯的聯絡人發來的訊息寥寥無幾，都是約定見面地點與時間的簡單內容。從文字來看，艾許是個相當公事公辦的人，卻會在與卡萊爾見面時，展現足以讓他融化的甜蜜笑靨，碰觸他、親吻他。

卡萊爾躊躇著點進輸入欄，打算按路透所說，與他談談發情期的事。這樣就不是沒有意義的訊息了。有要事聯絡，不算是打擾。卡萊爾猶豫了很久才打下了第一行字。

『下午好。』

再普通不過的問候語，但後面要說的話太過尷尬，卡萊爾最終還是將輸入欄清空，完全想不出該如何開頭。

『瓊斯先生。』

他對第二次打下的開頭也不甚滿意，看起來太過生硬無情了。雖然周邊的人一直都是如此評價，他還是不滿意。如果直呼艾許，好像有些不莊重，但卡萊爾還是刪除了先前的文字，試著打下了艾許的名字。

盯著螢幕好一會兒，卡萊爾甩甩頭，決定直接打電話或是之後再跟對方提這件事，手指也總算動了起來。

低頭看著手機走路的卡萊爾突然與人擦撞了一下，他急忙將手機抓在手裡閃避開來。訊息也因此誤發了出去。

等卡萊爾再次看向手機，為時已晚了。發出去的訊息不只有對方的名字，後面還添上了ＸＸ兩個字。

卡萊爾當然知道這是什麼意思，他知道Ｘ的數量不同，意思會有點差異，也知道這是一種親密的撒嬌方式。大抵就是情侶之間或曖昧關係中會發的訊息。

卡萊爾僵立原地，心臟狂跳。太羞恥了，他人生中曾經做過那麼丟臉的事嗎？對於人生中犯過的失誤用一隻手都數得出來的卡萊爾而言，這種狀況簡直不可饒恕。他竟然會犯下如此愚蠢的錯誤？

他連要怎麼呼吸都顧不上，只想著該如何在艾許看到之前將這封訊息銷毀。找駭客或是請電信公司回收要花的時間太久，不，搞不好可行。現在是下午兩點，艾許可能正忙著工作，這樣的話……

各式各樣的念頭在卡萊爾腦中盤旋，腰間卻突然被人碰觸，陌生的觸感讓他扭過身去，鼻間嗅到了一絲熟悉的香氣，映入眼簾的也是不陌生的下顎與鼻梁。兩人很快對上了視線。

「卡萊爾。」

纖長的眼睫搧了搧，下面是一灰一藍的瞳孔。是艾許。

「嗨。」

伴隨染著笑意的問候，一個吻落在卡萊爾頰上。柔軟的觸感在臉頰上散開，帶著微弱香氣的呼吸搔得他耳畔發癢。

「訊息很可愛呢。」

溫醇順耳的嗓音響起，意外的相遇讓卡萊爾的心跳加快，甚至幾乎忘了先前的窘境，只為了這次偶遇感到開心。卡萊爾捏緊了手機，兩人的距離極近，他忽然想起自己現在正在公共場所，卻沒有推開艾許。

「……瓊斯先生。」

因為對方提起，卡萊爾才後知後覺地想起那封羞恥的訊息，不禁赧然地移開視線，很快又對上艾許的眼神，正式向對方打了招呼。

「下午好。」

「你也好，卡萊爾。用過午餐了嗎？」

艾許雙手都放上了卡萊爾腰間，被有力的大掌環住腰的一瞬間，卡萊爾喉頭發緊，老老實實地回答了對方的問題。

「我還沒吃。瓊斯先生吃過了嗎？」

「剛剛才跟客戶一起吃了。」

艾許又將卡萊爾摟緊了些，散發溫和香氣的身體最終還是貼上了他。

艾許今天穿著稍微露出腳踝的米色棉褲，搭配深藍色襯衫。卡萊爾能透過那層輕薄的襯衫布料感受到下面結實的肌肉。不知不覺間，卡萊爾的身體，或是下意識裡都記住了艾許肌肉的觸感。他腦海中浮現出艾許靠近時的表情，不自覺輕咬住嘴唇。艾許看著卡萊爾這副模樣，抬起了手。

「在想什麼？」

艾許的手指輕輕按壓著卡萊爾的下唇，嘴唇在微弱的壓力下稍微張開了些。

本能躲避的動作被艾許按在腰上的另一隻手制止。再這樣下去，他就要在大街上醜態畢露了。卡萊爾抬手推拒著艾許的腹部，結果反而想起床上類似的動作，差點興奮了起來，最後是發揮了定力才將那股衝動壓下。

「您說的那封訊息，是不小心……傳錯了。」

「不小心寫了我的名字嗎？」

艾許的笑聲在胸腔內低低響起，像是覺得卡萊爾很可愛似的，讓他完全不知道該對目前的狀況做何反應。

他的人生中規劃好的所有行動與姿態，在艾許面前都失去了意義。他不知道要在喜歡的人面前擺出什麼表情，用什麼語氣說話。

凱爾是卡萊爾認為最親近的人，但如果要用對凱爾的方式對待艾許，他們又不是那麼親近的關係。更何況兩個人都是Alpha，要博取Alpha的好感這種事，他從沒考慮過帶有商業目的以外的狀況。

「您怎麼會來特拉法加？」

卡萊爾轉移話題。艾許則是意味深長地笑了。

「你是在害羞嗎？」

看起來一點都沒有要放過他的樣子。卡萊爾按下一口氣，給了同樣的答案。

「是不小心的。」

「不小心地還附上親親給我嗎？」

卡萊爾此刻真心懷疑起了現代人到底為什麼要為X這個字母賦予親吻的意思。一般來說只有親密的關係才會使用的文字，站在艾許的立場，應該很難理解卡萊爾為什麼會發這樣的訊息給他。

實際上，卡萊爾並不喜歡縮寫，從未特意瞭解過，也從未對任何人使用過，所以他也不知道他發出去的訊息會如何呈現在艾許眼前。

「而且還是兩次？」

「那是手機出了問題。」

卡萊爾勉強擠出了辯解，但艾許又笑了，笑得嘴角都要咧到耳根。無論怎麼看，這都不像是正經的對話，令人氣結。

「我還以為你是想接吻才找我的。嗯？你不是喜歡接吻嗎？」艾許誘惑地低語。

再也無法忍受的卡萊爾掙脫開來，立刻向後退了三步。

「我……」

告別的話剛到嘴邊又嚥了下去。卡萊爾現在正巧有空檔，這個週末又見不到艾許，如果讓這次偶遇草草結束實在太可惜了。艾許沒有再次貼上來，只是饒有興味地看著他笑。

「您還沒有回答我剛剛的問題。」

艾許接受了卡萊爾第二次轉移話題的努力，然後笑笑，用下巴示意了下旁邊。

「我來確認展場。我們經常負責泰特或其他美術館的展覽，今天也打算順便看看英國石油肖像獎的展覽。」

卡萊爾順著艾許的指示看去，發現國家肖像館每年都會舉辦的英國石油肖像獎活動已經在兩個月前登場。

他們家在幾年前與英國石油也維持著不錯的關係，但在石油鑽探船爆炸事件後，受到股價暴跌影響，中斷交易好一陣子，直到去年才因為開發新能源相關投資案重新開始往來，卡萊爾也會收到各種英國石油的活動邀請。他也知道肖像獎這個活動，但沒有時間去參觀。

「您經常看展嗎？」

「怎麼說呢？是這樣沒錯。」

艾許邊說邊看了看手錶，結實的手臂肌肉隨著簡單的動作露出鮮明的線條。映著古銅色光澤的皮革錶帶搭配簡潔錶面，是江詩丹頓的腕錶。

感受到卡萊爾的視線，艾許「啊」了一聲，「卡萊爾現在忙嗎？」

卡萊爾猶豫了一下，短暫的沉默後回答：「現在不忙。」

「是嗎？」

艾許思索過後，瞇著眼笑了。

「那要看展嗎？跟我一起？」

卡萊爾這次沒有猶豫，安靜地點點頭，但在艾許伸出手時又頓了一下。

「啊，抱歉。」艾許笑了笑說：「太習慣了。」

接著便在卡萊爾伸手握住前收回了手。

「走吧？」艾許說著便轉過身。卡萊爾盯著他的手看看，才跟了上去。沒能握住對方的右手在身邊緊緊握了下才鬆開。

艾許在展場外碰到了相關人員便聊了一會兒，卡萊爾捐完款就面無表情地在一旁等著。這期間卡萊爾還為四名經過的參觀民眾撿了東西。不知道為什麼，今天老是有人在他面前掉東西，還全都是Omega，其中兩人是男的、兩人是女的。

在現代，說出貴族這個詞難免有些尷尬，甚至有點可笑的意思，所謂的貴族禮儀也會依場合有所不同。以卡萊爾為例，他一般都會展現自己國家特有的紳士風格。

為後面的人撐住門、幫助有困難的人，這些都是他從小理所當然接受的教育，對於掉在他面前的錢包或帽子之類的物品，他自然也會幫忙撿起來。

以精準角度彎下腰，伸直修長的手臂撿起物品交還原主，看到這樣的卡萊爾，拿回物品的人無一例外都不會輕易離去，而是留在原地想辦法與他搭話。

但卡萊爾沒工夫搭理他們，就算有空也不會把他們放在心上。卡萊爾直直盯著正與艾許歡快交談的女性Alpha，她的肢體動作很明顯透露著對艾許有好感，無論是傾向艾許的身體，暗暗摸上他手臂的動作，都讓卡萊爾覺得非常礙眼。

艾許又與那人聊了約十分鐘，女性Alpha甚至抱著艾許來了個貼面禮才終於放開他，導致艾許走過來時身上還帶著其他Alpha的味道。

說不清道不明的不悅感襲上心頭，讓卡萊爾咬緊了後槽牙。

「抱歉，等很久了吧。」

卡萊爾別過頭去，卑劣的占有欲噴湧而出。但他還是有理智的人，知道不能讓艾許發現他的這種心思。他們倆不過是暫時的床伴關係。

「不會。」

卡萊爾遞出票，艾許看著他道了聲謝便靠了過來，但卡萊爾在他的唇吻上臉頰之前就先一步退開。艾許身上的味道令他覺得不舒服，他討厭有人在艾許身上留下味道。

過去一個月來，卡萊爾是第一次拒絕艾許親吻他的臉頰。艾許總是能很快發現卡萊爾任何一點不快的情緒，這次也是如此。

「怎麼了？」

「沒事。」

艾許不相信，在他的凝視下，卡萊爾終於乾巴巴地補充。

「只是不喜歡其他 Alpha 的味道，您不用太介意。」

「其他 Alpha？」

艾許眨眨眼，很快又貼了上去。卡萊爾這次錯失了閃避的時機，只能斜眼看向滿臉帶笑的艾許。

「討厭這樣嗎？」

Alpha 本來就是這樣的生物。像是凱爾那種優性 Alpha，甚至不喜歡陌生 Omega 的味道沾到身上。

「不大喜歡。」

「那卡萊爾幫我蓋掉那個味道。」

艾許輕聲低語，兩人十指交纏，讓卡萊爾因為剛才沒能抓住對方的手所產生的鬱悶一掃而空。卡萊爾直直看著艾許，誘惑般的費洛蒙更加濃烈，也更加刺鼻。

「可是卡萊爾身上也有 Omega 的味道。」

卡萊爾想起了剛剛經過的四個人。艾許抓起了他的手，在手背突出的指節上親吻。

「我也討厭。上次留下的味道，很快就幾乎聞不到了呢。」艾許說著，一面用鼻子磨蹭著卡萊爾頸後，還有柔軟髮絲掃過的搔癢感。

卡萊爾沒能馬上理解艾許的話是什麼意思。他感受得到路人的視線，卻無法移動半分，因為艾許正頂著他。

「上次怕嚇到卡萊爾，就沒有留下太多氣息，下次我一定會好好浸透你。」

艾許指的是費洛蒙的味道，大概是在講幾天前的那次翻雲覆雨。

「您不用做到這種……程度。」

「這樣其他 Alpha 也不會在我身上留下味道了，不是嗎？」

卡萊爾陷入沉默。艾許低笑著抽身，但仍牽著他的手，這讓卡萊爾安心了下來。

「是說啊，卡萊爾。」艾許看著他，「我實在搞不懂你呢。」

卡萊爾不明白這句話的用意，可艾許沒給他提問的機會，拿著票就帶他進了展場。

英國石油肖像獎不只是針對職業藝術家，而是從全國各地民眾的投稿中選出優秀肖像畫來展示。艾許看完展覽後，就一直說想買下心儀的畫作。

兩人參觀展覽的期間一直緊牽著手，手背雖然被冷氣吹得發涼，手掌卻是暖呼呼的。

他們一邊逛畫展，一邊聊喜歡的畫家。卡萊爾沒辦法說出明確的答案，因為他雖然熟知畫家的技法與風格，但從未認真想過其他重要的元素。艾許喜歡的畫家則多不勝數。

「我也喜歡萊恩德克跟瓦特豪斯。」

聽到艾許提起瓦特豪斯，卡萊爾立刻想起他那天帶來的紅玫瑰，同時浮現腦海的還有一幅畫。

「那您應該也喜歡《玫瑰之魂》吧？」

「你怎麼知道？我很喜歡那幅畫，甚至惋惜無法將其納為收藏。」

就像猜中正確答案一般，艾許綻開笑容，燦爛得令卡萊爾轉開了視線。

艾許說他正在找一幅畫，作者叫做米歇爾．懷特伍德，雖然沒得獎，但艾許說這樣反而有希望發現它還沒被賣掉。卡萊爾最後在展場最邊角的地方找到了這幅畫。

「艾許。」

「怎麼了，卡萊爾？」

艾許小聲回應並靠了過來。卡萊爾抬手指了指那幅畫。

「您找的畫在這裡。」

「你找到了？」

艾許往那個角落走去，被他牽著的卡萊爾也被帶著移動腳步。

「卡萊爾眼力真好，謝謝你了。」

雖然只要將整個展場繞過一圈就會找到的，可艾許還是不吝給予讚美。每當這種時候，卡萊爾都很好奇他的思維模式。

「不客氣。」

「卡萊爾都幫我找到了，那我一定得買下來。」

艾許在畫前靜靜地站著，好半晌才開口。

「雖然我沒見過，但米歇爾是菲利浦的兒子。我最喜歡的畫就是菲利浦．懷特伍德畫的《薰衣草田的風景》。」

卡萊爾並未聽過菲利浦．懷特伍德這個名字，只是靜靜地聽著。

「我本來就期待他會完整繼承菲利浦的畫風，看起來跟我想的一樣呢。」

卡萊爾看著眼前的肖像畫，筆觸有些粗糙，色彩卻夢幻多彩，刻畫的五官流露出難以定義的感情。

「那幅畫您也有收藏嗎？」

「沒有。菲利浦畫的唯二兩幅畫很早就賣掉了，他在那之後就沒再作畫。比起價格，主要是因為不知道收藏家是誰，所以不知道該跟誰買。」

艾許的語氣中帶著些許遺憾。卡萊爾還是第一次看到他這副模樣，他欲言又止，最後忍住了越界的探詢。

「真好奇是什麼樣的畫。」

「在網路上也找不到的。但我可以形容給你聽。」艾許慢慢回過身，卡萊爾跟在他身後，聽著他詳細地描述，一邊走出了展場。

青蔥與青紫色揉合成的大片薰衣草田間，正中央站著一個人。一頭短髮的背影，讓人猜不出他的性別。亮如白晝的月光灑在寬闊田野上，照映出他正要回首的模糊側顏，飽含著畫家滿溢的情感。既哀切，又珍視，令人光是看著就像陷入愛情般的濃烈情感中。

艾許說，世界上再也找不到第二幅像那般情感豐沛的畫作了。

跟艾許在一起的時間總是過得特別快。艾許向展場人員購買畫作的時候，卡萊爾接到了來自凱爾的電話。

「凱爾。」

『卡萊爾，等很久了嗎？』

卡萊爾的表情非常細微地放鬆了些，目光溫柔地與弟弟通話。

「沒有。」

『我們現在要回去了，你在哪裡呢？』

「我還在特拉法加，你慢慢來。」

『你吃過午餐了嗎？』

「嗯。」

卡萊爾說謊了，他不想讓凱爾擔心。凱爾笑著掛斷電話，電話中能聽到遠方傳來的尼可拉斯的聲音。

「誰的電話？」走回他身邊的艾許問道。

卡萊爾有些猶豫，他知道凱爾與艾許的關係並不那麼好，但也沒有非得撒謊的理由。

「是我弟弟。」

「凱爾先生嗎？」

艾許仍然保持著笑容。卡萊爾稍微鬆了一口氣，看來兩人的關係還沒差到會表露出來。

「對。」

「看來你們經常聯絡。」

卡萊爾想起了兩人，應該說是艾許記憶中兩人的第一次見面。想到艾許可能想起來，就讓他感到不安。卡萊爾當時對著把弟弟丟在家裡，堂而皇之地在社區裡與艾許見面的尼可拉斯大聲數落。

「也不算很頻繁，這次是為了剛才提過的出差。」

「你們要一起去嗎？」

艾許平靜地延續著對話。

「是的。」

「路上小心，卡萊爾。」

艾許在親切的叮嚀後問道：「你現在要離開了嗎？」

卡萊爾確認了時間，凱爾去的賣場在切爾西區，距離這裡大概二十分鐘。

「凱爾在黛西之家，應該還有一點時間。」

艾許頓住，沉默在兩人之間蔓延開來，卡萊爾驚疑不定地看著他。

「你說黛西之家嗎？」

沉默再次襲來，艾許抬手揉了揉太陽穴，很快又恢復了笑容。

「尼可……懷孕了嗎？」

尷尬籠罩了卡萊爾。他沒想到艾許知道黛西之家，不，他甚至以為艾許當然會知道尼可拉斯懷孕的事，畢竟在為兩人牽線時，尼可拉斯就已經知道自己懷孕了。不過想想也是，尼可拉斯也不是一定要跟艾許提這件事。

因為他們不是什麼特別的關係。

至少對尼可拉斯而言是如此。

卡萊爾不知道該說些什麼，心臟像被捏緊了一般疼痛。艾許現在明顯很難過，卡萊爾也是第一次看到他笑得那麼勉強，雖然他們只認識了幾週。總之是第一次。

「卡萊爾，能幫我跟他說聲恭喜嗎？」

艾許揉了揉嘴角又撐起笑容。幾乎要崩解的笑容讓卡萊爾的內心也像有什麼崩坍了似的，充滿了對艾許的憐憫與怨懟。他不知道自己在埋怨艾許什麼。

「這……」

卡萊爾表情凝固。已經過去八個月了，就他所知，尼可拉斯不過和艾許交往了不到兩個月的時間，不管兩人之間發生過什麼事，現在都已經過去了。為什麼艾許還無法忘記一個已經結了婚的人，卡萊爾無法理解。

艾許為什麼會對尼可拉斯如此無法忘懷。

「恕我無法轉達。」

卡萊爾全身像是被抽乾了，充斥著巨大的空虛感，宛如被用力撕扯的痛苦一陣陣湧出。這樣不對，尼可拉斯已經有凱爾了。尼可拉斯是凱爾的全部，他希望這兩個人之間未來也不會出現任何絆腳石。

艾許臉上的笑在聽見卡萊爾的回答後瞬間消失，盈滿悲傷的雙眼直直盯著他。

「因為瓊斯先生與尼可拉斯……已經沒有任何關係了。」

卡萊爾用力從喉頭擠出一個一個字。他不希望艾許再因為尼可拉斯受傷，希望艾許能忘了他，重新變得幸福。

「這似乎不是瓊斯先生該擔心的事。」

吐出冷漠的字句，無情冰冷的語調連卡萊爾自己都覺得厭惡。

艾許看著他，總是帶著笑意的唇角緊緊抿起。這一刻卡萊爾覺得度秒如年。他暗自想像著艾許可能會像那天一樣對他發火，心裡便開始發疼。

但艾許沒有生氣，也沒有抱怨，只是接受了他說的話。

「這樣啊。」

他的聲音疲倦無力，就像剛哭過的人一樣。這樣深沉的感情，讓卡萊爾感到絕望。

「是我越界了。」

艾許移開了視線，等到再次看向卡萊爾時又換上了平時的笑容，用親切卻平靜的聲音向他告別：「今天冒犯了，我就先走了。」

話音剛落，艾許便從卡萊爾身邊離開，沒有絲毫遲疑地掠過他朝出口走去。

徒留卡萊爾一人，孤獨地隔離在這個世界的喧囂之外。

卡萊爾是想提問的。

想問他們究竟是什麼關係。

他知道他們是床伴，也知道艾許是為了尼可拉斯才答應與他見面。

但是。

但是……

如果只是因為這樣跟他見面，有必要那麼溫柔嗎？有必要那麼深情地看著他、碰觸他、吸引著他的視線嗎？

如果艾許的所有舉動都不帶有特殊的意義……如果他只是可有可無的存在，根本不配與尼可拉斯相比……

他好像，會非常非常難過。

卡萊爾垂下眼眸，靜靜地看著剛才被艾許牽著的手。看著修長的手指，再慢慢翻過去看著被艾許吻過的手背。現在留下的，只有卡萊爾自己的溫度。他抬起手，默默將唇貼上曾被艾許碰觸過的那處。

那個位置還留著艾許的氣息。

艾許留給他的，他愛的氣息。

（未完待續）

外傳

平行世界（上）

本篇番外是以正文為基礎構築的平行世界。
文中艾許的家世背景與地位都有改動，
兩人在一起的契機雖有不同，
但初次相遇與其他感情線基本都相同。
此外，卡萊爾在本篇番外中雖然同樣是 **Alpha**，
但有懷孕情節，提供讀者閱讀前參考。
本篇番外的世界觀設定與正文不同。

◎ *Back to spuare one*

「是說，萊爾。」

在可以俯瞰都市如星光般閃爍夜景的餐廳裡，茱莉．倫敦的歌輕緩流淌著，在卡萊爾對面坐著的伴侶笑著開口。這是一次久違的約會，更準確地說，是距離卡萊爾．佛羅斯特與艾許．瓊斯結婚一週年紀念日僅剩兩天的一次晚餐。

「我們要不要離婚？」

卡萊爾摩挲著酒杯的手一頓，瞬間懷疑自己是不是聽錯了，但他仍面無表情，視線從面前的餐點上緩緩抬起，看著那雙倒映著他蒼白面容的眼睛眨了眨。眼前的男人仍帶著和平時一樣溫柔的表情，彷彿剛才不是他說出那些莫名其妙的話。

無論何時都帶著的輕淺笑意掛在男人柔軟的唇畔，高挺鼻梁與帶笑的眼角，還有那雙盛著不同光彩的眼瞳。艾許正睜著那一藍一灰的美麗雙眼，向他提出離婚，隨意的語氣讓卡萊爾過了好幾秒都還懷疑自己幻聽了。

也不是不可能。

卡萊爾現在身體狀況並不好，甚至影響了工作，才剛匆忙結束出差行程回來，出現幻聽也是情理之中。啊，這麼說來，他本來也是打算跟艾許說這件事。不對，還是先……

卡萊爾耳邊嗡嗡作響，聽不見任何外界的聲響，身體不覺一震，但還是很快打起精神來。艾許等了好一會兒了，該趕快回答才是。

「……您是說離婚嗎？」

卡萊爾反問的語氣相當平淡，似乎毫不驚訝，只是在向對方確認一樣，臉上同樣沒有流露任何情感，看上去就像是個不會因為任何事動搖的人。

艾許看著卡萊爾的反應，支起了下顎。纖長的睫毛下一雙異色眼瞳盯著卡萊爾好半晌，像是要找出什麼證據，或者說，想找出什麼。就在卡萊爾暗自忖度那雙眼中似乎帶著點若有若無的悲傷時，艾許終於開口。

「對，離婚。」

艾許冷靜又明確地重複了一遍，這次不可能是幻聽了。

他要離婚。

卡萊爾屏著呼吸，咬唇一言不發地直盯著艾許，又垂下眼簾。他的表情開始不受控制地崩塌，絕對不被允許在人前展露情感的卡萊爾低著頭，死命地盯著眼前的餐點，嘴角緊繃著。

用溫柔的嗓音說出殘忍話語的男人，很快又露出淡淡的笑容，就像他的性格一般柔軟的笑容。卡萊爾過去一年內已經看慣的這個溫柔多情的笑容，今天看起來卻讓心臟泛疼。

他看著桌上幾乎沒被動過的餐點，終於找到了那絲違和感的來源。雖然卡萊爾是有理由才食不下嚥，但一般來說他們倆一起用餐時，從不會剩下食物。他早該發現的。

反正早點發現也不能改變什麼。這個念頭突然闖入腦中，大概也只會更早聽到那句話，因為艾許今天就是下定決心來跟他攤牌的。

想清楚這點，卡萊爾心裡不由狠狠一抽，就像胸腔被人捏緊似的，疼痛發澀的感覺令他幾乎痛呼出聲。認知到艾許想跟他離婚這件事，就讓他覺得世界像是崩塌了。

為什麼？

他們不是相處得很好嗎？就算是被毫無感情基礎的家族聯姻綁在一起，他們還是在經歷波折後達成了協議，順利結婚。過去一年來兩人之間也沒有任何爭執，艾許溫柔多情，卡萊爾也喜歡和這樣的艾許待在一起。就算一開始對與 Alpha 結婚感到牴觸，他也很快適應了，甚至覺得一直這樣過下去也不錯。

當然要說問題也不是全然沒有。在床上……作為承受的一方對卡萊爾而言仍非易事。身為原本只和 Omega 發生關係的 Alpha，卡萊爾至今無法完全適應這種截然不同的體驗。

比起討厭，倒不如說是覺得太奇怪而難以接受。不是艾許技巧太差，反而是因為太熟練，才讓卡萊爾感到更加心煩意亂。那麼有感覺是正常的嗎？那麼常做可以嗎？這種事……

「萊爾？」

艾許的呼喚讓卡萊爾從紛亂的思緒中回神，這個只有艾許會叫的暱稱讓他一下子打起了精神。這種毫無必要的親暱感讓卡萊爾暗暗握緊了拳，放在西裝外套內袋的照片沉甸甸地壓在他心上。

「抱歉，我在想事情。」

卡萊爾鄭重地道了歉，冰冷的語調根本看不出他在桌下的動搖。

一直凝視著他的艾許緩緩啟唇問道：「想什麼？」

艾許神色微妙，一種既視感襲上卡萊爾心頭。艾許像剛剛一樣露出了期望著某種回應的神情。察言觀色並非難事，長年來往談判桌的卡萊爾．佛羅斯特對此更是擅長。

但他面對艾許時卻不是如此。艾許總是如此，與卡萊爾認識的任何人打從靈魂開始就不同，讓卡萊爾完全無法猜測他的想法。

——那就，來協商看看吧。

卡萊爾想著，小心翼翼地吸了口氣，只要知道艾許想要什麼就行了。卡萊爾不喜歡單刀直入地追問，這種直接的做法對貴族而言顯得頗愚蠢，但他現在別無他法。

「艾許，是對哪裡感到不滿嗎？」卡萊爾問。

艾許卻是露出意味深長的笑容，搖了搖頭。

「沒有。」

「如果我哪裡做錯了，請一定要告訴我。像是有什麼希望我改正的地方，或是希望我怎麼改正都可以，我能配合，所以離婚就……」

從自己嘴裡吐出的離婚二字讓卡萊爾一時語塞，穩住了沒用地顫抖著的嗓音，卡萊爾重新開口：「離婚的話，長輩們會很失望的。」

他先提出了現實層面的問題。家族聯姻這種事極少有人選擇以離婚收場，因為牽涉家族間的約定與往來利益。如果不是一方真的犯下大錯，都會將婚姻維持下去。不，就算是犯了錯，大部分的人也會選擇睜一眼，閉一眼。

聽了卡萊爾的話，艾許緩緩收起笑容，用著有點為難，或者說，像是失望的眼神看著他再次問道：「……萊爾最先想到的就是這個嗎？」

艾許從剛剛開始就一直在對他提問。仔細想來，艾許總是這樣，除了需要明確表明意願的狀況，他總是會先詢問卡萊爾的想法。卡萊爾喜歡什麼、在想什麼、想做什麼，事無巨細。

卡萊爾因為他的提問暫時陷入了思考。最先想起的事是什麼？他嘗試回想自己剛才腦中想過的事，但腦袋遲緩得無法思索其他事。

「對。」

「其他的呢？譬如不想分手之類的……」

卡萊爾看著艾許抬起原本放在桌上的手，伸向自己，彷彿在討要牽手似的。這個男人明明先意料之外地提了離婚，卻又像渴望愛情的人向自己伸出手，就像他初次牽住自己的手那天。

「沒有嗎？」
艾許懇切的追問讓卡萊爾感到困惑，只能用迷惘的眼神回望對方。他不知道艾許究竟想要什麼，眼前這個男人就是他生命中最大的謎團。
「我當然……不想離婚。」
「為什麼？」
面對艾許接連的追問，卡萊爾欲言又止，最後選擇了他認為應該說的話。
「因為給人觀感不好。我們的婚姻牽涉許多，一開始見面時我們也談過這些，是當時有什麼沒有說明清楚的地方嗎？還是……」
卡萊爾猶豫了一下，終於問出了這一年來始終縈繞在他心頭的擔憂。
「您果然還是不能接受我是個 Alpha 嗎？」
艾許的視線落在自己懸在半空中的手上，然後低下了頭。
「怎麼可能？我不可能討厭萊爾的。跟你求婚時我已經說得很清楚，你是個 Alpha 對我而言並不是什麼問題。」
但這番話卻讓卡萊爾更困惑了。
「那問題是什麼？」
「問題是，我太喜歡萊爾了。」
「我無法理解您的話。」
艾許緩緩與他對上眼，重新帶上笑容的表情卻隱隱透著憂傷。
「我在提出離婚時，最先想到的是，我可能再也見不到你了。」
卡萊爾說不出話，就像被丟進了一片迷霧中。

「我跟先想到別的事的萊爾不同。」

艾許收回向卡萊爾伸出的手，身體向後靠上椅背，再次露出為難的笑。

「所以就是這樣。」

他自嘲地笑著。

「我本來以為自己做得到……看來還是不行呢。」

大手抹了把臉，艾許又說。

「要跟不愛我的人一起生活，我做不到。」

死一般的寂靜在兩人之間蔓延開來，彷彿能聽見針落在地上的聲音。

卡萊爾眨眨眼，心裡堵得慌，喉頭像被什麼堵住般，他卻不知道原因為何。是因為身體狀況不好嗎？可沒聽說這種狀況下會出現這樣的副作用啊……

卡萊爾不自覺撫上自己的肚子，白皙修長的手指輕摸著結實的腹部。

最後還是艾許打破了沉默：「對不起。」

撫摸著腹部的卡萊爾沉默地看著艾許，想說的話都卡在喉間，心頭湧上不知來處的煩悶。艾許剛剛所說的「跟不愛我的人一起生活」這句話，在他腦中不斷盤旋，腹內也開始覺得痠脹，慢慢感受到像是被人掐住脖子般的窒息感。

「我本來以為一切都會變好，但每次看到萊爾跟我在一起時勉強自己忍耐的樣子……」

艾許臉上的笑意消散，面露疲態地揉著太陽穴，很快又將臉埋入雙掌中。

「我就很難受。」

聽著艾許發出彷彿受傷的野獸般痛苦的聲音，卡萊爾一反常態地快速否認。

「不是這樣的。」

艾許放下手，疲憊的雙眼對上卡萊爾的視線。

「真的嗎？」

「真的。」

「那你喜歡跟我在一起嗎？」

卡萊爾猶豫了，如果要問喜不喜歡……

「我不討厭。」

他從沒有讓其他人像這樣陪伴在身邊的經驗，所以也沒有可比較的對象。他可以確定的是，比起父母、家人，跟艾許在一起時他更加自在。但要說喜歡，他並沒有真正體會過這種感情。

因為不能說謊，卡萊爾選擇了他認為最能表達自己心情的說法。現在的艾許就像個心思單純的孩子，期待與失望的表情在他臉上輪番變換，接著又問。

「那跟我發生關係呢？你喜歡嗎？」

「那個……」

卡萊爾在這個敏感的問題上沉默了下來。直覺告訴他，對這個問題最好給出個真假摻半的答案。討厭嗎？不，他不討厭，卻也無法確定自己是不是喜歡。

跟艾許在床上的一切對他來說都很陌生且尷尬，就像穿上了不合身的衣服般彆扭。並不是沒有得到快感，而是卡萊爾不想承認自己會從那種行為中得到快感。

似是從卡萊爾的猶豫中得到了答案，艾許笑了，做出無所謂的表情輕聲說。

「萊爾是很好的人，不應該被困在不幸福的婚姻中度過餘生。僅此而已。像我這樣血統不正的混血貴族，又是個幫不上任何忙的 Alpha，根本配不上你。」

卡萊爾從來沒這麼想過，會這麼看他的人只有艾許而已，卡萊爾完全不能認同艾許說他配不上自己這種話。

他還記得決定結婚對象的那天，祖父對他說的話，這樁婚事是卡萊爾高攀了。祖父說的沒錯，和艾許結婚確實是他高攀了。

「我沒有這樣想過。」

卡萊爾僵著臉出言否定，艾許立刻點了點頭。

「我知道。我知道卡萊爾不這樣想，但你還是不幸福，我沒有什麼能給你的。」

「您已經給我很多了。」

「我給了什麼？」

艾許的問題再次讓卡萊爾陷入沉默。

「我們兩個就像站在不平衡的天秤上，萊爾跟我在一起的快樂遠遠比不上我所得到的，這段關係又怎麼能算是公平呢？所以我沒辦法繼續下去了。」

「艾許。」

總是能條理分明地做出冷靜判斷的腦袋今天格外不靈光，卡萊爾滿腦子只想著要阻止艾許，想拒絕艾許，卻找不到說服對方的理由。

「結婚是現實的事，不可能像電影一樣只充滿幸福。我對於我們的關係非常滿足，從來不覺得有任何問題。更何況以家族聯姻來說，已經很難找到像我們這樣順利的例子了，我認為我們這樣的關係很好。」

「你能這樣過一輩子嗎？」

艾許悲傷地垂下眉眼。

「這種婚姻有什麼意義呢？」

「您本來不也就知道這樁婚事並不是那種浪漫的婚姻嗎？」

「但我原本希望我們能變成那樣的。」

原本總是主動向他靠近的艾許漸漸向後退去。

「當初跟你求婚的時候，我想，只要努力讓我們變得幸福就好了，因為我很喜歡萊爾。我……」

艾許倏地緊緊咬住唇，垂下了眼睫，然後很輕很輕地嘆了一口氣。

「我們就到此為止吧。」

艾許做出宣判，為他們的關係畫下了句點。卡萊爾好不容易才搖了搖頭。

「我不想這樣。」

但艾許像是下定了決心，從來沒拒絕過卡萊爾要求的人，今天卻絲毫不願意讓步。

「因為這次聯姻建立的所有合作都會繼續。萊爾，離婚不會對我們的家族造成任何影響，佛羅斯特侯爵那邊我會親自去說。跟我這邊的人脈或跟菲利浦，不，跟高登侯爵的關係也不會有變化，這樣萊爾就不會有任何損失了。你能從我身上得到的所有好處都會照舊，說不定反而更好……」

艾許緩緩將身下的椅子向後推去。

「這樣萊爾就能以更好的條件踏入下段婚姻了。不是無法生兒育女的婚姻，而是貴族們眼中正常的婚姻。」

艾許的話讓卡萊爾想起了他們過去一年來遭遇的一切。雖然家族聯姻最講究的是雙方互惠，但卡萊爾與 Alpha 結婚這件事還是引來許多閒話。像是能讓卡萊爾跟只有一半貴族血統的艾許結婚，背後到底有多大的利益，兩人甚至還被稱為不能生育後代的不正常夫婦……等等。

艾許雖然總是輕描淡寫地帶過，好似不在意的模樣，但現在看來都記在了心上。卡萊爾原本還覺得，經過一年的相處，他對艾許更瞭解了一些，沒想到只是他的錯覺，艾許根本不是不在意。

「這就是我想說的話。對不起，在結婚紀念日前說這些……」

艾許的嗓音帶著濃濃歉意。卡萊爾看著低眉順眼地道歉的男人，動了動從剛才開始就放在肚子上的手指。

——我本來也有話想說的。

「我無法再繼續了。」

——你擔心的事已經有一項被解決了……

「真的對不起。」

面對訴說著無法再繼續的這個男人，卡萊爾還是開不了口，他的腹部一陣陣抽痛。艾許閉口不再言語，像是已經把想說的話全都吐出。卡萊爾看著絲毫沒有再開口意思的艾許，心中的衝動忽起忽落，在此之前從沒發現的某種感情與理性拉扯著，好半晌才做出了結論。

艾許的話沒有錯。

祖父想得到的本來就是艾許繼承自外祖父家的財富，還有他手中的人脈，在這些條件都能維持的前提下，離婚另尋良伴對卡萊爾來說才是最好的選擇。雖然會被貼上離過婚的標籤，但比起 Alpha 與 Alpha 結婚這種醜聞，都算不上什麼。

更何況如果真照艾許所說，維持這段關係對彼此沒有好處，那當然也沒有堅持的必要。艾許感受不到他在這段關係中的喜悅，還因此覺得痛苦……

那尊重他的決定應該沒錯吧。

「我知道了。」

卡萊爾低低地應允了艾許的要求。

「我理解您的意思了，如果這是艾許所希望的……」

視線轉向窗外，卡萊爾看著原先還覺得耀眼刺目的夜景，現在只覺得心裡空蕩蕩的，倒映在透明玻璃窗上的面容一片蒼白。

「就按您說的做。」

視線掃過倒影中的艾許，卡萊爾心中五味雜陳。

「抱歉，那我就先走了，帳我會結的。」

卡萊爾的平常心從剛剛開始就一點一滴地被消磨殆盡，他感覺自己再這樣下去就要無法維持表情了，現在只想盡快離開這個地方。雖然知道這種舉動看起來很小家子氣，但他實在無法繼續待在這裡。

艾許動了一下，像是想抓住卡萊爾，但很快便停止動作。卡萊爾看到他的臉上露出不知所措的自責表情，這是當然的，方才正是因為艾許的要求，他們兩人的關係才畫下了句點。

卡萊爾將手伸進西裝內袋拿皮夾，指尖卻碰到了和皮夾放在一起的照片。他裝作沒感覺到似的，冷靜地掏出皮夾，將幾張五十歐元紙幣拿出來整齊地放在桌上便轉身離開，沒再留給艾許一眼。

艾許也並未出聲挽留他。

率先離席的卡萊爾穿過餐廳裡談笑著的人群，來到外面的走道上，原本打算直接去搭電梯，但不想又跟艾許碰上，當下調轉方向進了洗手間。

也許是因為放鬆了下來，他一走進洗手間便開始作嘔。

顧不上體面，卡萊爾快速進了最近的隔間，拚命壓下翻湧而上的嘔吐感。好不容易忍住沒吐出來的卡萊爾大口喘著氣，用手抹了抹臉，卻仍覺得胃裡翻江倒海，天旋地轉的。

他想起自己的主治醫生路透說的話。

『雖然很難以置信，但您已經懷孕六週了。看來您確實繼承了小姐的血脈，才會出現這樣的奇蹟。』

在今天與艾許見面之前，卡萊爾在路透的醫院聽到了令人意外的檢查結果。

『現在開始要避免飲酒，最好不要有壓力。Alpha 懷孕的例子相當罕見，因此需要格外注意。您流產的機率非常高，少爺，稍有不慎都可能保不住孩子。』

他摸索著撫上平坦的腹部，那裡現在除了結實的腹肌之外什麼也感覺不到，更不要說是來自一個生命的胎動。說不定胎兒已經死了。這樣的話，對他來說可能更好。他又想起了路透對他說的。

『瓊斯先生一定會很高興。』

卡萊爾當時並未反駁，即使無法想像艾許的反應，他也覺得艾許應該不會討厭這個孩子。雖然他覺得 Alpha 懷孕這件事本身很奇怪，但在此之前仍感到了一絲喜悅，因為有一種他們之間的缺陷被填滿了的感覺。

呆愣著的卡萊爾徐徐環抱住自己的肚子。待在沒有人能窺探的空間裡，腦中紛亂的思緒慢慢規整了起來，今天原本要告訴艾許的話閃過腦海。

——雖然很難相信……但我有了和你的孩子。

好像是打算這樣說的吧。失神般望著虛空的卡萊爾緩緩將手伸進了裝著錢包的口袋裡，指尖觸到了那張摺起的紙，將那張手掌大小的黑白相片拿了出來。

——這樣偶然的意外似乎真被我們遇上了。不介意的話，我想為他取個名字。如果您覺得為時尚早，那先取個胎名應該也不錯。我覺得名字由您來取比較好，比起我，您感覺更有這方面的才能。雖然還不知道性別，您希望的話我們可以再去檢查看看。很奇怪吧，我也沒想到，但我並不反感。

寫著日期與名字的超音波照片中央可以隱約看到胎兒的模樣，現在看起來還是一個很小的圓點，卡萊爾至今仍不敢相信，這個看起來甚至有點像腫瘤的小東西將成為他們的孩子。卡萊爾彷彿要把照片盯穿了一樣凝視著，接著將視線放到了照片上端寫著的日期與名字上，無聲地念出了那個名字。

艾許・佛羅斯特。

那個曾經叫做艾許・瓊斯的男人，在一年前進入他的人生。

與他的相遇是在晚春。

◎ *Week 1*

「你的結婚對象已經定下來了。」

卡萊爾被祖父叫回佛羅斯特家老宅，這是進門後聽到的第一句話。對花了八小時從卡達千里迢迢回到倫敦的孫子而言，多少有些無情的話，讓小心翼翼敲開了房門的卡萊爾咬住了唇，頸項被一路奔波累積的疲憊壓得更低了些。

「祖父近來好嗎？」

盡力忽視沿著背脊爬上來的疲倦感，卡萊爾恭恭敬敬地與祖父寒暄，溫和有禮的嗓音讓面前的老者終於願意施捨他一眼。那張神情冷淡的臉上一如往常的沒有任何表情，已然習慣這副光景的卡萊爾今天卻格外感到喉頭發澀，大概也是因為剛剛聽到的那句話。

——婚約對象已經決定了啊。

卡萊爾在心裡咀嚼著這句話。身為佛羅斯特侯爵家族中的一員，卡萊爾對此早有心理準備，無論何時，有必要時他就得與家族指定的對象結婚，但實際遇上了，還是讓他感覺有些微妙。更準確地說，應該是還沒有真實感。

他有些好奇對方是誰，很快就發現這一點也不重要。祖父當然會挑選他屬意的人，那就只能是有助振興家門的某家貴族 Omega 了。有可能是他在社交場合中遇過的人，也有可能只是他聽聞過的人。

不知道是否看出了卡萊爾的想法，他的祖父並未回應他的問候，而是直接切入正題。老者對著卡萊爾上下打量了一番才開口。

「是你高攀了。」

卡萊爾面無表情地垂下頭，如果祖父都這樣說了，那就不會有錯。不，這本來是理所當然的事。卡萊爾．佛羅斯特這個人在社交界中，並不是那麼受歡迎的女婿人選。除去亞瑟．佛羅斯特侯爵孫子的身分，還有他父母的事業，卡萊爾本身並無任何出色之處，更何況他只是一個平凡無奇的 Alpha。

僅占世界人口百分之一的優性 Alpha，唯獨在英國貴族中最常誕生，英國貴族自然也將此視為繼承家族的必要條件，認為只有一切都比普通 Alpha 更為優越的優性 Alpha 才能重振家族，也相當重視血統的傳承。

雖然在階級制度已經消失的現代來看，這種觀念可能很過時，但在英國卻是再自然不過。至少在卡萊爾生活的世界裡是這樣。

在對於血統的執念下，貴族的結婚對象總是圍繞著能生出優性 Alpha 的條件來決定。一般被視為良配的條件不外乎是優性 Alpha 所在的家族，還有代代延續著優性 Alpha 血統的名門望族。

卡萊爾的祖父亞瑟本人就是優性 Alpha，雖然成功重振家門，但他與妻子的獨生女卻是一介平凡的 Alpha，甚至還不是跟 Omega，而是跟一個平民出身的 Alpha 結了婚。這讓亞瑟一度覺得佛羅倫斯侯爵家族要就此沒落了。

但在此時，卡萊爾的母親卻奇蹟似的懷上了孩子，這比兩個 Alpha 結婚更為罕見。一般來說 Alpha 是不會懷孕的，雖然不是完全不可能，但是幾近於零的機率讓這件事一時蔚為話題。

保守的社交界自然對此頗有微詞。卡萊爾的祖父完全是靠著對卡萊爾性別的期待，才在這種羞恥感中強撐了下來。可惜的是，卡萊爾仍是一個再平凡不過的 Alpha，祖父隨之而來的怒火也在預想之中。

所幸，卡萊爾最疼愛的弟弟，亞瑟的第二個孫子是個優性 Alpha，這才消弭了亞瑟對女兒夫婦的不滿。但卡萊爾在祖父眼中的價值並未改變，他雖是長男，卻是個無法帶領家族的平凡 Alpha，這就是卡萊爾・佛羅斯特。

「……謝謝祖父。」

卡萊爾很快逼迫自己張口道謝，唯獨在祖父面前，他總是自慚形穢，心情也會跟著跌至谷底，彷彿要被湧上的自卑感淹沒。

「我能問問對方是誰嗎？」

亞瑟並未立刻回應卡萊爾的詢問，絲毫不受歲月影響的祖父仍如壯年般健康，此時正散發著充滿壓迫感的費洛蒙。長年習於察言觀色的卡萊爾一下子就能感覺到祖父的不耐煩。可他不明白，明明定下了婚約對象，祖父為何會是這種反應。

「你該知道自己一直以來的準備都是為了今天。」

祖父以微妙的語調打破沉默。卡萊爾有些驚訝，也在心中默默認同這句話。這是他一直都知道的事實。為了避免他與母親一樣，與不是貴族的人結婚，他的人際關係向來都受到嚴格管控，就算是貴族，也僅限於與最上層的那些家族子弟交流。發情期都是與祖父選定的Omega度過，為了避免發生不必要的情感糾葛，對象從未重複。

「是。」

「你必須竭盡所能，避免因離婚之類的事使家族蒙羞。」

「我一直謹記在心。」

亞瑟又重複了一次他總是對卡萊爾耳提面命的叮囑，聽見卡萊爾的回答後才皺起眉，視線落在書桌上，伸手將桌上的文件推到卡萊爾面前。

「家族之間雖已談定，但能否順利成事還是得看你們。」

這話說得意味深長。一般來說，家族之間商定後，要結婚的當事人是不會有選擇權的，須根據當事人彼此的發展才能確定是否結婚這件事相當奇怪。

卡萊爾緩緩走向祖父，皮鞋跟在木質地板上敲出低響。卡萊爾沉重的腳步在書桌前停下，接著伸手拿起了那份文件。

最先映入眼簾的是對方的姓名，艾許．瓊斯。貴族中有家族是姓瓊斯的嗎？已經被卡萊爾牢記在腦中的所有貴族姓氏中，並沒有符合的對象，讓他完全摸不著頭緒，只能先繼續閱讀紙上的文字。資料上接著記錄了名字與性別。三十三歲，Alpha。

……Alpha？

卡萊爾原本優雅地拿著文件的指尖不覺用力捏皺了紙張，費洛蒙的味道也變得尖銳起來，不由得將視線重新投向面前的祖父。

像是早就預想到他的反應，亞瑟仍是面無表情地看著卡萊爾。

與卡萊爾如出一轍的灰眸卻比他更顯冷淡，卡萊爾看著祖父毫無溫度的臉，一下子忘了自己原本要說的話。看祖父的意思，應該是要他先看完文件。

卡萊爾指尖泛起冷意，視線勉強轉回紙上繼續閱讀關於他婚約對象的介紹。職業是設計師，目前就職於倫敦一家大型工作室。大略掃過對方的得獎履歷與作品，卡萊爾終於找到了有關對方家世的內容。看完後，便得到了結論。

艾許．瓊斯擁有一半的貴族血統。

雖然他沿用平民父親的姓氏，但已逝母親卻繼承了溫徹斯特侯爵的旁系血脈。溫徹斯特家族中有法國血統，法國混血的艾許在當地長大，於英國社交圈中自然名不見經傳，可擁有貴族血脈仍是無庸置疑。此外，艾許的外祖父母在馬賽及巴黎擁有許多不動產，還經營著珠寶生意，財力雄厚。

即使如此，這樣的家世並未優秀到夠格成為卡萊爾．佛羅斯特的婚約對象，更別說對方還跟他一樣是個 Alpha。

意識到這點，羞恥感瞬間洶湧而上。卡萊爾知道自己無論怎麼做都無法讓祖父滿意，但他真的有那麼不堪嗎？某種一直以來被卡萊爾忽視的情緒噴湧而出，腦中不自覺回想起那些他如何拚了命守護家族名譽的過往。

為了不輸給其他同輩的優性 Alpha，卡萊爾總是徹夜用功，努力表現得沒有任何缺陷，竭盡所能學習祖父要求的所有事務。也幸好他頭腦不差，在學習表現上從未令人失望。為了成為家族的助力，卡萊爾從小就跟父親學習如何管理企業；為了不讓母親受到祖父的責備，就算生病受傷，他也從不表露出來。

但，果然天生的缺陷是無法彌補的嗎？

「竟然自己要求來當上門女婿，他爸的野心也真是夠大的。他家的孩子也只有兩個 Alpha，淨扯些幾百年前的祖先事蹟就來要求聯姻，到底關我什麼事，真是拿這些平民寄生吸血的習慣沒辦法。」

正巧祖父又開了口，作為從未違抗過祖父指示的乖巧孫子，卡萊爾忍下心中滿滿想說的話，安靜地聽著祖父的叨念。

然而還有一個疑惑始終在腦中揮之不去。至少在這點上，他必須求個答案。卡萊爾確定祖父也不能接受這件事，應該會願意回答他。

「我沒有想過要跟 Alpha 交往。」

祖父並沒有為此斥責他。

「這事兒確實很丟人現眼。」

祖父的語氣中明顯帶著輕蔑。

「但你的訂婚對象與高登侯爵的關係也不可忽視。那個小混血擁有你沒有的東西，他與高登侯爵的關係好到幾乎能成為繼承人，你得好好表現。」

卡萊爾的疑惑獲得解答。高登侯爵是祖父一直想結識的對象，他的家族代代在政壇都擁有舉足輕重的影響力，與為數不多的公爵的關係也都相當親近。從祖父的立場來看，這樁婚事確實有助於擴大佛羅斯特家族的影響力。

「對方要求先見面，如果感覺不錯就答應這樁婚事。不知道是不是因為混了平民的血才會提出這種荒唐的要求，你就忍著點吧。」

對話就這樣畫下了句點。祖父話中明確不留絲毫反駁或質疑的餘地，卡萊爾只能緊緊握住手中的文件，腦中因為那個意外的訂婚對象一團混亂。

「碰面的時間已經約好是兩天後。地點應該會定在倫敦，其他細節都已經告訴你祕書了，出去吧。」

祖父吩咐完便下了逐客令，將椅子轉向一旁不再看他。卡萊爾凝視著祖父無情的側顏，慢慢向後退去，朝不再分給他一絲視線的祖父點頭示意。

「那我就先離開了。」

祖父一如往常地沒有任何回應。只要弟弟凱爾不在他身邊，祖父總是這個樣子。可這副早已烙印在卡萊爾腦中的光景，今天格外令他感到煩悶。

卡萊爾像是被人掐著脖頸般喘不上氣，胸口一陣陣發疼，周遭的空氣都變得沉重起來。抱著離開這裡應該就沒事了的想法，他悄無聲息地退出祖父的房間，關上門的同時深深吸了一口走廊裡冰冷的空氣。

但那股煩悶感仍舊盤旋不去，反而更重地壓在了卡萊爾心上。

微風輕拂，五月的倫敦擺脫灰暗的陰雨天，處處都像童話世界般，滿目皆是翠綠的草坪。公園裡隨風搖曳的樹枝沙沙作響，為行人撐起一片涼爽的濃蔭，待在家中的人們這時紛紛走出戶外。

對自由的空氣感到陌生的卡萊爾眼神飄忽，不知道該將視線放在哪裡，只得不停確認時間。距離約定的時間還有十分鐘，對方不算遲到，但他心中忍不住對其生出一絲怨懟。

對方沒有錯，他純粹是對這次會面本身感到不悅。卡萊爾很努力想說服自己接受，卻還是難以相信自己正站在這裡，只為了等待與一個 Alpha 約會。

艾許．瓊斯跟他約在了櫻草山，他們透過祕書約定了會面時間，也就是今天。見了面大概也是去餐廳吃飯，卡萊爾實在搞不懂何必非要約在外頭碰面，光是這點就讓他不甚滿意。再加上現在發現對方大概不是會提早抵達的類型，心裡的不滿更加擴大。

這很不像平常的他。

卡萊爾自己也知道這點。他的人生中一直都在避免產生這種不必要的情感，個人情感可能會帶來風險，引發衝突。加上他很早就開始接手家族事業，總能心平氣和地對待無禮之人。可艾許．瓊斯這個人，從真正見面之前就讓他微妙地出現動搖。

當然這也有可能是因為他初次遇到這種種況。兩個 Alpha 訂婚本來就不是什麼常見的事，至少在卡萊爾的世界是如此。就算這個社會已經走向尊重各種取向的時代，貴族們仍停留在過往的輝煌裡，無法誕下子嗣的婚姻對他們而言毫無價值。

撇開價值不論，卡萊爾本來的性取向也不是 Alpha。就算他在成長環境中幾乎都被 Alpha 圍繞，但卡萊爾很確定他從未受到 Alpha 吸引。這是理所當然的，因為 Alpha 之間本來就會被彼此的費洛蒙挑起警戒本能。

不過，他也不會喜歡上任何人。

自嘲的念頭倏地閃過腦中。他的意見不重要，祖父希望這樁婚事能成，卡萊爾要做的事就只有一件。雖然他也不知道該如何在 Alpha 面前表現自己……

卡萊爾對於自己竟然在煩惱這種事感到挫敗，決定放空腦袋，什麼也不想。再次低頭看了一眼手錶，發現已經到了兩人約定的時間，他面無表情地環視四周。因為看過照片，卡萊爾大概知道對方的長相，那樣出色的外表就算放在人群中應該也不會錯過。

正值午餐時間，櫻草山的草坪上坐滿了來用餐的人，隨處可見野餐籃，還有在一旁歡快跑跳的小狗。即使置身其中，卡萊爾依然像是獨立在另一個空間般全身不自在。

卡萊爾在倫敦土生土長，卻從沒有自己來過這裡，對他而言，倫敦就是一堆灰暗的高樓建築與冰冷的玻璃窗，櫻草山的一切都讓他感到陌生，更別說浪費那麼多時間，悠哉地躺在草地上享受食物這種行為。

「你來得真早。」

背後傳來的聲音讓卡萊爾轉過了身，首先映入眼簾的是一雙顏色各異的眼眸，一邊是灰色，一邊則是藍色，在耀眼的陽光下閃閃發光，帶著柔和的笑意。

「嗨，我是艾許．瓊斯。」

悅耳的男性中低音溫和地自我介紹。卡萊爾抬頭對上那雙凝視著自己的眼睛，看著笑得燦爛的那張白皙臉龐，恍惚了一下才開口。

「您好。」

卡萊爾客氣地問候，接著後退了兩、三步，拉開距離才看清了來人的樣貌。比卡萊爾更高的個頭，是個面容精緻的美人。艾許的長相即使只是路過都會吸引眾人的目光，細細打量五官也找不出一絲瑕疵，還帶著一股照片上看不出來的奇妙氣質。

「我是卡萊爾．佛羅斯特。」

比起平時，卡萊爾頓了幾秒才習慣性地向艾許伸出手。就像平時跟商業往來對象問候時一樣，沒有什麼特別的含義。一截蒼白的手腕也隨著他的動作，從熨燙整齊的西裝袖口下露出。

艾許微微歪頭看著他伸出的手，眼中閃過一絲興味，接著也伸手握住卡萊爾的手。艾許的手比預想的來得大些，將卡萊爾的手整個包覆住還綽綽有餘，直直伸出的食指輕巧地滑過卡萊爾露出的腕骨。

「叫我艾許就好。」

撫過瘦削腕骨的麻癢感順著手臂而上，奇異的感覺讓卡萊爾瞬間全身僵直。第一次被這樣撫摸的卡萊爾率先抽回手，看著他的艾許則瞇起了眼。

「直呼名字還有點太早了嗎？」

艾許自然地搭話，完全沒有初次見面的尷尬。卡萊爾在公事上，一般都能熟練地引導對話，但他根本不知道私下約會時該聊些什麼，沒能事先準備也算是他的失策。

「您希望的話也無妨。」

卡萊爾想起祖父要他在艾許面前好好表現的叮囑，便溫順地答道。這只是出於義務，就像在協商中為了達到預期結果所做的那樣，對卡萊爾而言並非難事。

「不，當然要按照卡萊爾喜歡的方式來才行啊。」

盯著卡萊爾的撲克臉，艾許搖搖頭。艾許若無其事地直呼卡萊爾名字的行為，在他心中掀起了小小的波瀾，但他並未表現在臉上。

「你吃飯了嗎？」

艾許露出溫和的笑容。也許天生面相如此，艾許臉上總是帶著笑，恰到好處地垂落下的額髮讓他的表情更顯柔軟。

「還沒。瓊斯先生用過餐了嗎？」

「瓊斯先生」這個稱呼令艾許莞爾一笑，接著才搖搖頭。

「沒有，我打算跟卡萊爾一起吃。」

卡萊爾微微點頭表示瞭解。艾許跟他約了個奇怪的地方，附近幾乎沒什麼餐廳，只有冰淇淋店、咖啡店、酒館或賣三明治的地方，如果要好好吃個飯，兩人得走到稍遠的地方去。

卡萊爾正想說自己來之前先找了一些備案，艾許卻突然將某個物品舉到了他眼前。

「就在這裡吃。」

卡萊爾剛剛就瞄到艾許左手像是拿了什麼東西，該不會……

「……您沒必要這樣。」

「別看我這樣，我也是滿擅長烹飪的。」

艾許朝卡萊爾拋了個媚眼，半開玩笑似的靠近他耳邊低語。

「我也想在你面前爭取加分呀。」

艾許的呼吸若有若無地落在耳邊，微妙的觸感讓卡萊爾猛地退後了一步，對方卻緊緊跟了上來。

「那我們來選個好位置吧？」

艾許一臉愉悅地說，雖然卡萊爾並不知道有什麼好讓他那麼開心的。

艾許選了一個不那麼陡峭的山坡，將手中的藤編野餐籃放在恰到好處的樹蔭下，並脫下了身上的針織衫。

「怎麼說也不能讓卡萊爾直接坐在草地上對吧？」

卡萊爾看了看身邊的草坪，確實稱不上乾淨，但他的脾氣算是相當好，就算平常自己不會想坐在草地上，為了配合對方也還能忍上一忍。

「沒關係。」

「用我的外套鋪著吧。」

「不用了。」

卡萊爾阻止了艾許順手就要將針織衫鋪在草地上的動作，過去從來沒人這樣照顧他，讓他喉嚨有些乾澀。

「真的不用嗎？」

「我真的沒關係。」

「但我也不想害你弄髒那麼好看的西裝。」

卡萊爾搖頭，西裝弄髒了買件新的就好。

「再買就好了。」

艾許「啊」了一聲笑出來。

「也是，卡萊爾是貴族嘛。」

艾許像是感嘆似的說了一句，還是先把外套摺起來放在了一邊。

「雖然你這樣說，但需要的話隨時都可以拿去用喔。」

率先在草地上落坐的艾許開始在野餐籃裡翻揀，就像剛才卡萊爾覺得陌生的風景一隅，如令他也融入其中的感覺令卡萊爾心情微妙。

接著艾許從籃裡拿出了四個包裝精美的脆皮麵包三明治。

「不知道你喜歡吃什麼，就用不同食材各做了一個。雖然去餐廳吃很方便，但最近天氣不錯，我覺得邊看風景邊吃飯也很好。」

從來沒在餐桌以外的地方用餐的卡萊爾，對這個生平第一次面臨的請求感到不知所措。

「您本來就喜歡這樣嗎？」

卡萊爾因為無法理解而提出的問句，又讓艾許笑了出來。

「如果是像今天那麼好的天氣，那沒錯。」

「您看起來很熟悉的樣子。」

「看到美麗的事物，心情也會變好，不是嗎？」

艾許說著看向卡萊爾，卡萊爾不自覺避開了視線，從艾許遞來的三明治中隨便挑了一個。

「噢，你選了火雞肉的啊。」

艾許自言自語地點了點頭，又兀自提問。

「你有什麼討厭的食物嗎？」

「沒什麼特別討厭的。」

脾氣好這點也適用於飲食上，卡萊爾並不特別挑食。艾許接著又問。

「那你也吃黑布丁嗎？」

「我吃。」

艾許不知道想到什麼開心的事，又自顧自地笑了起來。

「卡萊爾真了不起。那反過來問，你最喜歡的食物是什麼？」

艾許像個好奇寶寶般問個沒完，從來沒被這樣追問過私事的卡萊爾不免覺得對方很奇怪，忍不住又看向艾許，兩人再次對上了視線。

「您平常都會對初次見面的人問這麼多問題嗎？」

「對約會對象當然會呀。」

約會這個詞讓卡萊爾拿著三明治的動作僵住。

「……您是說約會嗎？」

「對啊，今天不是我們第一次約會嗎？」

嚴格來說是與婚約對象第一次見面，硬要這樣講也是可以……暫時陷入思考的卡萊爾決定切入正題。雖然單刀直入不像一般貴族的習慣，但他實在猜不到艾許・瓊斯這個人究竟想要什麼，只能用這種方法了。

「如果這是第一次，那最後一次會是什麼時候呢？」

聽了卡萊爾的問題，艾許哈哈大笑，將手肘支在微微彎起的膝蓋上，撐著下顎直直望向卡萊爾，瞇起了雙眼。

「卡萊爾又是怎麼想的呢？」

「我……」

卡萊爾調整著呼吸，他沒有選擇的權利，對他而言，答案已經確定了。

「我無所謂。」

「怎麼做你都可以？」

「我對這次婚約沒有異議。」

「跟素昧平生的人結婚也無所謂？」

這不就是聯姻嗎？就算對方不是艾許，卡萊爾也得接受，對他而言理所當然。看著卡萊爾面無表情地點頭，艾許發出了像是苦惱般的聲音。

「雖然你應該已經知道了，但我並不是像卡萊爾一樣的貴族，就算有混到貴族的血脈，成長環境也跟其他普通人一樣。過去交往過的人即使家庭背景各有不同，卻也都只是平凡人。」

「您這樣說，是不打算接受這次婚約的意思嗎？」

這樣的話，事情就複雜了。卡萊爾開始思考應該提出什麼條件，才能讓對方應下婚約。但在短暫沉默之後，艾許卻搖了搖頭。

「就是因為這樣，我才說這是約會，總得要相處看看才知道。」

「那就是說，結果要等約會完才會決定嘍？」

「這樣對我、對卡萊爾來說不是都會比較好嗎？」

「如同剛剛說的，我現在也覺得可以接受。」

聽到卡萊爾這樣說，艾許露出驚訝的表情，色彩鮮豔的藍眸與另一邊彩度較低的灰眸中映照出卡萊爾的樣子。

艾許的灰眸乍看與卡萊爾的瞳色相近，但有些微不同，比起卡萊爾更多了蓬勃生氣。

「跟不愛的人結婚也沒關係嗎？」

愛？這個許久沒出現在卡萊爾耳邊的字讓他頓感陌生。在他記憶中，無論是母親或父親都從未對他說過這個字，大概也只有弟弟凱爾小時候曾對他說過幾次。

他會擁有愛這種奢侈又不必要的情感嗎？

如果說父母做出的那個衝動決定是源於愛情，那麼卡萊爾寧願自己一輩子不懂得愛是什麼。即使他跟凱爾是因此才能誕生在這個世界上，可卡萊爾實在不確定這是否值得母親去承受那些磨難，特別是生下他這件事。

先不論成為社交界無數的談資之一，光是看著至今都被祖父厭惡的母親，就足夠讓卡萊爾覺得愛情是一種派不上用場的情感。卡萊爾不曾嘗試去愛，也不被允許去愛。如果有了結婚對象，他必會珍之、重之，但要去愛對方，卡萊爾想都沒想過。

「我不知道愛情在婚姻中是否必要。」

卡萊爾緩緩開口。

「我認為，只要有信任與尊重就夠了。」

靜靜傾聽著的艾許陷入了沉思。我說錯話了嗎？卡萊爾想著，將視線放回手中的三明治上，心裡憋得慌。

就像穿了一套不合身的西裝，周邊自由的空氣讓卡萊爾覺得尷尬。他與艾許比預想的還要不同，可比起討厭，卡萊爾心中升起的是一股懷疑。

事情似乎不會太順利。

這並非公事，而是要在私下的關係中取得對方的好感。對卡萊爾來說，其他所有事都可以做到，唯獨在這種事上毫無經驗。如果對方是 Omega 還好說，是個 Alpha 就很難下手了。

「我從小就覺得，結婚對象一定要是我愛的人才行。」

艾許打破沉默，再次看向卡萊爾。

「要是個即使一輩子都生活在一起，也會讓我覺得每分每秒都很珍貴的人。」

艾許平靜地說出的結婚條件，與他倆現在的狀況恰恰相反。這讓卡萊爾更加百思不得其解，這樣的人為什麼要答應這次見面呢？到底是為了什麼才來到這裡呢？

「這麼說的話……您應該要拒絕比較好吧？」

多少有些直接的反應讓艾許笑了。

「你說的沒錯。」

從一個算不上貴族的混血，甚至是Alpha的口中聽到這種話，讓卡萊爾感到相當荒謬。雖然祖父要他好好表現，但如果對方壓根兒不想結婚，那成功的可能性並不高。

不過還是不能輕言放棄，卡萊爾重新冷靜下來。也不是完全不可能。只要成功的可能性不是零，就必須在盡力嘗試後才能知道結果。

「但您說要見了面才知道，似乎也不是沒有結婚的想法。」

「沒錯。」

「我能問問原因嗎？」

「因為合適的對象並沒有想像中好找。」

這讓卡萊爾有些驚訝。這個回答不像剛才還夢想著命運般的愛情的男人會說出的話。更何況……撇開個人喜好不說，任誰來看，艾許都是個充滿魅力的人，這種人怎麼可能會找不到交往對象？

「要說為什麼的話，就是有點個人因素。」

艾許補了一句意味深長的解釋，像是隨口一提，但卡萊爾並不難察覺他沒說的原因其實相當重要。這原因跟卡萊爾應該不同，卻足以讓這個看起來對聯姻毫無興趣的男人出面。這對卡萊爾來說反而是個好消息，說不定能與對方達成交易的念頭閃過腦海，當然前提是要提出足夠讓對方接受的條件。

「感覺是很重要的事。」

艾許沒說話，瞇起眼睛笑著，食指摩娑著嘴唇，很快點了點頭。

「您有什麼地方需要我的嗎？」

「不，不是這樣的，我還在尋找方法。」

「不知道我能不能幫上忙？」

艾許並未直接拒絕，這讓卡萊爾覺得他可以試著抓住機會，好逃脫這個對他單方面不利的局面。

「雖然與瓊斯先生相比，我還有許多不足之處，但我也懂得許多瓊斯先生不清楚的事。」眼前這個男人看起來不大會以交易或施壓的方式處理事情，如果是能用這種方式應付的狀況，對卡萊爾而言就並非難事。

「你還有不足之處？」

艾許將眼睛瞪得大大地反問，聽起來難以理解的語氣讓卡萊爾閉上了嘴。他又說錯話了嗎？平常不應該是這樣的啊。

「如果有冒犯的地方，我很抱歉。」

「不，我不是這個意思。是因為我覺得任誰來看，卡萊爾都是一個很完美的人啊。」

「那是因為您不瞭解我。」

「但有些事還是看得出來的嘛。」

「您是指什麼部分呢？」

「首先，你很漂亮。」

漂亮這個形容詞，讓卡萊爾罕見地露出不自然的神情。他不覺得自己有多了不起，但也知道客觀來看自己的外貌究竟是什麼水準，大概只能說是挑不出瑕疵的長相。雖然比平均值好上一些，給人的印象卻不好。銳利的下顎線加上面無表情的撲克臉，總是給人冷淡又可怕的第一印象。

卡萊爾也因此認為漂亮這個形容是最不可能用在他身上的。他並不比艾許矮多少，加上從小學習馬術、擊劍及運動，不是那種弱柳扶風的體型，任誰看來都是個鐵錚錚的 Alpha。

「……您是說我漂亮嗎？」

「是的。」

「我還是第一次聽到這種形容呢。」

聽見卡萊爾拐著彎地表達反感，艾許笑了起來。

「但是事實沒錯啊。」

「我是個 Alpha，瓊斯先生。」

「那當然，你的費洛蒙已經告訴我了。」

艾許說著像是想起什麼似的「啊」了一聲，突然傾身靠近卡萊爾，原本中間還隔著野餐籃的兩人距離瞬間拉近。卡萊爾被他的動作驚得轉過頭去，就聽到艾許湊在他後頸處低聲道。

「卡萊爾倒是我交往過的人當中味道最淡的一個。」

來自對方的呼吸噴在頸間，不知為何升起的緊張感讓卡萊爾轉開了頭。

「看來您對 Alpha 很有經驗。」

「是的。」

所以才能這麼自然地靠近其他 Alpha 嗎？一般來說，Alpha 之間會很排斥靠近彼此，但這個人……

「您從一開始就是這種傾向嗎？」

「不，那倒不是。」

艾許笑笑退開，沒有繼續說下去，而是轉回剛剛的話題上：「總之，我覺得卡萊爾很漂亮，還是個忙碌的貴族，跟我完全不一樣，怎麼可能不完美呢。」

「那您何不說說您的想法，讓我看看究竟能否幫上忙？」

艾許再次陷入沉思，凝視著山坡下的行人好半晌才開口。

「是我父親希望我能赴約。」

卡萊爾驀地想起祖父的話。這次婚約最早是由艾許．瓊斯的父親先提出的。

「您無法拒絕嗎？」

「父親手中握有讓我無法拒絕的籌碼。」

艾許毫不在意地笑笑，接著反問卡萊爾。

「卡萊爾不也是因此才赴約的嗎？」

卡萊爾搖了搖頭。

「我從小就已經為此做好準備了。」

「但連我這種人，都幾乎沒聽說過貴族與 Alpha 結婚這種事喔。」

「確實不大常見。」

「我想，硬要說的話，卡萊爾應該從未想過，有一天會跟一個不知道稱不稱得上貴族的人結婚吧？」

笑得人畜無害的艾許意料之外地很會察言觀色。

「無妨。」

卡萊爾冷淡地重複了一次那個早已定下的結論。他是真覺得沒關係，因為這是從他出生以來就確定的事，無論對方是誰都得接受。隨著時間流逝，卡萊爾早已接受自己大概就只有這些價值。不是優性 Alpha 的話，與其期待與 Omega 結婚後生下優性 Alpha，不如將自己當作籌碼，為家族爭取利益方為上策。

「那這樣如何？」艾許仍舊直直看著前方。

「卡萊爾希望從我這裡得到的東西，如果不是透過婚姻也能得到的話，我們好像沒必要非得結婚不可。」

「這是什麼意思？」

「各取所需嘍。」

「……嗯？」

「我的問題沒有那麼複雜，只要爭取到一點時間就夠了。所以我們可以先解決卡萊爾的問題，不用結婚就能結束這一切，你看怎麼樣？」

「……這件事沒有那麼簡單。」

「那你說說看吧，你的家族，希望從我身上得到什麼呢？」與溫和的外表不同，艾許在談判時相當直接。

「無論是什麼，我都會幫你，用不著透過婚姻綁著彼此。如果你希望，我也可以跟你正式簽約。」

「這個交易聽起來並不公平。」

「但比起兩個不愛彼此的人結婚，這種方式對我們都比較好，不是嗎？」

按常理來說是這樣沒錯，如果祖父知曉，說不定還會更高興，不僅能得到想要的東西，還能改為與其他家族聯姻，藉此得到兩個家族的人脈。但艾許．瓊斯又能從中得到什麼呢？

答案是沒有。

身為貴族的卡萊爾幾乎不曾遇過這種無法為對方提供任何利益的狀況，這樣一面倒的交易反而讓卡萊爾感覺像被抓住了弱點般苦惱起來，而艾許只是笑得一臉無害。

「你就跟我見三次面吧，然後跟家裡人就說我們正在考慮結婚的事。」

「為什麼是三次？」

「三次的時間差不多夠我解決問題了。我們就先假裝正在熟悉彼此，之後再藉口意見不合，怎麼樣？就像剛剛答應你的，我之後一定會協助你們得到想要的東西。」

祖父想要的是艾許．瓊斯與菲利浦．高登侯爵之間的人脈，以及他外祖父母手上的產業，若這些都能獲得保障，那對卡萊爾而言沒有任何損失。

「……這樣瓊斯先生沒關係嗎？」

「不用擔心，只要說是我變心就好了。偶爾當個花花公子也還不錯吧？你說呢？」

艾許連其他可能的變數都考慮到了。思考了幾分鐘，卡萊爾決定接受，只是要以書面形式確實寫下條件，畢竟他也沒有理由拒絕。

「我明白了，但我覺得用不上那種藉口，我也不希望給您造成麻煩。」

「沒關係，外祖父母說過，無論我做了什麼，他們都不會介意。」

聽起來艾許像是真的毫不在意，令卡萊爾感覺相當新奇。從剛見面時他就覺得艾許是個跟他完全相反的人，這也讓他覺得慶幸。

雖然這種情況出乎他的預料，但對方確實不像會和他合得來。如果對方是個Omega，姑且還能嘗試看看，可如果是Alpha，他便不知道該如何對待對方。

「既然我們已經聊過彼此好奇的事，現在就好好來吃頓午餐吧？」

像是想轉換氣氛，艾許俏皮地輕聲低語。

「我很想知道卡萊爾對我的料理評價如何呢。」

剛才嚴肅的談話彷彿未曾發生過，艾許很快就轉移了話題，低頭從籃子裡拿出了瓶裝水與氣泡水。

「你喜歡礦泉水還是氣泡水？我本來也想過要不要帶酒來，但不知道你的喜好，想說趁這次見面先問問。」

卡萊爾看著艾許遞來的玻璃瓶，視線在冒著氣泡的瓶子上停留一下，最後選擇了礦泉水。

「謝謝。」

卡萊爾打算接過瓶子的手指被艾許輕輕握了握，稍早前握手時感受到的麻癢感再次蔓延開來又消散。艾許輕鬆地笑了。

「看來我們很合拍呢。」

「什麼？」

這句沒頭沒腦的話讓卡萊爾疑惑地反問，但艾許只是輕輕地搖晃著手中的氣泡水。

「我喜歡這種有些刺激的。」

艾許說著闔起野餐的籐籃，鋪上了格子花紋的餐巾，將剩下的兩個三明治放在籃子變成的小餐桌上。

「我們說不定會比想像中還合得來喔。」

艾許的低語似乎飽含真心，卻與卡萊爾的想法完全相反。

◎ *Week 2*

星期日上午九點的早餐時段，是卡萊爾待在倫敦時與家人慣例的家庭時間，但現在坐在梅費爾本家餐廳裡的卻只有卡萊爾一人。這並不奇怪，如果全家人都到齊了，那才真的反常。

卡萊爾的弟弟凱爾在一番波折之後，終於跟從小喜歡的人修成正果，全身心都投注在自己的小家庭上，他的缺席也在卡萊爾的預料之中。雖然沒能見到家中唯一能和自己聊得起來的家人讓卡萊爾有點遺憾，但他弟弟能幸福就好。

除卡萊爾與弟弟外，會出現的家人就只剩下他的父母了。卡萊爾的祖父長年住在位於巴斯的佛羅斯特莊園，不會來倫敦；祖母則很早就與祖父離婚，並很快再婚，已經與佛羅斯特家沒有往來。

卡萊爾的祖父在獨力扶養的女兒，也就是卡萊爾的母親身上下了很大的工夫，卻在女兒選擇與卡萊爾的父親結婚後轉為厭棄。卡萊爾的母親為爭取父親的認可，更加將心力放在事業上，這也導致卡萊爾在家族聚餐上見到母親的次數屈指可數。

今天應該也是這樣吧。

獨自坐在空蕩蕩的餐廳裡，盯著長桌發怔的卡萊爾心想。今天應該又是只有他自己在這裡吃飯了。他已經習慣從小就留守在空無一人的大宅裡，自己解決所有的事情，待在父母身邊反而還更令他不自在。他現在也不是會期待什麼的年紀了……

「抱歉啊，我來晚了。」

就在卡萊爾正想請傭人準備一份簡單的餐點時，他的父親出現了。聽到背後傳來的聲響，卡萊爾小心翼翼地站起身，沒讓椅子發出聲音，接著看到父親走到他身旁。

「艾莉絲有事，說下次再來。」

父親喬納森的灰色眼眸溫和地彎起，他與卡萊爾長得很像，表情卻比卡萊爾豐富許多。

卡萊爾身為佛羅斯特家族的長孫，但沒有遺傳任何家族代代相傳的特徵。如果能遺傳到父親隨和的性格倒還好說，偏偏卡萊爾是個連怎麼親近家人都不知道的個性。

在商務場合上，卡萊爾姑且還會對人笑一笑，對父母或凱爾卻不大露出笑容。他已經不記得自己是從什麼時候開始頂著一張撲克臉，而這是他從小被教育的事，他的母親並不喜歡看到他失望或難過的表情。

「早安，父親。」

喬納森早已習慣兒子乾巴巴的問候，點了點頭表示回應，便抬手請傭人為他們準備餐點。坐下後，喬納森放下每天都要看的報紙，直接進入了正題。

「艾莉絲最近在忙著準備你的婚事，我代替她向你道歉。」

原本平凡無奇的星期日早晨，因為這句話讓卡萊爾頓感陌生。他眨眨眼，沉默地悄悄避開了父親的視線。

「母親本就很忙了，這些事我自己處理就好，不必勞煩她。」

「你要結婚，我們當然得用點心。」

卡萊爾覺得脖子上的領帶似乎有點緊，腦中閃過那天與艾許．瓊斯在櫻草山上的對話。一週前的午餐之約，尷尬地吃完三明治後，他們兩人約定了幾個條件。首先是他們會見大概三次面，在此之前得先瞞著家人。

一想到母親正為了這樁不會成真的婚事忙碌，卡萊爾心裡就湧上滿滿的自責。他並不想跟Alpha結婚，可只要想到自己可能辜負祖父與母親的期待，卡萊爾就坐立難安。

「你還好嗎？」

喬納森好似察覺卡萊爾的異樣問道。

「我沒事。」

「卡萊爾，我是指這次的婚約。」

卡萊爾看著眼前的父親，以為對方真的知道了什麼，但喬納森說的卻是其他的事。

「對方是個 Alpha。」

喬納森看來也知道卡萊爾從祖父口中知道這件事後有什麼想法，面對直指問題核心的父親，卡萊爾無法裝作毫不在意。

「我知道這並非你一直以來希望的結果，所以才這樣問。對一個沒有跟 Alpha 交往過的人來說，一時半刻也無法接受吧？」

換作是誰都會這樣想，可直接被說出來，還是讓卡萊爾心情不大美妙。更準確地說，他覺得非常羞恥。不是因為他必須跟 Alpha 交往，而是因為這樁婚事的含義太過顯而易見。

卡萊爾・佛羅斯特是一顆被丟棄的棋子。

雖然這是卡萊爾從出生的那刻起就決定的事實，但他從未想過祖父會那麼明白地表現出來。艾許確實是他配不上的人，對方的人脈可以為他的家族帶來的一切，是卡萊爾至今努力的成果所比不上的。

他因此感到茫然，即使艾許說可以各取所需，無奈人心難測。如果對方最後反悔了，沒有婚姻作為保障的卡萊爾將無計可施。

「不願意的話，我會試著幫你說說。」

大約是誤會了卡萊爾的沉默，喬納森還是先提出了這個困難的提案。卡萊爾心裡雖因父親的話感到開心，但這是不可能的事。父親已經因平民身分遭受祖父的當面羞辱，卡萊爾不想再讓他蹚這渾水。

「不是的，這種事並不常見，卻也不是沒發生過。」

看著卡萊爾堅決地搖頭拒絕，喬納森自嘲地笑了。

「也是，我跟艾莉絲就是這樣。」

喬納森帶著歉意凝視著兒子，小心翼翼地環視了一圈再次開口。

「雖然是這樣說，在貴族圈裡，確實是沒有出現過 Alpha 之間結婚的先例。」

他說的話沒錯。看著父親難得一見地表現出擔憂，卡萊爾有些不大適應，只是靜靜地望著父親。

跟卡萊爾一樣不大表露感情，跟也沒什麼表情的母親不同，父親確實比較容易表達情緒，而這副模樣並不常見。卡萊爾情不自禁地猜想，母親是否也會如此擔心他。

「那母親是怎麼想的呢？」

「這個嘛，你也知道艾莉絲不大會對這種事表態。」

果然是他多想了。母親沒有特別表示什麼，應該就代表她的想法跟祖父一樣。方才暫時散去的壓力又重新壓回了卡萊爾沉重的肩上。

「這樣啊。」

卡萊爾簡短地回應了父親，決定結束這個話題。

「我沒關係，這件事已經定下了，我也不想違逆祖父的要求。」

喬納森嘴唇微動，好似還想說什麼，最後輕嘆一口氣點點頭。

「對方是什麼樣的人？」

來自父親的詢問令卡萊爾想起了話題中的另一個主人公。他們上次相處的時間並不長，要確定對方是什麼樣的人為時尚早，但如果要問他的第一印象……

「長得很好看。」

卡萊爾單純地按照印象回答，喬納森卻露出意外的表情笑了出來。

「看來你很滿意。」

「並不是這樣。」

他只是在陳述客觀事實。卡萊爾人生中第一次看見那麼配得上耀眼這個詞的人，兩邊各異的瞳色也很特別，整個人看上去很正經，細看則五官非常引人注目，不僅是個美男，體格也很好。因為很少碰到比自己高的人，卡萊爾對此印象特別深刻。

費洛蒙的味道……也不特別令人反感，類似於他們見面的櫻草山上的樹木香。像艾許那種既有存在感，又不會引起 Alpha 反感的香味，倒是很難找。

「我還是第一次聽到你這樣形容人。」

「那是因為沒有其他足以評價的部分了，感覺他不像壞人。」

這就是他對艾許的全部瞭解。

「你本來就很會看人，這樣說的話，對方應該是個不錯的人。」

看上去是這樣，可還沒有實際相處過，卡萊爾不敢確定。他過去幾天刻意不去想那個人，現在一提起，那天在櫻草山上的一切又恍如昨日。那天發生太多卡萊爾此生初次經歷的事，反覆思量只會讓他不自在。

無論是私下第一次吃到有人專門為他做的料理，大方地接近他、對他笑，親熱地叫他的名字，還是與他經驗中完全相反的思考模式，都讓卡萊爾感到陌生。其中最甚者，不外乎是被稱讚長得漂亮這點。

壓下心中的怪異感，卡萊爾還在尋思措辭時，傭人正好將早餐端了上來。煎得正好的半熟蛋搭配花椰菜等新鮮時蔬，看起來相當美味，一邊還有松露奶油、麵包，以及可供選擇的咖啡與茶。

卡萊爾選了阿薩姆紅茶，喬納森則選擇搭配馥芮白咖啡。卡萊爾想起祖父曾經因為餐前喝咖啡不符合禮儀而訓斥父親，說他生來就與他們這些貴族不同。

倒了些牛奶進紅茶杯中，卡萊爾看著眼前的餐桌，忽然想知道艾許・瓊斯會怎麼做。他是會選擇咖啡，還是紅茶呢？

卡萊爾不自覺思考起與艾許的早餐時間會是如何，突然發現自己竟開始想像兩人的婚後生活。明明他們已經約好放棄婚約，明明只要按照艾許說的做就能皆大歡喜。

大概是太在意祖父與母親的反應了吧。卡萊爾決定不再去想，要是突然毀約也有損彼此的信任，還是照計劃進行吧。

放在西裝內袋裡的手機突然震動起來，震動聲在寂靜的餐廳中迴盪，剛拿起餐刀的喬納森立刻看了過來。

「有人找你？」

「應該不是急事。」

「你先看看呀，別在意我。」

喬納森話中隱隱帶著催促意味，卡萊爾沒多說便掏出手機。卡萊爾在用餐時間通常會將公務手機交給祕書保管，現在聯絡他的只有可能是知道他私人號碼的人。

卡萊爾與其他貴族往來都是使用公務手機，私下往來的人意外不多，而且他也不喜歡與人交際，聯絡人除了家人以外，大概就只有他從小認識的Alpha，艾登．海伍德。

『早啊。』

不，現在還多了艾許．瓊斯。

『近來可好？』

因為兩人私下有了協議，透過祕書聯絡不大方便，於是上次便交換了聯絡方式。雖然有預想過對方可能聯絡自己，但突然看到訊息還是讓卡萊爾有點驚訝。

看過連續發來的兩封訊息，幾秒後卡萊爾便回了過去。他能感受到父親注視自己的目光，但剛剛父親已經允許他確認手機了，那先回覆應該沒錯。

『我一切都好，您這週過得好嗎？』

「你們好好聊啊。」

「但是早餐……」

「菜涼了讓人重上就是了。」

喬納森不在意地說，自己率先吃起了面前的餐點。

卡萊爾還在猶豫的時候，對面又傳來了回覆。

『卡萊爾連發訊息都很性感呢。』

還擱在螢幕上的手指一頓，卡萊爾從上次就覺得，艾許真的很愛在某些時間點講這種令人摸不著頭緒的話。他稍微等了一下，發現對方在他回覆之前似乎沒有繼續說下去的意思，只好先將剛剛才想好的句子發送了過去。

『並沒有。』

『你真是跟實際見面時一模一樣，難不成你現在也穿著西裝嗎？』

『是的。』

『真想趕快跟你見面，你真的超適合穿西裝的。』

卡萊爾的手又一次頓住，這種跟打招呼一樣隨口就來的稱讚讓他不解。

『所以說，我們約好的時間可以從一點提早到十一點嗎？我覺得早點見面好像比較好。如果你不想當然也可以拒絕。』

卡萊爾確認了一下手機上的時間，剛剛談話也花了不少時間，按照原定時間，本來還剩下四個多小時。

兩人平常都有工作，卡萊爾與艾許決定在週末見面，便約在了今天中午左右。如果依照艾許所說提前的話，那他就得加緊準備了。

『我能問問是有什麼事嗎？』

『海德美術館今天上午有個展開幕，我想跟你一起去。我考慮了好幾天，覺得還是想讓你看看。難得的週日上午，看完展再一起吃個早午餐怎麼樣？』

卡萊爾是有聽說海德美術館近期會開新展，看來是艾許認識的人的展覽。

艾許畢竟是在這方面擁有不小影響力的知名人士，會認識主辦方似乎不奇怪，更何況他看起來就是個交遊廣闊的人。

『您是要參加拍賣會嗎？』

貴族們出席展覽的目的通常是為了收藏，雖然也有人是為了興趣逛展，但畢竟不多，大部分都是以培養藝術氣息為名的炫耀之舉。卡萊爾基於義務，比較有名的展覽幾乎都會出席，卻沒有收藏藝品的習慣，因為他覺得沒必要。

『有時候會參加，但今天只打算去欣賞一下。這位畫家很棒，我也想知道卡萊爾會有什麼感想。』

卡萊爾有些猶豫，他現在才正要吃早餐，再跟艾許吃早午餐就有些勉強了，但如果不吃早午餐，只為了展覽提前見面又有點尷尬。

「你有事的話可以先走。」

聽到喬納森的話，卡萊爾才發現自己對著手機發怔的時間有些久了。意識到自己在餐桌上的無禮行為，卡萊爾立刻放下了手機。

「失禮了。」

「對方就是那位吧。」

喬納森像是什麼都知道了一般，但卡萊爾還是搖搖頭。

「家族聚餐更重要。」

「我們兩個不是很常見面嗎？而且他將來也會是你的家人。」

卡萊爾胸口湧上一股自責感，不知道父親到底對他的反應產生了什麼誤會，本來還憂心忡忡的人現在卻一副安心的樣子。艾許．瓊斯似乎是個不錯的人，可這跟他喜不喜歡對方無關。但他現在也無法跟父親說，艾許並不會成為他們的家人。就在卡萊爾猶豫不決時，電話再次震動起來。喬納森以眼神示意他看看，卡萊爾小心翼翼地拿起手機後，卻看見一個他從未見過的符號。

『=(』

這封奇怪的訊息讓卡萊爾陷入苦惱，甚至懷疑是不是對方誤按了。

『雖然我會很難過，但你還是可以拒絕，我已經是堅強的大人了。』

卡萊爾正想問問那個符號是什麼意思，艾許就又發來了訊息，卻讓人覺得他的笑聲依稀從手機的另一端傳了過來。

『您誤會了，我剛剛是在確認行程。』

卡萊爾有些不知所措，平常的他應該不會應下這種突如其來的邀約。雖說工作上的行程需要保持一定的彈性，但這是私下的邀約啊，總覺得有些浪費時間。看著猶豫的卡萊爾，一旁的喬納森又故意清了清喉嚨。

『應該沒問題。』

他還是半推半就地答應了下來。對面馬上又傳來了類似剛才的符號。

『=D』

卡萊爾面無表情地緊盯著螢幕，他還是搞不懂這到底是什麼意思。他不是第一次面對非貴族的人，但這男人實在太奇怪了，他從來沒有這種落居下風的感覺。

『既然是因為我突然更改時間，就讓我去接你吧。能告訴我地址嗎？』

卡萊爾還在思考那些奇怪的符號，艾許又提出要來接他。

『不用了。』

『=(』

剛才看過的符號再次出現，卡萊爾終於忍不住發問。

『這到底是什麼意思？』

過了好幾分鐘，艾許都沒回答他的問題，感到有點羞赧的卡萊爾放下手機，卻仍不由自主看向螢幕。

「你要走了嗎？」

「啊，還沒，但應該很快就得出門了。」

「看來對方想跟你一起吃飯喔。」喬納森一副我都知道的表情。

「真是抱歉。」

「這有什麼好道歉的。」

喬納森擺擺手，又拿起咖啡喝了一口。艾許還是沒回覆訊息，這讓卡萊爾開始有點焦慮，手指掙扎著伸向手機時，終於收到了新訊息。

『那個符號代表的是，如果你不允許我去接送，我可能會難過到哭喔。』

看見意外的答案，卡萊爾瞇了瞇眼。

『如果你答應讓我接送，我就告訴你正確的意思。』

真是奇怪的要求。卡萊爾無法理解這個男人這種自找麻煩的做法，不過既然對方那麼希望，拒絕他好像有些不近人情。反正在這段關係中，總歸不是卡萊爾吃虧。

在這段關係中，卡萊爾只需一味地接受，艾許卻不能從他身上得到任何利益。

『……我知道了。』

卡萊爾突然覺得有點愧疚，他這樣沒什麼價值的人，實在不值得對方花費那麼多心思。這種感覺不是第一次，每當祖父對他的沒用感到失望時，卡萊爾都會這樣想。

要想成為一個稍微有用的人，那至少要滿足對方的要求吧。卡萊爾想著，機械式地將自家地址發送了過去。

『謝謝，待會見嘍。』

明明是件沒什麼大不了的事，艾許竟跟他道謝，這讓剛剛包圍著卡萊爾的愧疚稍稍退去了些。這種感覺很陌生，卡萊爾裝作沒注意到，將手機收了起來。

巧合的是，喬納森用完餐後並沒有馬上離開。卡萊爾記得他上午明明有事，卻待到了十一點都還沒出門，反而仍坐在客廳裡悠閒地看報、喝茶。

卡萊爾很快就猜到喬納森是想會會艾許，這讓他有些難堪。他還在猶豫是否該先告知艾許，門鈴就響了起來。卡萊爾看了看時間，艾許比約定時間早到了十分鐘。真令人意外，他還以為艾許會掐著時間抵達。

「我來開門。」

喬納森比正要下樓的卡萊爾先一步走向大門，連阻止的機會都不給他，卡萊爾只能慌慌張張地跟在父親身後。

「您不用這樣。」

「那可是你未來的另一半，我當然得去迎接一下。」

聽到喬納森這樣說，卡萊爾更愧疚了，就在他停下動作的時候，喬納森已將門打開。門後首先映入眼簾的是一束鮮紅色的玫瑰花。喬納森瞪大雙眼停在原地，卡萊爾才晚了一步站到他身旁。

艾許捧著極為華麗的一大束花，見到開門的人是喬納森也並不慌張，大方笑著與他握手問候：「您好，我叫艾許．瓊斯。」

鄭重自我介紹的艾許看起來從容不迫，喬納森上下打量了他一眼，才伸手回握。

「叫我喬納森就好，我是卡萊爾的父親。」

「很高興見到您，您隨意稱呼我就行。」

艾許溫順地與喬納森寒暄，接著垂下眼看向一旁的卡萊爾，語氣輕鬆地跟他打招呼。

「嗨。」

艾許同時將手上的花束遞給卡萊爾，濃烈的玫瑰香氣一下子充盈在鼻間。

「這是給卡萊爾的。」

喬納森已經退到一邊，卡萊爾怔怔看著被推到自己眼前的花束。除了畢業跟入學典禮之外，卡萊爾還沒收過別人送的花，更別說是這麼浮誇的花束。

「……謝謝。」

他並不討厭，但心情很微妙，從未想過有一天會從同樣的 Alpha 手中收到這種禮物。

「這很襯你。」

艾許像是很滿意般看了看，接著向喬納森說：「真抱歉打擾了兩位的相處時間，但我能借一下卡萊爾嗎？」

「當然。卡萊爾，花給我吧。」

預想之外的狀況接連發生，故障般僵在原地的卡萊爾小心翼翼地將花束交給父親。

「謝謝您。」

喬納森接過花嗅了嗅，露出笑容。

「艾莉絲這下能安心了。你們倆好好玩啊。」

他看起來很滿意艾許，甚至還提到了卡萊爾的母親。艾許對他眨了眨眼。

「請交給我吧。」

像是想目送他們離開，喬納森關上門後仍站在窗邊看著。即使是在當年卡萊爾準備去接祖父指定的 Omega 參加畢業舞會時，喬納森都沒這樣目送過他。這分明不是卡萊爾第一次與人約會，卻莫名升起一種初次約會的感覺。

像是佐證他的想法，艾許朝他伸出了手。

「那我們走吧，卡萊爾？」

向他伸來的手又白又大，艾許看來很習慣對Alpha做出這種舉動。卡萊爾記憶中從未與Alpha牽過手，也無法就這樣忽視艾許，猶豫了一下才慢慢回握住對方。

手掌相貼的瞬間，卡萊爾的肌膚便感受到對方溫熱的體溫，與他因為修習馬術與擊劍而布滿老繭的手不同，艾許的手十分柔軟，但與Omega的手相比仍是大相逕庭。

這樣的距離已經超出卡萊爾的界線。

就在他全副精力都放在兩人交握的手上時，兩人已經離開了莊園。艾許牽著卡萊爾的手，領著他前進，他原本冰冷的手也因為艾許的體溫暖了起來。恰好的體溫隨著麻癢的感覺，從卡萊爾的手掌處一路向上攀升。

艾許說道：「我本來想開車來，又想說海沃德美術館沒那麼遠，便打算搭計程車就好，你不介意吧？」

「我都可以。」

比起坐什麼車，卡萊爾比較想知道艾許什麼時候才要放開他的手。

「今天天氣那麼好，回來的時候用走的好像也不錯。啊，如果你願意的話。」

該不會要這樣一直牽著吧？

「卡萊爾？」

啊，卡萊爾連忙收回不自覺望向兩人相牽的手的視線，發現艾許正看著自己。

「讓你不舒服的話，我很抱歉。」

發現卡萊爾面無表情地盯著手的視線，艾許立刻道了歉。

「我沒有這個意思。」

若即若離的手止住了卡萊爾的回覆。艾許垂眸打量著卡萊爾，直盯著他毫無波動的臉，才問道：「那是？」

「……我只是在觀察什麼時候該放手。」

艾許露出意外的神情，很快大笑了出來，笑得連眼睛都快不見了。

「所以你才這樣盯著看啊？」

「對。」

「你真可愛。」

「……嗯？」

又是一個卡萊爾此生從未聽過的形容。他故作鎮定地瞇眼看向艾許，眼前的男人卻笑咪咪地湊近。

「你知道你傳的訊息也很可愛嗎？」

說他漂亮，又說他可愛，卡萊爾覺得，艾許的標準一定跟其他人不同。

艾許爽朗道：「你問我表情符號是什麼意思的時候真的超可愛。我整個被可愛到差點忘記要回你訊息。」

所以才讓他等了那麼久嗎？卡萊爾勉力壓下剛剛的羞窘。

「我還以為卡萊爾什麼都知道呢。」

「那是因為我周遭的人不大會使用那種符號。」

「確實有可能。」

看起來明明不這樣覺得。

「沒有必要知道的事，我也不會特別去瞭解。」

「對呀，那種沒用的事我很懂，所以卡萊爾沒必要去瞭解。」

艾許靠了過來，用空著的手輕輕撫上卡萊爾的臉頰。就在卡萊爾因為他突如其來的行動愣怔之間，他用手指撐起了卡萊爾的嘴角。

「等號加上D，代表的是笑臉。」

臉頰上的手順著嘴角往下，輕微的撫觸帶來一絲癢意。這種過度的接觸在卡萊爾腦中拉響警報，他不由得隨著艾許的逼近往後退去。

「另一個則是相反的意思。」

感受到卡萊爾的退縮，艾許有些可惜似的收回了手。卡萊爾後退時，手也掙脫了開來，再次拉遠兩人的距離。

「我不是故意要嚇你的。」

「您是喜歡這種肢體接觸的人嗎？」

卡萊爾跟上次一樣提出了疑問。艾許歪過頭，露出有些困擾的表情。

「對約會的對象，是這樣沒錯。」

卡萊爾本來還想問他難道不在乎對象是 Alpha 嗎，但馬上想起艾許上次就講過他也有跟 Alpha 交往的經驗。這次意外的肢體接觸讓卡萊爾心生動搖，畢竟他連跟 Omega 都未曾有過那麼親密的舉動。

約會的經驗他當然有很多，卻都不是出於自願，而是在有必要的狀況下與 Omega 發生關係。若是需要維繫好關係的對象，只要對方有意願他都會赴約。所以就算沒有正式交往的對象，一夜情倒是多不勝數。這與卡萊爾本人的意願無關，而是根據那些行為的必要性來判斷。

在這種關係中，像艾許做出的那種接觸是完全不必要的行為。接送人時牽住對方的手，只會發生在商務場合上；接吻也只在真的必要的時刻。這都是卡萊爾為自己訂下的規則，為了避免對不該喜歡的人產生感情，進而影響工作。

為了不讓自己成為祖父輕視的那種人。

為了不重蹈母親的覆轍。

這都是為了家人，也是卡萊爾一直以來受到的教育。他之所以會那麼吝於表達情感也是因為如此。他不能因為愛上了婚約對象以外的人，而招來不必要的風險。但眼前的男人不同。艾許・瓊斯是個 Alpha……還是他的婚約對象，卡萊爾沒必要推開他。

「但是……」

矛盾的是，再過幾週，這個男人將不再與他有婚約。

「反正我們的關係，不是遲早都會結束嗎？」

在溫暖的天氣中顯得格外冰冷且不帶一絲情感的嗓音，為兩人之間劃出了明確的界線。一般人看到他這副冷冰冰的模樣，多少會感到尷尬，可艾許不但沒有驚訝或慌張，反而迎上卡萊爾的視線。斑駁的陽光透過林間灑落，隱約碎光落在艾許冷靜的藍瞳上。

「無論是什麼關係終究都會結束的。」

艾許很快回道。

「但也不能因為會結束，就放任所有瞬間無意義地消逝吧？既然我們有好一陣子必須以結婚對象的身分往來，我也不想只是單調地履行義務，這樣見面又有什麼意義呢？」

艾許的想法與卡萊爾完全相反。

「而且卡萊爾也不單單是個約會對象嘛。我活到現在大概也是第一次有婚約對象吧？你說的雖然沒錯，但就算我們不會結婚，也不是老死不相往來的關係呀。至少為了完成我們的約定，以後還得繼續見面呢。」

……是沒錯。如果要達成祖父的期待，他們未來還得繼續保持往來。

說是這樣說，卡萊爾總覺得有些不舒坦，大約是一種微微的不安，又像是原因不明的恐懼，可是他並沒有理由害怕。

「你討厭我碰你嗎？」

「……不到討厭的程度，是因為不熟悉才會這樣。」

「像卡萊爾那麼帥氣的人，竟然會對這種事不熟悉，也是滿令人意外的。」

「應該是我不大喜歡這種接觸，我從不覺得有必要做這種事。」

艾許圈起手臂，像是在思考什麼一樣，接著走向卡萊爾，讓兩人之間縮回剛才的距離。

「我不大瞭解卡萊爾，但從上次見面時我就感覺你一直以來的生活環境好像不大自由。」

艾許的話正中要害。最重要的是，卡萊爾從沒擁有過選擇權，他真正能選擇的，只有那些瑣碎到毫無意義的事物。甚至連那些東西，經常都是早被決定好的。

「雖然可能有點離題了，但我希望卡萊爾能……更從小地方感受到幸福。希望你能習慣觸碰彼此，不要覺得這是沒有意義的事。」

這人到底為什麼，要這樣對待才見過兩次面的他呢？

「抱歉，這似乎不是您該關心的部分。瓊斯先生，我同意您前面說的話，但之後的事，跟您沒有關係。」

「我剛才也說了，我們以後還會繼續見面不是嗎？」

「這似乎不構成您干涉我私事的理由。」

「你的邏輯真好。」

艾許發出一聲飽含困擾的低吟，很快又像想到什麼。

「那你就把這當作我的條件好了。」

「……您是說什麼條件？」

「雖然有點卑鄙，但你可以把這當作我答應滿足你要求的交換條件。」

艾許露出爽朗的笑容，彷彿像個純真的少年。

「這種事能當作條件嗎？一點都不像是正當的交易。」

聽到艾許把這種事當作條件，卡萊爾只覺得荒謬。這樣的交易對艾許・瓊斯而言，不還是沒有任何好處嗎？雖然比起他單方面欠人情，當然應該答應對方的條件，可這種條件絲毫沒有讓他還了人情債的感覺。

「但這就是我希望的。希望卡萊爾以後遇到真的想結婚的對象時，不要對碰觸彼此這件事感到生澀。」

「您到底……」

「卡萊爾。」

艾許再次伸出了剛才放開的手，指尖輕輕滑過卡萊爾的手背。

「如果真的愛上一個人，沒有什麼比碰觸到他更幸福的事了。」

方才的觸感還殘留在肌膚上。微微的搔癢感、令人全身僵硬的緊張感、意識到過度親密的行為帶來的尷尬，占據了卡萊爾的全部精神。

「總之，我呢，覺得我們這樣認識也是一種緣分，所以我希望卡萊爾總有一天能遇到一個好的對象，能過得幸福。你也可以當作我是因為有愧於你才這樣。如果還是無法理解，那也沒辦法，因為我本來就是這種人。」

輕輕摩娑著卡萊爾手背的那隻手緩緩與他十指相扣。

「所以你就允許我碰你吧，嗯？」

剛才感受到的不安再次占據了卡萊爾的大腦。卡萊爾・佛羅斯特現在完全被眼前這個男人耍得團團轉，就算起點再怎麼不利，也不該是這樣。

「……我認為這不會有效果。」

聽到他無可奈何下吐出的回應，艾許笑得比他們初識以來任何時候都還燦爛。

「你這是答應了吧？」

即使不樂意，卡萊爾終究沒能找到拒絕的理由，只是丟下緊抓著他手的艾許，默許了他的要求。

很快察覺他意思的艾許悄悄露出微笑，再次牽住他的手往前走去。

幸好在搭上計程車後，艾許沒有堅持繼續牽他的手。兩人上車不到二十分鐘就抵達目的地，艾許阻止了想先付錢的卡萊爾，逕自付了計程車費。回想起上次也是單方面接受對方照顧的事，卡萊爾有些不知所措，懷疑世上是否真有這種不求回饋、單方面付出的善意。

上午的展覽未開放一般民眾進場，海德美術館的人流比平時來得少。作為滑鐵盧區一片沉灰色水泥建築中唯一的色彩，美術館的建築顯得格外醒目。

美術館入口處是由一整片玻璃打造的外牆，領頭的艾許率先走向那扇緊閉著的自動門，向卡萊爾打了聲招呼後打起了電話。

「早安，凡妮莎。嗯，我到了，在入口。」

艾許以一貫溫和的嗓音與手機裡的人對話，過了一會兒又看向前方，伸手作勢招呼。

「艾許！」

一名身形高䠷的女性揮著手朝他們走來，一頭火紅色秀髮紮起，是個五官深邃的美女。戴著大鏡框眼鏡的女人很快來到他們身前，並在發現一旁的卡萊爾時驚訝地瞪大雙眼。

「這位帥氣的紳士難道是你帶來的嗎？啊，抱歉，我叫凡妮莎．路德，是艾許的朋友。」

快速地自我介紹後，凡妮莎頂著紅撲撲的臉來回打量卡萊爾與艾許。

「您好，我是卡萊爾．佛羅斯特。」

「很高興認識你。竟然有那麼帥氣的客人來參觀，真是我的榮幸。」

凡妮莎相當自來熟，讓卡萊爾不禁懷疑，艾許身邊是否都是這種人。

「能得到您同意入內，才是我的榮幸。」

卡萊爾揚起淡淡的微笑，這是他在面對外人時一貫使用的面具，卻讓第一次看到卡萊爾露出笑容的艾許看直了眼。卡萊爾注意到一邊露骨的眼神，不解地望向艾許，卻發現對方張大著眼直直盯著他。

「初次見面這麼說可能有些失禮，但我想請問……您是貴族嗎？」

卡萊爾本來想問問艾許為何露出那種神情，卻被凡妮莎好奇的提問打斷。他很久沒聽過這種問題了。在國外時，很少有人能聽出貴族使用的英語，而在國內時，卡萊爾則幾乎沒機會遇到一般人。

「呃，因為您的發音我只有在戲劇或電影裡聽過，覺得很帥，所以才想確認一下。」

要在自我介紹時說出自己是貴族實在有點可笑。多數普通人離階級制的世界實在太過遙遠，並不瞭解實際上有什麼區別。

「他確實是貴族，也確實很帥，總之我們先進去吧。」

方才幾乎要將卡萊爾盯穿的艾許代替他回答了凡妮莎的問題，並握住卡萊爾的手。凡妮莎驚訝地看著他的動作，很快大笑出聲。

「你上週末說要跟人見面，竟然是約會嗎？」

「嗯。」

艾許熟練地牽起卡萊爾的手，將他往自己身邊帶。見凡妮莎露出了個意味深長的笑容，又朝她擺擺手。

「真不愧是艾許．瓊斯，這就開始戒備了？」

「凡妮莎。」

卡萊爾又發現了艾許的另一面。平時總是帶著笑的男人此時笑意稍斂，對凡妮莎使了個眼色，就讓對方乖乖點點頭，轉身將兩人領進了美術館。

凡妮莎說了聲失陪，再次踏著忙碌的步伐走進展廳。艾許掃視了一眼展廳裡的人群，低頭在卡萊爾耳邊耳語。

「大家都跟凡妮莎一樣話多，沒必要一一回答，我帶你來這裡不是為了讓你感到困擾。」

「這樣沒關係嗎？」

「沒關係。卡萊爾一看就是平常難得一見的大帥哥，又很明顯是個貴族，大家一定都會跑來煩你。」

艾許一邊說著讓卡萊爾難以理解的話語，一邊看向正慢慢朝他們看來的人群笑了。走進展廳前，他又對卡萊爾叮囑了一次。

「務必好好跟在我身邊，我可不是來這裡看人對你頻送秋波的。」

卡萊爾倏地想到，艾許此刻的行為似乎就是凡妮莎剛剛所說的戒備，但他很快將這種想法拋在腦後。再怎麼說，艾許沒有理由做這種事。

今天的展覽對與藝術家本人沒有任何交情的卡萊爾而言，可以說是非常有趣。因為是在正式展出前進行的私人活動，現場只有評論家等職業收藏家與藝術家的親友、館方人員。能直接聽到藝術家說明創作動機、過程及解析等等，也意外地讓卡萊爾聽得津津有味，跟聽導覽或看書研讀的感覺完全不同，時間也過得特別快。啊，要說能讓他那麼享受觀展的原因，艾許也有一份功勞。

艾許本就從事相關領域的工作，專業知識自然比卡萊爾多，除了凡妮莎的作品，對於影響凡妮莎的其他藝術家，他也能侃侃而談。而且為了不讓卡萊爾感到不自在，艾許片刻都沒有離開他身邊。

一到十二點，館方就推出準備好的小點心與飲品，播放不知名音樂家樂曲的展場內，瞬間變成了小型派對廳。

英國人偶爾習慣在午餐時來點小酒，館方提供的飲料中便包括了各種雞尾酒。

「卡萊爾會喝酒嗎？」

逛完展覽的兩人在入口處設置的桌邊落坐，正看著餐單挑選飲料的艾許問道。

「會，瓊斯先生常喝嗎？」

「大概能喝一些甜酒，但酒量不是很好。」

真令人意外。卡萊爾想，也許是艾許看起來無所不能，才給他這種感覺。

「那你喜歡哪種酒呢？」

好奇寶寶艾許又開始發問了。稍早逛展時也是這樣，一下問他喜歡哪位畫家，一下又問他是否經常看展，絮絮叨叨得像在調查什麼重要的事情一樣，卡萊爾也配合著回答了好些問題。

卡萊爾從來沒有花那麼多時間在討論喜好上，這一個小時的相處下來，他對與艾許談論這類話題也開始感到一點，非常非常一點的熟悉。

「我會喝紅酒或比較烈的酒。」

「那酒量呢？」

艾許撐著頭，看著卡萊爾，臉上始終掛著興味盎然的笑容。

「我印象中沒有醉過。」

「卡萊爾真的沒有什麼做不到的事耶。」

「您過獎了。」

「明明說對藝術沒興趣，知道的卻很多，你真的是我見過的人當中最優秀的了。」

這種稱讚對卡萊爾而言無比陌生。在一眾優性 Alpha 之間，這種評價對他一個平凡無奇的 Alpha 絕對是過譽。

「您好像對我評價過高了。跟瓊斯先生相比，我簡直可以說是一無所知。」

「你如果不要這麼謙虛的話就更完美了。」

艾許認真回道。

「啊，還有一點。」

這句話讓卡萊爾一顆心懸起，忐忑不安地回問。

「……是什麼呢？」

「唯獨不會對我笑這點。」

預想之外的答案從艾許嘴裡冒了出來，讓卡萊爾一頭霧水，眼前的艾許露出了像是小狗受傷般的濕漉漉的眼神博取同情。

「卡萊爾從來沒對我笑過，我還以為你不會笑呢。」

啊，所以剛剛艾許才那樣盯著他看嗎？

「為什麼你只對我以外的人笑呢？」

艾許露出失落的表情。卡萊爾不知道該怎麼解釋，剛才在艾許向其他人介紹他的時候，他都下意識地露出禮貌的微笑。這只是他的習慣，但確實可能讓艾許有這種錯覺。

「我本來……私下就不會笑。剛剛都是瓊斯先生認識的人，我才會那樣。」

「可是，連我都看不到的笑容，這裡的人卻能看到，這讓我覺得很不公平。」

卡萊爾想說有什麼好看的，但艾許講得像是真的錯過什麼非常重要的東西一樣。

「那你跟其他貴族在一起的時候也會笑嗎？」

「那是為了工作。」

「我真不知道該說這是幸還是不幸了。」

「您想看的話，我也可以笑給您看。」

「那就……」

艾許沉吟片刻，最後搖了搖頭。

「雖然卡萊爾的笑容比我所想的還要美麗，但還是不用了，我不想強迫你笑。」

艾許說出口的話一如既往的溫柔多情，讓卡萊爾完全不知道該做出什麼反應。

「如果卡萊爾不是覺得快樂才笑，那就沒有意義。」

快樂這種情緒對卡萊爾來說已經是非常遙遠的記憶，他眨眨眼，不自覺稍稍避開了艾許的視線。

「所以現在要做的，就是得先用美食餵飽你。我來找找有沒有你可能會喜歡的酒。」

「我自己去吧。」

「卡萊爾是客人，就在這裡休息吧，我很快回來。」

艾許站起身，講得像是要去執行什麼重要的任務一樣。但在離開前又像突然想起什麼似的彎身靠近，自然地伸手托住卡萊爾的下頷，突如其來的動作令他不禁深吸了一口氣。

「在這裡乖乖等我。」

他的嗓音甜蜜得像在和戀人情話綿綿。好似覺得卡萊爾很可愛，艾許低頭看了他一會兒才慢慢收回手。他的力道分明不大，卡萊爾卻覺得下頷上殘留著方才的觸感。

望著艾許去拿飲料的背影，直到凡妮莎過來與他搭話，卡萊爾才發現自己直直盯著他好一陣子了。

「啊，佛羅斯特先生！原來您在這兒啊。艾許跑哪裡去了？」

坐在艾許留下的空位上，凡妮莎歡快地說著。

「他去拿飲料了。」

「不愧是艾許．瓊斯，真會照顧自己的戀人呢。」

凡妮莎饒有興味地說，一雙狡黠的眼閃閃發亮。聽到戀人這個稱呼，卡萊爾遲疑地開口。

「……我們不是那種關係。」

「啊，還只是單純的約會嗎？」

確切來說是再見幾面就會取消婚約的關係，但卡萊爾姑且還是先點了頭。

「那我能問問你們今天是第幾次約會嗎？」

凡妮莎看起來好奇得不行。卡萊爾心中又泛起一股愧疚，就像他與父親討論艾許時的那種感覺。他不想撒謊說他與艾許正在約會。

「大約見了兩次。」

「艾許約會很少有後續的，看來他真的很喜歡佛羅斯特先生呢！」

那是因為，他們已經約定好見面的次數……

「艾許好一陣子沒有交往對象了，今天在場好幾個人都對他虎視眈眈呢。但看到他身邊有佛羅斯特先生那麼優秀的對象，現在都自覺無望，在偷偷哭喔。」

從一見面開始，卡萊爾就隱隱覺得艾許應該很受歡迎，現在看來確實如此。那種長相再加上性格，要是沒人喜歡才奇怪了。

「聽起來有很多人喜歡瓊斯先生。」

卡萊爾只是想確認自己的想法，凡妮莎卻驚得突然舉起手作勢發誓。

「唉唷，怪我多嘴，請您忘了吧！反正，結論是佛羅斯特先生真的非常優秀！」

「沒關係的。」

「艾許真的是個好傢伙喔。無論跟誰交往，都絕對不會看旁人一眼，所以您沒有必要因為我的話擔心！唉，您不會傷心了吧？我太不會說話了，我絕對沒有惡意，請您原諒我吧！」

凡妮莎推推眼鏡，雙手合十放在胸前向卡萊爾求饒。

「路德小姐，您沒必要這樣。」

「真的嗎？」

「是的。」
「那您就是原諒我了吧？我們以後不是還會常常見面嗎？這樣說來，我還算是艾許為數不多的朋友之一呢。」
這就有點令人感到意外了。
「瓊斯先生看起來朋友應該很多才對。」
艾妮莎點點頭，「圍繞在他身邊的人很多啦，但他不大讓人親近。確實很多人單方面想跟他拉近關係就是了。」
凡妮莎朝他使了個眼色。
「偶爾會有那種因為他的外表跟個性就產生誤會的人，他也是有很多麻煩的啦。但反正結論就是，您兩位真的很相配喔。」
不知道在興奮什麼，凡妮莎一直重複著類似的話。這時兩手都端著飲料的艾許走了回來。察覺身後漸漸靠近的影子，凡妮莎受驚似的瞪大眼，迅速從椅子上跳起來。
「欸，你回來啦！」
「卡萊爾，凡妮莎是不是來煩你了？」
艾許用眼睛示意凡妮莎的方向問道。卡萊爾來回看了看他們，搖頭表示否定。因為聽到了不少他沒想過的事，他並不覺得厭煩。
「真的嗎？」
「人家都說了！佛羅斯特先生說的話當然可信。啊，有人在叫我，我先走啦。佛羅斯特先生，我們下次再見嘍！」
凡妮莎快速讓出位子，像個怕被罵的孩子般轉頭往展場跑。看著她落荒而逃的狼狽背影，卡萊爾確定身邊從沒見過像凡妮莎這種類型的人。

與其說討厭，不如說所有狀況都像是另一個世界。

「抱歉，挑酒挑得有點久，所以回來晚了。」

艾許將手上的馬丁尼放在卡萊爾面前，留給自己的則是一杯光看就很甜的粉色雞尾酒。卡萊爾看著眼前的酒，從沒想過會在會議或正式宴會以外的私下場合上，從大白天就開始喝酒。

「我選的酒還可以嗎？」

艾許像是正在等待稱讚的狗狗，讓卡萊爾心中湧上一股陌生的情緒。雖然不確定那是什麼，但可能……

可能是覺得艾許有點可愛。

「您選得很好。」

「太好了，我還很擔心我選的酒不合你的口味。」

「什麼酒我都喝的。」

「既然要喝，當然還是要選卡萊爾喜歡的更好，不是嗎？」

艾許露出鬆了一大口氣的表情，接著眨眨好看的笑眼，拿起雞尾酒向卡萊爾示意。

「希望卡萊爾今天務必要過得開心。」

艾許輕柔的話語，比撲鼻的雞尾酒香氣更加甜蜜。

在展場裡簡單吃過點心，兩人便來到距離滑鐵盧區不遠的一家酒吧。這家酒吧隱藏在巷弄中，裝潢意外簡約，即使是午餐時間也擠滿客人。

艾許與卡萊爾在中庭落坐，享用英國傳統的週日烤肉。卡萊爾印象中只在很小的時候吃過週日烤肉，不是他平常吃慣的料理，但仍覺得美味。艾許喝了幾杯汽水，卡萊爾則選擇搭配紅酒，這也是他第一次毫無目的地喝酒。他並不討厭這樣。

吃完飯後天色已經不早，卡萊爾有些驚訝，明明沒做什麼事，沒想到時間流逝得如此快。兩人晚上都有事，自然到了該道別的時刻。

卡萊爾得準備明天的會議資料，艾許回家也有工作要做。

回程時兩人跟上午說的一樣，沒有搭計程車，而是一起散步回去。平時的卡萊爾只覺得路上充斥著喇叭聲、人潮與灰塵，並不喜歡在大街上行走，可他依然同意了艾許的提議。

一路上，艾許丟出了各式各樣的話題，兩人的手也始終牽著，彷彿真正的情侶般，與來來往往的行人擦肩而過。

他們不過見了兩次面，甚至已經能預見結局，但在那些路過的人眼中，他們就是一對非常相愛的戀人，卡萊爾無意間還聽到有些人竊竊私語，稱讚他倆很相配。

直到抵達卡萊爾家為止，他聽到好幾次這種評論。與艾許一起被稱為情侶，總讓他想起凡妮莎的話。

他們在宅院大門前停下腳步，逐漸西沉的夕陽為天邊染上一抹紅，輕輕吹拂著的春風掃過艾許散落的額髮，陽光灑在他飄揚的柔軟髮絲上，映出溫暖的木質光芒。

「謝謝您送我回來。」

「這是我應該做的。我今天玩得很開心，希望卡萊爾也這麼覺得。」

艾許輕聲道。稍稍仰起頭看著眼前男人的卡萊爾沉默了幾秒才回答。

「我也……」

對他來說，今天也是很神奇的一天。

「覺得很開心。」

跟這個男人共度的時光相當愉快。卡萊爾原本覺得今天沒什麼特別，但回想起來全是他從未經歷過的體驗。艾許身邊的人淨是卡萊爾沒能見過的類型，他們的爽朗與親切表現也讓他覺得新奇。

卡萊爾今天也是第一次發現，原來自己能不計較得失地隨口閒聊。

「那，我們下次見。」

艾許慢慢鬆開兩人相握的手。早上還覺得牽手很不自在的卡萊爾，才不過半天的時間，竟習慣了這種感覺。隨著那溫暖又柔軟的手抽離，卡萊爾的手心頓感空虛。

「我再聯絡你。」

擦過彼此的指尖離開，卡萊爾覺得一整天緊緊抓住的一切彷彿煙消雲散，不自覺地開始感到惆悵。

「……路上小心。」

「卡萊爾也早點休息。」

卡萊爾心中某處升起微妙迷戀感的同時，艾許道別後卻相當乾脆地轉身離去。看著艾許離開的背影，明明近在咫尺的家中還有工作等著他，卡萊爾竟移不開腳步。

明知道自己沒有時間如此做，卡萊爾還是目送著艾許轉進拐角後，才終於能動彈。

◎ *Week 3*

與卡萊爾預想的不同，第三次見面並非在一週後。原本說好會聯繫他的艾許連續四天杳無音訊，時間便在沒有約定見面的狀況下流逝。雖然告訴自己，如果時間到了應該就會收到通知，但卡萊爾還是忍不住掛念，就像有什麼尚待解決的工作未完成。

就像遲遲未能簽下棘手的合約，高度緊繃的神經讓卡萊爾好幾天都心神不定。當然，卡萊爾不可能不擔心，他們的時間都不多。卡萊爾的母親正緊鑼密鼓地為他的婚事做準備，再這樣等下去，他們下個月就得舉行結婚典禮。

卡萊爾曾聽父親提起過結婚日子已經大概定下，雖然作為結婚當事人，連這種事都不知道著實有些可笑，但反正卡萊爾從來也沒有決定權。

連這樁婚事是否算數，都得是艾許．瓊斯說了算。

沒有權力決定任何事的卡萊爾只能看著時間流逝，會感到焦躁也是無可奈何的事。

他不可能等到迫在眉睫了才提出退婚，至少也要在婚禮的三週前跟父母提這件事。在腦中衡量著時間的卡萊爾很快察覺到自己所做的一切都是徒勞無功。他走到全身鏡前，狹長的鏡面倒映出一個穿著宴會西裝的男子身影。

他穿著手工訂製的黑色三件式西裝，搭配蝶型領結，頭髮一絲不苟地梳起，露出的光潔臉蛋像平時一般面無表情。只給人冷漠印象的男子雖然長相端正，卻沒有艾許．瓊斯那種可以抓住旁人目光的魅力。

說不定對方遲遲沒有聯絡，就是因為不想見到自己。

卡萊爾兀自猜測艾許不聯繫自己的原因。如果對方是Omega，他的性格或長相至少還說得上像個Alpha，但如果對方同樣是Alpha，他的長相似乎很難稱得上有魅力。就算對方有過跟Alpha交往的經驗，也應該會這樣想。

卡萊爾突然覺得正在反省長相跟性格的自己很可笑，至少他在跟Omega交往時從來不必煩惱這種事。

不對，他根本不需要想這些事。艾許從一開始就不打算和他結婚，他也沒必要在外表上討艾許歡心，只要維持不會影響他們之後合作關係的好感度就好了吧。

……他在艾許心中，看起來至少可以達到這樣的好感度吧？

紛飛的思緒中還夾著一絲淡淡的遺憾，卡萊爾像是沒察覺到一般，視線轉回鏡子上。他偶爾也會像今天一樣雜念很多，大概是受到天氣的影響吧。這個國家在雨天時總有股特別的憂鬱感，連帶也影響了卡萊爾的內心。

玻璃窗外噴濺的雨水滴落的聲響從早晨開始就綿綿不斷，菲利浦．高登侯爵的沙龍難得開放，在幾個月前就定好的這個日子，天公卻不作美。雖然這是英國的典型天氣，空氣中瀰漫的濕氣仍讓卡萊爾不悅地繃緊了嘴角。

他的人生至今大致算得上平順，但對於下雨的日子，卻有著不大愉快的回憶。現在回想起來，那時發生的事根本算不上什麼大事，可在卡萊爾幼小的心靈留下了深刻印象。當時的記憶迅雷不及掩耳地閃過他的腦海。

凱爾出生後，母親的身體有一陣子不大好，幼年時期的卡萊爾也因此有好一段時間都是跟著祖父生活。那段時間算不上壞，正因為祖父，他才能成長為足以擔起身為人的義務的存在。

跟身為優性Alpha的祖父相比，小時候的卡萊爾有很多不足之處。比起天生在力量、體格、智商上擁有優勢的優性Alpha，卡萊爾學習起來相對遲緩。優性Alpha只需要半年就能輕鬆上手的外語，卡萊爾至少要花費一年。在其他方面也是如此。

卡萊爾的祖父連責罵他的時間都不願浪費，每當覺得卡萊爾學習進度緩慢，祖父不會高聲叫罵，只會用冷漠的目光看他一眼。

祖父偶爾還是會給他好臉色看，但是只在卡萊爾能表現得比其他同齡優性 Alpha 還好的時候。幸運的是，卡萊爾在馬術及狩獵方面還算有天分。這種天賦對一般人而言派不上什麼用場，對貴族來說就不同了。天氣好的時候，貴族們經常在自家寬敞的庭院裡舉辦各種活動。

那天也是如此。為了慶祝卡萊爾的母親艾莉絲身體狀況好轉，祖父舉辦了派對，並藉機將身為優性 Alpha 的孫子凱爾介紹給大家，讓凱爾在社交界初次亮相前先露個臉。

那次派對辦得很成功，來了很多賓客，庭院裡準備了各式佳餚，其中最受矚目的就是祖父最愛的捉迷藏活動。這種捉迷藏與普通人玩的遊戲不同，參加者必須找出藏在樹林各處的信物，找到最多者勝。作為歷史悠久的遊戲之一，相當受歡迎。

一切都很順利，天氣預報也說這天會是風和日麗的好天氣。熱愛炫耀家中孩子的貴族們紛紛帶著自信下注，祖父自然也在卡萊爾身上下了最多賭注。

已經在社交界亮相過的貴族少年、少女們在樹林裡奔跑穿梭。那時的卡萊爾可能還不時會發出笑聲，雖然他本來的表情變化就不多，但跟同齡孩子在一起時，還是不吝於展露笑容。可在孩子們開始尋找散落各處的信物時，天色暗了下來。

最初只有一、兩滴雨，不到幾分鐘的時間，雷陣雨便傾盆而下。卡萊爾當時想過是否該折返，但因為天色還未完全轉陰，他還是決定繼續前進，畢竟他肩負的是祖父的面子。

在那之前，卡萊爾還不明白世事並非盡如人意。卡萊爾的出生就是最好的證據，可他當時仍抱有一絲期待。最終，卡萊爾在雨幕之中迷失了方向。

如果是第一次去的地方就算了，現在竟然在祖父的樹林裡迷路，他肯定會因此被狠狠教訓一頓。

這是卡萊爾當時腦中最先閃過的念頭。原本掛在空中的太陽已經失去蹤跡，這讓卡萊爾難以判斷方向。雖然他學過很多東西，但這個年紀還沒來得及學會怎麼面對當下的狀況，這讓他慌張了起來。

卡萊爾身上的騎馬裝束很快就被大雨浸濕，原本梳得整齊的頭髮狼狽地黏在額頭上，蒼白的皮膚變得更加慘白。他數了數找到的信物，總共六個。考慮到祖父設置的信物總數及參加人數，這個數字有點曖昧，就這樣回去可能無法拿下勝利。

在卡萊爾躊躇不定之間，雨勢越來越大，他最後在天色還沒完全變黑前做出了決定。就算這裡是自家庭院，夜晚的樹林還是相當危險，還是盡早回去，才不會讓人擔心。

卡萊爾花了兩倍的時間才好不容易從樹林中脫身，忙著安撫受驚馬兒的他完全沒注意到自己身上的傷口。回到大宅前的卡萊爾渾身狼狽，絲毫不見貴族氣質。

等待著卡萊爾的卻是空蕩蕩的庭院。幾個小時前還放得滿滿的桌子彷彿不曾存在過，喧鬧的賓客與穿梭其間的傭人們也不見蹤影。卡萊爾四處看了看，望向燈火通明的大宅內。

看來大家都已經躲進室內了。即使知道本該如此，卡萊爾仍有瞬間覺得自己像是被丟棄在偌大的空間裡，方才因忙著趕路沒能注意到的寒氣逐漸包圍了他。卡萊爾伸手將濕透的頭髮撥到腦後，下馬走向馬棚。

負責管理馬棚的彼得森很快迎了上來，他的一句問候就讓卡萊爾冰冷的身體重新感到一絲暖意。卡萊爾不發一語地點點頭，彼得森遞過毛巾，告訴他所有人都聚集在宴會大廳了，還說大家都很擔心他。

也許是因為這樣，才讓卡萊爾有所期待。

明明卡萊爾自己最清楚他的家人是什麼樣子，卻還是因為彼得森的一句話，認為父母跟祖父還是會擔心自己的去向。卡萊爾走進宅邸大門，往改造成類似舞會會場的三樓宴會大廳走去。越接近就能更加聽清人們的交談聲；越接近那些溫暖的火光、熱鬧的氛圍，就更讓卡萊爾全身像是要融化一般。看到坐在大廳正中央的家人時，令他感到一種微弱的安心。

音樂聲在卡萊爾進入大廳的瞬間靜了下來，人們的視線全都集中在他身上。看著他緩緩走到祖父面前，坐在父親身側的凱爾小心翼翼地偷覷卡萊爾，父親則露出為難的神色。母親與祖父卻仍不動聲色。

「抱歉，我來晚……」

「你找到幾個信物了？」

卡萊爾道歉的話被祖父打斷，一開口便是詢問信物的數量。卡萊爾眨眨眼，感受到祖父無言的催促，才驚覺自己不能繼續保持沉默。他垂下視線，緩緩掏出放在懷中的信物。再次湧上的寒意讓他手上的動作變得遲頓。

看見他手上的六個鑲金銅幣時，祖父的表情一下子僵硬起來。不知何時來到他們身側的某個人高呼。

「伊內凡斯伯爵獲勝！」

方才沉寂下來的音樂聲霎時提高了音量，周圍再次喧鬧起來。卡萊爾手中滿滿的六個銅幣，在宣告勝負的這句話之下，瞬間看來相當寒酸。他從耳邊飄來的話語中得知，自己僅以一個銅幣之差敗北。

祖父連道歉的機會都沒給卡萊爾，好不容易壓下騰騰怒氣的長者撇過頭不再看他，轉而對他的母親說：「露出那種表情，還以為自己表現得多好，真是令人心寒。」

母親低下了頭，卡萊爾只能眼睜睜看著母親因為自己未能達到祖父的期望而挨訓。面對並未訓斥自己的母親與祖父，卡萊爾內疚地垂下頭，而祖父在這個晚上完全將他當作了不存在的隱形人。

卡萊爾的奶媽梅姆小心翼翼地靠近，將他帶回了房裡。卡萊爾把濕透了的自己洗乾淨後，便坐在了床上。他沒有臉再回到宴會上。沒過多久，受了風寒的卡萊爾全身開始發冷。

沒吃晚餐的卡萊爾躺到隔天都沒能下床，因為發燒太嚴重，最後還是叫來了主治醫生路透。梅姆說他昏睡的時候，父母有來看過他，但卡萊爾完全沒印象。唯一記得的是清醒時，小凱爾想過來找他，但因為凱爾是珍貴的家族繼承人，為了避免被傳染感冒，最後還是沒能進房探望哥哥。

大概就是從這時候起，卡萊爾就變得不大笑了。

從他明白表露感情反而可能為自己招來禍事，除了必要的應對外，卡萊爾開始盡可能地不露出情緒。反正在這個世界裡，面無表情反而更有利，甚至將隱藏心思視作有教養的表現，維持一張撲克臉，對卡萊爾而言有利無害。

樹枝在風雨吹襲中拍打在窗上的聲響，令卡萊爾回過神來。他又陷在無用的思緒裡了。想太多只會在行動上露出破綻，他得盡快將腦袋淨空才行。菲利浦・高登侯爵的沙龍一年只會舉行兩次活動，這種場合可容不得他出現任何失誤。

淺吸了口氣，卡萊爾走出房間。

就算天候不佳，高登侯爵的宅邸前仍擠滿了人潮。這幢位於南肯辛頓的宅邸只是高登侯爵名下房產的其中之一，通常只在舉辦社交宴會時開放。

路燈的光芒隨著路上流淌的雨水泛開，烏雲密布的天空雖不見陽光，但四周都設置了耀眼的照明設備，讓侯爵的宅邸在昏暗天色中更顯金碧輝煌。

卡萊爾不想加入在門前大排長龍的車陣，便要求司機停在一個路口前。司機擔心他必須冒雨步行，可他還是有禮地推辭了對方的好意，提前下了車。

卡萊爾下了車才發現忘了拿司機常備在前座的雨傘，司機大概也發現了，車子仍停在原地。可看到後面不停湧來的車潮，卡萊爾乾脆低頭冒雨前進。反正目的地就在眼前，稍微弄濕點也很快就會乾了。反正他早就習慣了淋雨。

沒想到才走幾步，卡萊爾就被雨打濕大半。比預想中還大的雨勢逼得他不得不加快腳步，不停打在黑色皮鞋上的雨水卻倏地停了下來。

「……嗯？」

驟然停止的雨滴讓卡萊爾重新抬起頭，這才發現自己頭上垂落一片陰影。有人撐著黑色雨傘，為他擋去了大雨。

「嗨。」

聽見身後傳來的問候，卡萊爾一下子轉過身，接著看見眉眼彎彎的艾許正低頭看向他。

「艾許？」

卡萊爾完全沒想到會在這裡碰見艾許，甚至有點受到驚嚇。怎麼會偏偏在這裡遇到了艾許・瓊斯？

「是我，正是艾許。」

艾許看起來心情不錯，雖然他平常臉上也總是帶著笑意。溫柔似水的神情瞬間讓兩人之間的氛圍變得微妙起來。意識到這點，卡萊爾才發現他們兩個現在的姿勢幾乎像是在擁抱，艾許握傘柄的大掌就在他的耳邊。

「你叫了我的名字呢。」

「什麼？」

「我的名字，你今天第一次叫我名字。」

聽到艾許的話，卡萊爾才發現自己做了什麼。此前從來沒發生過這樣的事，連他最親近的朋友艾登都是花了幾個月才讓他直呼名字。肯定是因為在意料之外的地方碰上，慌張之下才會這樣。

想解釋剛才都是意外，但看著艾許的笑容，卡萊爾又住了口。將雨傘傾向卡萊爾，艾許伸手環上他的肩。

「可以聽到你叫我的名字，真讓我開心。」

這有那麼值得開心嗎？卡萊爾猶豫了一下，決定跳過這個話題。真說起來，他也沒什麼理由拒絕叫艾許名字的要求，不過就是提早了些。如果他們結婚，啊……即使不會結婚，總之他們都必須維持往來。

「看來你不常叫其他人的名字？」

「嗯。」

艾許思考了一會兒，突然咧嘴笑了起來。

「原來跟我想的相反，能被卡萊爾叫名字是件特別的事呢。」

「看來您有點缺乏特別的經驗。」

「能遇見卡萊爾這件事本身就很特別了。」

這話聽起來倒不令人反感。雖然還是有反駁的餘地，但卡萊爾決定再一次跳過這個話題。

「話說回來，您怎麼會出現在這裡？」

聽到卡萊爾的問題，艾許笑了笑。

「我們還是先走吧？卡萊爾你好像不大喜歡遲到。」

其實高登侯爵的宴會並沒有規定準確的開場時間，也沒有所謂的遲到一說，但艾許沒說錯。卡萊爾輕輕點頭，艾許便率先邁出腳步。

艾許今天穿著深藍色的西裝外套，搭配灰色西褲，襯得他比平時看起來還要高大。卡萊爾很少遇到比他高的人，幾乎都是他俯視眾人，看著艾許的這種視角反而讓他有些陌生。

艾許的傘足以遮住兩人，但艾許的肩膀仍有點凸出傘外。與他平易近人的樣貌不同，體格卻是好得出奇，與人共撐一把傘確實難免逼仄，讓卡萊爾心中生出些許愧疚。

「您肩膀都濕了。」

卡萊爾猶豫了一下，還是稍稍往旁邊退去。

「沒關係的。」

艾許說著重新湊近到他身邊。看著他被雨淋濕的部位似乎比剛才更大，卡萊爾一臉認真地開口：「是我借用了您的傘，應當是我該少占用一些空間才對。」

「你剛剛已經淋了雨，要是感冒怎麼辦？」

他才不會因為淋了幾秒雨就感冒。卡萊爾實在困惑，有時候真的不懂眼前這男人到底是怎麼看待他的。

「如果介意，卡萊爾就跟我一起撐傘吧。」

「一起？」

「我會將傘傾向卡萊爾那側，卡萊爾就抓住我的手吧，這樣就公平了對嗎？」

艾許放低了原本高舉著傘的手，明顯要配合卡萊爾的高度，讓他握住自己的手。

其實不這樣也沒關係，只不過會讓艾許繼續淋雨而已。坦白說，艾許淋濕了也跟卡萊爾沒有關係，但不知怎地，卡萊爾就是很難開口拒絕。

「沒錯，我就是在找藉口跟你牽手。」

像是察覺他的猶豫，艾許低聲道。令人害羞的內容讓卡萊爾深吸了一口氣，不知道自己為什麼會因為一個比自己高大的 Alpha 的耳語生出這種感覺，跟過去面對無數嘗試勾引自己的美人時完全不同。

「您真是坦蕩。」

卡萊爾小心翼翼地覆上艾許握著傘的手。近日天氣有些回暖，可今天因為下雨還是挺涼的，暴露在外頭的艾許的手背因此有些冰冷，不似卡萊爾記憶中的溫度。

「我的手很涼吧？」

卡萊爾的體溫平時總是比旁人偏低，這時跟艾許的手背相比卻成了暖爐。總是喜形於色的艾許看起來心情很好地用臉頰蹭了蹭卡萊爾握著自己的手背。

「卡萊爾要溫暖我喔。」

光滑的臉頰與手的觸感相比更顯柔軟，艾許如貓般的行為讓卡萊爾忘了移開目光，像是被吸引住視線般盯著。但很快因為艾許奇怪的話回神，趕緊轉過頭。

「我們還是快點走，免得遲到了。」

在艾許說出其他驚人之語前，卡萊爾快速邁出腳步，艾許也迅速跟上。兩人原本相異的步伐逐漸趨於一致，兩雙不同顏色的皮鞋並排著在潮濕的石磚地面上走著。

兩人一路無話，走向高登宅邸的幾分鐘路程內，他們的肩膀都各濕了一邊，相疊著的手仍舊緊貼。卡萊爾能感受到艾許的手背因為自己的體溫逐漸染上暖意，這讓他更加不敢動彈。

小心翼翼地呼吸顫抖著，就在心臟跳得越發令人心慌時，他們終於抵達了目的地。玄關聳立著古色古香的長柱，從此處開始就不會再受到雨水侵擾。

其中一名正幫忙收拾雨傘的傭人認出了卡萊爾，當下迎了上來。這裡只有受邀的貴族能進入，傭人們理所當然也都記下了所有受邀賓客的長相。直到艾許放下傘，卡萊爾才總算感覺能好好呼吸。

「竟然那麼快就到了。」

在卡萊爾放開手之前，艾許用空著的另一隻手將傘遞給一旁的傭人，並笑著道謝。

沒等卡萊爾反應過來，艾許便就著兩人仍牽著的手將他拉到身側。但這回是手掌相貼，真真實實地牽手了。

「你的手都變冷了。」

兩人十指相扣，艾許的手指輕輕摩挲著卡萊爾的手背，體溫如同顏料般舒適地暈染開來，也有些像是湖面薄冰在陽光下融解的感覺。

「……很多人在看。」

人們總是對其他人的八卦很有興趣，在這裡更是如此。過了今晚，原本還是空穴來風的卡萊爾．佛羅斯特的聯姻傳聞，恐怕要傳得滿城皆知了。

「你也把我想得太單純了吧？」

艾許輕輕制止了卡萊爾猶豫著想掙脫的動作，力道不大，卡萊爾只要稍稍用力就能甩開。

只要他想，隨時都能脫身。

「我就是知道，才會來這裡。」

艾許輕輕鬆鬆就打碎了他正欲脫身的理由。

「反正卡萊爾想要的本來就是跟菲利浦搭上線，這本來就是我該為你做的。」

卡萊爾頭一回見到直呼高登侯爵名諱的人。看來祖父說艾許與高登侯爵關係很好並非假話。不過，雖然這是他們約好的條件，卡萊爾也沒想到他會做到這個分上。

「他常叫我來，我可是難得為了卡萊爾決定出席一次。」

說是難得來一次，艾許看起來卻比卡萊爾還熟悉地走進了大宅。卡萊爾能看到許多人的視線都轉向正牽著他的艾許身上。有些人對著他們親密的模樣竊竊私語，還有不少對新面孔大方表現出關心的 Omega。

露骨地上下打量他們的眼神，加上一些稱讚艾許長相的耳語，讓卡萊爾不自覺握緊了艾許的手。原本領著他前進的艾許放慢了腳步，來到卡萊爾身側。早已習慣被他人品頭論足的卡萊爾，卻奇怪地不願意看到艾許成為眾人點評的對象。

「看來您跟高登侯爵認識很久了。」

「對，他是我母親的朋友。」

卡萊爾思來想去，也沒能從腦中找出一點關於菲利浦・高登年輕時的情報。他所知道有關高登私下人際關係的情報多是八卦傳聞，真正的情況必須認真打聽才能得知。

如果是對此很有興趣的人應該會有印象，但卡萊爾在社交界並不活躍。自從當年在祖父舉行的宴會上出了洋相，卡萊爾除非必要，很少出席活動。

「你很好奇嗎？」

艾許笑咪咪地問。卡萊爾確實好奇，而且這也是他需要打聽的情報。

「我不否認。」

「那我們來交換情報吧。」

「您想知道什麼呢？」

「只要卡萊爾回答我關於你的問題，我就告訴你。」

「您真是好奇心旺盛。」

卡萊爾彷彿又在艾許身上看見了貓的影子。雖然他的臉更接近狗相，但個性上很難說是更像狗還是更像貓。

「不要嗎？」

艾許摩挲著他的手反問。艾許總是用懇求的語氣，讓卡萊爾無法拒絕，也沒有理由拒絕。

「我都可以。」

談話之間，他們已經走到了擺放各類餐點的主廳，遠處還能看到高登侯爵本人。高登侯爵平時在自己舉辦的宴會上經常突然消失，是個神龍見首不見尾的人物，今天卻一反常態地站在那裡招呼賓客，也讓人群不斷朝他的方向聚集。

也許是第一次攜伴出席宴會，卡萊爾對於旁人的視線更加敏感。艾許不知道是不是也有同樣的想法，兩人很自然地一起調轉方向，眼前卻突然殺出了程咬金。

「卡萊爾。」

突然冒出的金髮男子梳著帥氣的髮型，朝他露出狡黠的笑。來人正是卡萊爾從小認識的朋友艾登・海伍德。

「艾登。」

卡萊爾知道艾登一定會出席今天的宴會，但沒想到會跟對方那麼快就碰上面。身側總會帶著 Omega 的艾登今天難得孤身一人，手上拿著一杯威士忌，看來應該是剛分手的狀態。

「你今天怎麼那麼晚？真不像你。而且西裝怎麼濕了？」

艾登像往常一樣朝卡萊爾伸手。他總是會隨意與卡萊爾勾肩搭背，完全不在乎對方的反應，這次也是相當自然地搭上卡萊爾的肩。卡萊爾瞇起眼，正打算推開艾登，身旁卻有人先一步動作。

「您是哪位？」

艾許站到卡萊爾身側問道。他放開了兩人一直牽著的手，自然地環上卡萊爾的肩膀。在卡萊爾後頸與肩膀一帶摩挲著的手，輕輕推開了艾登。

艾登眨了眨眼，視線在艾許與卡萊爾身上來回打轉。

「我才想問您又是哪位？我是卡萊爾的朋友，艾登．海伍德。」

艾登說著，用眼神示意卡萊爾趕緊說明情況。

「我可是他唯一的好友。」

艾登一邊強調自己的地位，一邊毫不掩飾地打量艾許。艾許笑著自我介紹，但笑容看起來跟平常不大一樣。嘴上笑著，眼裡卻毫無笑意。卡萊爾在一旁完全插不上話。

「我是卡萊爾的未婚夫，艾許．瓊斯。」

卡萊爾沒想到艾許會親口承認兩人的關係。他驚訝地看著艾許，艾登則發出了驚嘆，露出若有所思的表情，眼神再次在兩人之間梭巡，接著一口喝掉了手上的威士忌。

「你這樣會醉的。」

到時候麻煩的又會是自己。卡萊爾打算拿走艾登的酒杯，艾許又先一步代替他動作。

「我來就好。」

挺身為卡萊爾處理麻煩的艾許臉上很快恢復了往常的笑容，可艾登並未乖乖遞出酒杯，反而朝後退了一步，像要把艾許看穿似的盯著他問。

「你們是什麼時候開始交往的？」

「這是我們家族之間的事。」

艾許直接打斷了艾登的話，原本輕撫著卡萊爾肩頭的手也順著背脊下滑，放在曲線有致的腰肢上，帶來奇妙的觸感。原本挑眉觀察著兩人的艾登突然傾身在卡萊爾耳邊低聲耳語。卡萊爾腰上的手因為艾登的接近收緊了幾分，但沒有進一步動作。

「跟我聊聊吧。」

卡萊爾想著平常都有跟艾登聯絡——雖然通常是艾登自己在講廢話——實在沒必要急著在這裡聊天，正打算推拒時，又來了一位不速之客。

「艾許，你來啦。」

說是不速之客，這位的存在感卻是不容忽視。感受到周邊投來的視線，卡萊爾也看清了來人的樣子。黑髮藍眸的中年男子個頭與艾許差不多，雖有幾縷白髮，但看起來絲毫不顯老態，還給人一種優雅的感覺，艾許老了大概就會是這樣吧。

「高登爵士。」

卡萊爾從未覺得艾許與高登侯爵長得像，但實際一看，兩人的相貌確實有種神似父子的異樣感。有這種想法的顯然不只卡萊爾，人群中開始出現細碎的議論聲。

「佛羅斯特先生、海伍德先生。」

高登侯爵分別問候了卡萊爾及艾登。看著卡萊爾頷首回禮，高登侯爵露出笑容。

「今天艾許願意來，聽說多虧了佛羅斯特先生。平常真的很難跟這孩子見上一面，我真的得好好感謝您了。」

對著沒見過幾面的卡萊爾，高登侯爵表現得意外親近。常聽人說這位貴族人很好，看來此話不假。卡萊爾從高登侯爵身上能感受到和藹的人特有的溫暖氣質，跟艾許很相似。

「菲利浦，近來可好？」

注意到周圍人們投來難以忽視的視線，艾許露出無奈的表情，親密地直呼高登的名字，並給了他一個擁抱，高登也伸手抱了他一下。

「一直見不到你，我可難過了。」

「抱歉，工作真的太忙了。」

比起一般貴族明顯更加親近的兩人寒暄之間，卡萊爾默默後退了一步，不想介入其中。一旁的艾登立刻見縫插針道。

「那我們就先離開，不打擾兩位敘舊了。」

不等艾許再次靠近卡萊爾，艾登快速拉著他離開。艾許面露難色，卻不好跟著離開，再怎麼說都不好拂了東道主的面子。卡萊爾自己也對剛才的場合感到有些壓力，便決定丟下艾許，先跟著艾登離開。

一直到了人煙稀少的三樓，艾登才停下腳步。卡萊爾剛甩開他抓住自己西裝的手，艾登就嗆嗆呼呼了起來。

「我本來以為是傳言，沒想到你真的要跟 Alpha 結婚？」

看來他並不是完全沒聽說。雖然不知道被傳成了什麼樣子，但卡萊爾與艾許的關係應該已經傳開來了。

「……還沒完全確定。」

卡萊爾想起了暫時被他拋在腦後的現實。他既不能告訴艾登自己與艾許約定的事，也無法否認家族之間確實有這樣的打算，只能含糊其辭。

「但你們兩個人的樣子，看起來分明就是已經定下了啊？」

卡萊爾不明所以地看向他，臉上沒什麼表情，艾登還是讀懂了他的意思，便接了下去。歲月的力量果真無法忽視，艾登畢竟是比卡萊爾的家人更常見到他的人，連一點細微的情緒變化都逃不過他的眼睛。

「你們兩個站在一起，簡直就像恩愛的夫妻好嗎？明明不喜歡被人碰觸，你還乖乖地讓他牽著手，還以為你也有意思呢……」

艾登自顧自下了結論。

「那位甚至還擺明了不讓我碰到你。」

「那是你的錯覺。」

艾許沒理由這麼做。

「你這麼快就站在他那邊啦？我要哭嘍？」

艾登誇張地表達著自己有多悲傷。關於艾許的話題讓卡萊爾越發不自在，雖然不知道會怎樣，但這樁婚事遲早會告吹。這無關卡萊爾本人的意願，而是艾許不願意。

想到這裡，卡萊爾心裡突然生出疑問。一般人會對不喜歡的對象那麼好嗎？甚至願意出現在好幾年沒參加的侯爵的宴會上，也不介意公然牽手，好似情意正濃的情侶般撒嬌……這都正常嗎？

心中的鬱悶陡然堆高又平靜下來，跟想起很久沒聯絡的艾許時的心情差不多。直到剛才還與他牽著的手仍殘留鮮明觸感，這讓卡萊爾更加心亂如麻。不過就是牽個手而已。

「我說錯話了嗎？」

沒聽到卡萊爾的回應，艾登小心翼翼地問。卡萊爾搖搖頭，就算他想再多，也不會有任何改變。

「你不是被抓住什麼把柄了吧？」

「怎麼可能？」

「不是的話，為什麼突然要跟 Alpha 交往？」

「因為祖父希望，只是這樣而已。」

提到卡萊爾的祖父，艾登瞬間露出醒悟的表情，忍不住抓了抓頭髮。

「侯爵真是……」

同樣受到家族庇蔭長大的艾登，自然明白兩人都必須為此付出代價，對此也無法大刺刺表示反對。與家族選定的對象結婚，對他們而言都不是什麼特別的事。

「就算這樣，選 Alpha 還是太過分了吧。」

其實卡萊爾一開始也曾有類似的想法，但聽到這話從艾登口中說出來，心裡總覺得有點不是滋味。

「艾登。」

聽到卡萊爾警告般叫了他的名字，艾登連忙補充。

「雖然他的長相足以彌補這一點啦……但這樣就夠了嗎？你真的沒關係？」

艾登能理解這種狀況，可看起來似乎還沒能釐清思緒。比起想像中的排斥，他更像是在擔心些什麼事。

「雖然不知道你在顧慮什麼，但這種事不是只要彼此條件相符就好了嗎？」

卡萊爾對說出這種話的自己感到可笑，明明一開始他連想到艾許．瓊斯這個人都會覺得反感的。

「你知道 Alpha 跟 Alpha 要怎麼做嗎？」

「什麼？」

艾登表情認真，可這個話題讓鮮少接觸淫言穢語的卡萊爾有些不安，不由皺著眉看著艾登一臉真摯地走上前來。

「如果需要幫忙的話，隨時跟我說。」

艾登用雙手握住他的肩膀，鄭重其事地說。

卡萊爾一邊回道不用，一邊打算撥開艾登的手，腰間卻突然環上一隻手臂，輕柔地將他往後一帶，眨眼間就落入了某人的懷裡，令他措手不及。

「原來你在這裡啊？」

甜得滴蜜的嗓音在耳邊響起，被摟著的瞬間撲鼻的香氣早已告訴卡萊爾來人的身分。他們的體格相差不大，但艾許的上身比卡萊爾要來得寬，卡萊爾能透過衣服感受到背後緊貼著的肌肉。與 Omega 是完全不同的觸感，卡萊爾瞬間覺得一陣顫慄沿著脊骨往下竄去。

「……艾許？」

從未想過會被人這樣抱著的卡萊爾有些慌張，一轉頭，艾許的臉便近在咫尺，一不小心就可能吻上的距離讓卡萊爾突然心跳加速。

「我找了你好久。你知道我被一個人丟下有多難過嗎？」

艾許的表情就像是找不到回家的路的孩子，讓卡萊爾沒有心力對他抱著自己的行為多說些什麼。

「抱歉。」

「我才要道歉，都是我弄丟了卡萊爾。」

艾許歉疚地在他耳邊低語。吹拂在耳旁的微弱氣息既溫暖又帶起一絲麻癢，卡萊爾不自覺地微微縮起了肩膀。

「我可以帶我的未婚夫離開了嗎？海伍德先生？」

艾登瞪大狹長的雙眼看著他倆。察覺到自己讓好友看到了不該看的一面，卡萊爾拘謹地抓住艾許的手臂。艾許因為卡萊爾制止的動作頓了一下，隨即放開他的腰。卡萊爾理了理稍微有些凌亂的衣裝，便開口下了逐客令。

「艾登，我們之後再聯繫，今天就先這樣吧。」

「好吧。」

反正艾登已經知道他們是什麼狀況了，就也沒有越界的舉動。雖然他看著艾許的目光還是不大友善，但 Alpha 之間本來就很難好好相處，這也不是太奇怪的事。卡萊爾剛說完，艾許便用眼神朝艾登示意，接著牽起卡萊爾的手。

方才的擁抱讓卡萊爾感到陌生，但對於牽手，他已經習慣。話雖如此，意思並不是卡萊爾可以若無其事地牽手了，而是勉強可以對此放任不管。艾許十分熟練地與卡萊爾十指相扣，帶著他在走廊上前行，感覺想趕快離開這個地方，卻又沒那麼急躁。

「艾許，我剛剛不是故意留你一個人在那裡，是因為高登爵士看起來好像有話要跟你說……」

「我知道，反正我總也要被他抓住嘮叨的，畢竟他比我的親生父親還像我父親。」

這話讓卡萊爾重新對菲利浦·高登與艾許的關係生出疑問。似是發現了他的遲疑，艾許轉過身望向卡萊爾，露出爽朗的微笑。

空無一人的走廊十分安靜，卡萊爾察覺到這裡是高登侯爵不許外人進入的地方之一，連他都只進來過一次，還是在很小的時候。

樂聲從遙遠的地方傳來，橘紅色的燈光在走廊的吊燈上閃爍著。艾許半隱沒在窗外透進的夜色中，話音剛落就湊近卡萊爾。明明是不帶任何威脅性的動作，還是讓卡萊爾無意識間稍稍退後了些，心底漫出微妙的感覺。

「卡萊爾。」

「……是。」

「要繼續剛才的事嗎？」

卡萊爾的後背抵上牆面，面前的艾許歪著頭看他。剛才……要做什麼？艾許離得太近，讓他腦內瞬間一片空白，接著才閃過幾分鐘前兩人差點吻上的畫面。

「……我不知道您在說什麼。」

卡萊爾喉頭發緊，沒來由的緊張感蔓延全身，腰間又竄上了剛剛那種汗毛直豎的顫慄感。艾許沉默了幾秒，以難解的眼神凝視著卡萊爾。令人窒息的寂靜橫亙在兩人之間，直到艾許退開，卡萊爾才發現自己一直憋著氣。

「我們不是約好要回答對方好奇的事嗎？」

腦中像有什麼東西閃過，方才一觸即發的緊繃感硬是被壓抑了下去。卡萊爾緩慢地轉動著大腦去理解艾許的話，才發現他誤會了對方的意思，內心湧上一股羞恥之意。

到底為什麼……？

卡萊爾還在自責腦中冒出的奇怪念頭，艾許已經打開他身旁的門，向正在調整呼吸、站直身來的卡萊爾做了個請的手勢。

「卡萊爾先進去吧。」

卡萊爾打量房間內部，這似乎就是他小時候曾經不小心誤闖的那個房間。

「這裡不是高登侯爵的書房嗎？」

言下之意就是，卡萊爾覺得自己應該不能進去。

「你知道啊？我以為菲利浦不會隨便讓人進去？」

艾許有些驚訝，但那次經歷實在稱不上光明正大，卡萊爾便沒多說。從各種方面來說，那天對卡萊爾而言，發生了許多脫序的事。

「就像你說的，一般人是不能進來的，所以我們才會有獨處的空間。還是卡萊爾你想回去宴會廳？」

卡萊爾出席這次宴會，只是為了多少跟高登侯爵攀上些關係，沒必要下去跟其他人虛與委蛇。正巧最近也是社交宴會多到令人厭煩的時期，今天暫時缺席不會有什麼損失。

「我沒有回去的意思。」

「我好開心。」

艾許真心笑著的臉龐帶著一絲少年氣，思及此，卡萊爾想起了一段多年來被他遺忘的，在這裡發生的回憶。他原本以為自己一輩子都不會想起的經歷，也許是因為與他一起回到這裡的人是艾許，才從腦中的角落被翻出。

「母親在我小時候就去世了，那之後我就很常在這裡玩。菲利浦唯獨對我和娜塔莉特別寬容，自己的私人空間也願意讓我們自由進出。」

卡萊爾從沒聽過這件事。尤其菲利浦．高登極為注重隱私，除了一些大事之外，大眾幾乎對他一無所知。高登侯爵是公爵最好的朋友，關注他的人非常多，卻沒什麼傳聞，大概眾人也害怕太過追根究柢可能引來後患吧。

「雖然很難讀懂卡萊爾的表情，但你現在這樣應該是代表好奇吧？」

「如果說不好奇，那就是說謊了。」

「這不是像電影一樣有多神祕的故事啦。」

艾許帶著卡萊爾來到窗邊，一眼望去的庭園雖不像佛羅斯特侯爵家的那樣寬廣，但裝飾著許多富有高登公爵巧思的雕像與照明設備，看上去別有一番韻味。很久以前，這裡還曾經施放過煙火。

書房裡昏黃的燈光灑落在窗臺上，大大的窗戶足夠讓艾許或卡萊爾這種體型高大的人靠坐著看書。卡萊爾自己不大可能在這裡做那種事，可他能想像艾許在這裡讀書的樣子。

他們一起靠坐在窗臺邊，手仍緊緊相握，彷彿一對甜蜜的戀人般凝視著對方半晌。

艾許笑著開口：「你不懷疑我可能是菲利浦的私生子嗎？」

艾許直白的問句讓卡萊爾有些為難。這兩人的長相確實相似到很像父子，雖然艾許兩眼的顏色不同，但仔細觀察的話，也可以說是不同色調的藍，讓這個懷疑更具可能性。

「看來您沒少聽過這種猜測。」

「對啊，從出生以來就是。」

艾許像是毫不在意似的說。

「但我並不是私生子。母親深愛我的父親，可母親與菲利浦是青梅竹馬，身邊總有許多傳言，連父親也相信了。實際上，我明明跟父親長得更像。」

卡萊爾曾聽祖父提起過艾許的父親。卡萊爾的曾祖父過去與艾許的外曾祖母做過某些約定，雖然不知道詳細內容，但總之艾許的父親就拿著當時的事來要求卡萊爾與他那不算貴族的兒子聯姻，聽起來是個很有野心的人，甚至讓卡萊爾想過艾許是否也會是那種人。

「母親有一頭美麗的金髮，我姊姊娜塔莉也遺傳了母親的金髮。我的話則是混著的，你仔細看的話……」

艾許貼近了卡萊爾，兩人的距離回到了剛剛在艾登面前時那樣。艾許在轉頭就能碰上對方鼻尖的距離停下，撲搧著的纖長睫毛近在咫尺，卡萊爾甚至有種自己能聽見他睫毛搧動聲音的錯覺。

「在燈光下會是棕色的喔。」

卡萊爾看著艾許帶著笑意的雙眼，像是被誘惑般做出了不像平常的自己會做的事。他伸出空著的手，輕輕撫上艾許那頭光看就很柔順的髮絲。垂落在艾許額前的碎髮被他以兩指捻起，手中的觸感如同艾許的臉頰一般柔嫩。

「……真的是呢。」

難怪他對艾許總是有種熟悉感。眼前的男人與他的記憶重疊。在黑暗中，在他避開所有人躲起來的那個午夜，在一片漆黑中俯身看著他的人，也有著跟他相似的髮色。雖然他沒能看清對方的面容……

「從那之後，我父母的關係就變得很差。當然只是我父親單方面的懷疑。之後的發展大概就是很常見的那種情節，菲利浦一直對我們感到抱歉。」

艾許平靜地敘述著自己的過去。這種事確實不好輕易對他人說出口，卻這樣細細地說給他聽，讓卡萊爾有種錯覺。

好像他們變得更加親近了。

「母親去世後，菲利浦似乎越發愧疚，乾脆就把我跟娜塔莉當作自己的孩子般照顧。」

說完過往的艾許笑起來，歪過頭去用臉頰磨蹭卡萊爾還撫摸著他頭髮的手。感受到手上的溫度，卡萊爾才發現自己竟然很失禮地一直在摸艾許的頭髮。

「抱歉。」

見他飛快收回手，艾許低低笑了起來。

「我很享受啊。」

「那還是我冒犯了。」

「雖然我完全不覺得被冒犯，但我能以此要求你回答問題嗎？」

這本來就是他們約好的條件啊。既然聽了艾許的往事，接下來本來就應該輪到卡萊爾回答他的問題。

「好，您隨意問吧。」

「機會只有一次，我得好好想想才行。」

艾許像是在思考人生大事般陷入沉思，但仍維持著跟卡萊爾面對面的姿勢，長長的睫毛下，一藍一灰的兩隻眼直直地凝視著他。兩人之間靜得能聽見呼吸聲，遠方的樂聲被阻絕在書房外，只有雨水間或打在玻璃窗上的細碎聲響。

「就是啊……」

「……請說。」

艾許發問的聲音有些乾澀，比平時低沉的中低音聽起來依稀在顫抖。

「好奇的事太多了，我挑了一個可能有點愚蠢的問題……」

艾許越靠越近，兩人的鼻尖幾乎要碰上了。

卡萊爾應該後退的，卻反常地覺得窒息而無法動彈。

「初吻，你的初吻是什麼時候？」

卡萊爾從來沒發現初吻可以是個那麼煽情的名詞。心裡燥得發熱的同時，這個問題又與卡萊爾腦中剛剛出現的記憶殘像神奇地重合在一起。這是偶然嗎？艾許的問題彷彿為這個地方量身訂做一般。

因為這裡是……

「……我應該算滿早的。」

「什麼時候？」

低聲交換的悄悄話讓卡萊爾忘卻了羞恥，緩緩吐露那個他從未告訴別人的小祕密。

「大概是十二歲的時候吧。」

他不記得對方是誰了。當時的他迷了路，才會走進這間書房。

他原本是在跟同齡孩子們玩捉迷藏，但他只是想找個藉口躲起來，逃離那個正熱鬧著的新年派對，不想再應付過來搭話的人。

剛打開門，卡萊爾就看見一名少年站在漆黑的書房中，年齡與他相仿，可身高比他高。正想著是否應該開燈，少年便對他做了一個噤聲的手勢。

『你也是躲來這裡的嗎？』

少年像是在跟弟弟說話般輕聲道。卡萊爾點點頭，便見對方招手讓他過去。他朝對方走去，少年則已經在窗臺邊的地板上落坐。他很少見人這樣毫不在意地坐在地上，便低頭看著對方，只見對方又對他比了比手勢，在黑暗中能隱約看見一雙笑著的眼睛。

『沒關係的，這裡很少有人來，我也是逃出來的。』

卡萊爾從來沒在貴族中看過這號人物，明明他已經把所有同齡貴族都背起來了。不過如果是能在偉大的高登侯爵家裡隨意躲藏的人，大概會是侯爵的親戚吧。卡萊爾想著，兩人很有默契地保持沉默。少年看來已經很習慣一個人靜靜地待著。

直到外邊傳來倒數的聲音，兩人才對上眼。兩名少年稍稍抬起頭，偷覷著窗外的風景。穿著正式服裝的男男女女拿著香檳杯，來到庭園裡預先設置好的照明燈前。

『你知道嗎？』

卡萊爾沉默地看向少年，聽著他說下去。

『我聽大人說，不管新年最先見到的人是誰，都要跟對方接吻喔。』

卡萊爾眨眨眼。看出他的慌亂，少年溫和地笑著說。

『這裡不就只有你跟我嗎？』

外面的人從十開始倒數，聽著窗外的喊聲，卡萊爾靜靜看著少年。

『嗯，你還是太小了嗎？』

卡萊爾好像在哪聽過這句話。

『但是……』

外面的喧鬧聲掩蓋了少年後面的話，倒數仍在持續。三、二，接著是最後。喊出「一」的瞬間，窗外瞬間一片明亮。卡萊爾則無暇看向窗外，他正被此生第一次從唇上傳來的柔軟觸感嚇得緊閉上眼。

伴隨著少年的低笑，那抹溫暖很快消失。輕輕碰了他嘴唇一下的少年正撫摸著他的臉。

『新年快樂。』

少年的祝福才說出口，門外就傳來兩個人的腳步聲，大概是正在尋找空房間的貴族吧。卡萊爾突然想起這裡是不被允許進入的地方，他這次是跟祖父一起來的，可不能被抓到錯處。

『看來你必須離開了。』

卡萊爾匆忙站起身來，剛才因為驚嚇而狂跳的心臟更讓他無法冷靜下來。沒注意到少年正欲挽留的動作，卡萊爾一溜煙跑出了書房。他在昏暗的走廊上跑了好一陣子才回到宴會廳，馬上就被父親抓個正著。

卡萊爾回頭看了看，樓梯上什麼也沒有。他突然有股衝動，想回去問問對方叫什麼名字，卻沒有正當理由推拒父親抓著他前進的手。

「跟我差不多呢。」

聽到艾許的聲音，卡萊爾從回憶裡回過神，艾許粉色的唇瓣一下子躍入視野中，令他不由得瞪大了雙眼，但很快便假裝若無其事地將視線移向艾許的雙眼。

「卡萊爾比我小一歲，所以應該是差不多的時間。」

「……沒想到我的初吻比您還早。」

「就是說啊，這樣看來，卡萊爾也沒有我想得那麼單純嘍？」

艾許懶洋洋地笑，凝視著卡萊爾的臉。

「雖然不知道對方是誰，但應該是個很有福氣的人。」

再次變得緊繃的氛圍中，卡萊爾默默回味起艾許今天的行動。包括親密地攬住他的腰，還有現在說的話，全都很奇怪。

簡直像在嫉妒一樣。

方才跟艾登對話時湧出的紛亂思緒又回到卡萊爾腦中，他低頭看向兩人交握著的手。

他知道的，這也是交易的一種。只是艾許跟他很不一樣，所以才會對他釋出這種難以理解的好意，才會一直容許這些例外。

這個書房喚醒的記憶與紛沓而來的緊張感，讓卡萊爾開始覺得胸悶，但他把這視作一個必須克服的關卡。

「今天……我沒想到你會說我是你的未婚夫。」

視線一刻也沒離開過卡萊爾的艾許露出驚訝的神情。卡萊爾抽出自己的手，離開窗臺站了起來。

「我的意思是，最多再兩週後，我們的婚事就能當作沒發生過，實在沒想到您會在他人面前提及這件事。」

艾許靜靜地聆聽著。擺滿原木書櫃的書房內充盈著某種特別的木質香，坐在其間的艾許總讓卡萊爾覺得熟悉。說不定是因為他在短時間內已經太過習慣艾許的存在，才會有這種感覺。

「公然在其他人面前牽手也是，我……不明白瓊斯先生到底是怎麼想的。雖然您可能很快就會離開，但我必須一直在這個圈子裡生活，若是行動太過親密，後續可能會更難應付。結婚典禮的準備工作也一直在進行中，速度比您想的還快。」

重新拉起警戒線的卡萊爾，突然覺悟到自己必須守住本心才行。就像他剛剛自己說的，艾許不屬於這個圈子，他太過天真、太過善良。畢竟說到底，艾許也不是在這個圈子長大的人。最後留下的只會是卡萊爾．佛羅斯特自己，但艾許今天的表現就彷彿他們會有未來……讓他感到混亂。如果他再蠢一點，可能就會誤以為艾許願意跟他結婚了。

卡萊爾的話讓艾許陷入長長的思考中，他摩挲著下唇，最終以一種微妙的表情點了點頭。

「原來如此。」

他似是恍然大悟，承認了自己思慮不周。

「是我太輕率了。這樣確實不行，對不起。」

艾許皺起眉，發自真心地道歉。這卻沒有讓卡萊爾的心情變好。這一切看起來都很合理，可艾許的道歉沒來由地讓卡萊爾感到不滿。

「我這個人，獨占欲很強。」

艾許像是也不知道該怎麼辦似的爬梳了一下頭髮，嘴唇開開合合，好半天才說了下去。

「無論如何，現在你是我的未婚夫，所以我不想讓其他人碰你……應該是因為這樣。真的很抱歉，我絕對無意傷害你。」

艾許輕聲說道。剛才縈繞在周圍的微妙氣氛彷彿是幻覺，兩人瞬間回到了現實。結論還是一樣，艾許的道歉就代表他希望維持兩人原來的約定。

明明像是有什麼變了，卻也什麼都沒變。

「是我錯了，你能原諒我嗎？如果你不想，當然也沒關係。畢竟我做出了那麼愚蠢的行為，你生氣是應該的。」

怎麼可能？

卡萊爾在這段關係中沒有選擇的權力，從一開始，他就無法拒絕艾許，現在也是如此。在他數十次因為艾許的行動感到迷惑，想著對方是否改變了心意時，也從來沒想過要推開艾許。

「我不是在生氣，只是……」

只是誤會了。

「我是覺得小心一點對彼此都好，才那樣說的。」

他原以為一點一點變近的距離，如今再次回到了原點。總是會在卡萊爾退開時追上來的艾許，今天只是待在原地。沉默著像在思考什麼的艾許很快又露出了笑容。

「我不希望卡萊爾因為我受到影響……所以我們下週就見最後一面吧？」

「最後」這個詞讓卡萊爾指尖發冷。要結束的話當然是早點結束比較好，但他還是不禁愣怔住。

「……您是說下週嗎？」

「雖然我之前說過因為個人因素，需要爭取一點時間，但我也不希望因此麻煩卡萊爾。總之你已經幫我解了燃眉之急，剩下的我就得自己承受了。是我把這件事想得太簡單了，結婚典禮也是，我沒想到進度會那麼快。一般來說至少會抓個半年……」

確實如此。仔細想想，當初連凱爾結婚都花了好幾個月準備，他們的狀況確實有些特殊，艾許會那樣想也不無道理。

「如果你希望，不等到下週也行。」

艾許做決定的速度很快，與兩個小時前還溫柔撒嬌的人判若兩人，現在就已經在跟他討論結束了，甚至還帶著溫柔的微笑。

能盡快解決當然最好，但卡萊爾卻莫名無法如此痛快地應允。這對他來說太突然了。就算是他能預想到的狀況，也快得讓他措手不及。卡萊爾在下決定前看了看艾許。

艾許只是一臉無害地等著卡萊爾的回答。

「您希望什麼時候見面？」

卡萊爾說出早已決定的答覆。艾許立刻像是鬆了一口氣般彎起笑眼。

「跟之前一樣約在週末好嗎？」

「這樣時間夠嗎？」

「夠了，只要做好被姊姊痛打一頓的準備就行。」

艾許無賴似的開了個玩笑，接著望向卡萊爾。他靠在了窗臺邊，仍沒有移開凝視著卡萊爾的視線。

「能認識卡萊爾，我真的很高興。」

接著，艾許伸出手，像是要跟他握手般，但手勢有些不同。

「就算不是未婚夫了，也請當我的朋友。」

艾許的話再理所當然不過，當初他們提過的條件就是這樣。卡萊爾之所以盡量不違逆艾許的要求，之所以無法推開他，就是為了這個。為了不讓他們未來的關係斷絕。

艾許毫不在意地再次向他伸手。雖然已經知道他們握手並沒有那層含義，卡萊爾看著艾許的手仍是心情微妙，但他還是慢慢地回握上去。

艾許不再與他十指交扣，而是輕輕地握住了他的手掌。這是個正式的握手，不是因為想碰觸卡萊爾而緊緊抓住他的態勢。就好像艾許對先前的所有行為都沒有絲毫迷戀。

就好像只有卡萊爾仍然迷戀。

◎ *Week 4*

艾許的動作很快，快到讓卡萊爾幾乎以為過去幾週認識的他只是自己的妄想。一如當初接近卡萊爾時的單刀直入，艾許抽身的速度同樣不拖泥帶水。他並沒有冷漠地切斷兩人的關係，只是溫和地表示應該給彼此一點沉澱心情的時間。

合約也是艾許先寄來的。

卡萊爾是在星期六，也就是兩人約定見面的前一天，透過祕書收到了那個牛皮紙袋，中央以優美的字體寫著卡萊爾的名字。

Dear Karlyle.

看著這行字，耳邊彷彿又響起艾許溫柔喚著自己的聲音。分明是沒什麼特別的稱呼，艾許的嗓音卻像刻在了卡萊爾腦海中盤旋不去。這種狀況連卡萊爾本人都很難理解。

不過才短短幾週，只見過三次面，相處的時間總共也才二十個小時。

換算成數字，艾許在卡萊爾的人生中甚至算不上占了多少比重，幾乎跟擦身而過的路人沒什麼兩樣，找不到任何足以解釋卡萊爾總是想起他的理由。

是因為他們在短短的時間內頻繁見面的關係嗎？週末見了兩次，幾天前的週三又見了一次。好像算是頻繁，又好像不算。

明明不是結束，可又昭示著結束的合約放在面前，卡萊爾沉默地凝視著它，也不伸手去拿，只盯著上面寫著的名字看了半晌，最後以其他工作為藉口將紙袋推開。等他真的拿出文件細看，已經是深夜的事了，還是因為艾許傳了訊息給他。

『嗨，卡萊爾，你收到文件了嗎？雖然我覺得沒有合約，卡萊爾也會繼續當我的好朋友，但以書面方式明確寫下我們的約定，似乎比較符合卡萊爾的風格。由我這邊提出你可能比較方便，所以我就先請人轉交了。如果有要修正的地方就告訴我，我會按照你的要求修改。』

淡然的語調完全沒了前幾天在卡萊爾面前的溫柔多情。提到未來時，卡萊爾也能感覺到兩人之間像是隔了一道鴻溝。卡萊爾心中逐漸升起一股不悅的情緒，就像是他必須去扭轉一項不公平的交易時所產生的不快。

他突然有種無以名狀的衝動，想要回覆艾許的訊息，卻想不到該回些什麼，只好打開今天收到的文件袋。他現在能回覆艾許的，除了關於文件的事情，再無其他。

卡萊爾沉穩地用拆信刀割開紙袋，熟稔地取出文件。裡面只有兩張紙，要稱作合約多少有些馬虎。卡萊爾將紙袋放到一邊，紙張平放在桌上，接著拿起鋼筆深吸了一口氣，飄忽的視線很快移到紙上的印刷字體上。

合約的內容跟它的張數一樣簡短，在「解除婚姻契約書」的標題下，寫著「艾許・瓊斯與卡萊爾・佛羅斯特就解除婚姻相關事項，達成以下協議」。條約只有兩條。

一條是要求艾許必須為佛羅斯特家族與高登侯爵牽線。另一條則寫明只要卡萊爾有需要，可以隨時找艾許幫忙。

簡直是荒謬極了。艾許似乎沒發現這份合約有多容易遭到濫用，好像完全沒想到牽線這件事可能會被扭曲成什麼樣子，自己又可能遭到什麼樣的利用。

姑且不論他知不知道貴族的野心與殘酷可以達到什麼程度，從這份合約來看，一眼就能看出艾許從來沒有擬過合約的經驗，也沒有跟律師討論過。艾許會這樣明顯是因為這是屬於兩人之間的私事，但也證明了他有多天真。

卡萊爾面無表情地粗略掃過內容，與他面色一樣冰冷的手將文件翻到第二頁。原本以為會是什麼附加條款，結果卻是艾許手寫的短短一行留言。

對不起，卡萊爾。

卡萊爾眼睛一眨不眨地盯著那行字，直到眼球乾澀才吐出一口氣。這是明擺著的拒絕。

表示無法與你結婚的拒絕。

他不屬於艾許曾提過的命運，或是愛情，他們的關係已經被溫柔地畫上了句號。這是從開始就定下的結局，沒有任何新的變化，卻讓卡萊爾莫名感到陌生。

莫名的悲戚湧上心頭，卡萊爾不知道原因。是因為自尊心受損？好像有點小心眼又丟人，但不無可能。也有可能是因為第一次被同是 Alpha 的人拒絕。卡萊爾猜想著各種可能性，終究還是放棄了。無論他怎麼思索，都不會有所改變。

卡萊爾抹了把臉，將文件推到一旁。直接接受這份合約對他來說完全有利，但他並不想這樣。心裡愁苦的他閉上眼，過了好一陣子才拿起手機。

距離艾許傳來訊息的時間已經過去一小時，後面再沒收到消息，也沒有那個艾許會在沒收到回覆時發送過來的符號。

短短的時間內，卡萊爾突然發現過去艾許給予他的，是多麼特別的待遇。

『收到文件了。合約書看起來還有些需要補充的地方，我認為應該在明天見面討論後，進行最終修正比較好。建議您請律師同行。』

回覆的訊息非常公事公辦，卡萊爾按下傳送前也猶豫了一下，但反正他本人就是這樣，不符合艾許心意的樣子，沒必要特意再去努力討好他。

他也不禁自嘲，這段時間以來，自己可真是夠努力的。要說他做了什麼，其實也沒什麼特別的，只是被艾許引導著，莫名地捲進了名為艾許的漩渦中。雖然好像說是為了艾許忍耐著做了很多平時不會做的事，但事實上他並沒有感到任何不快。

記憶像手中的流沙般流淌，彷彿艾許．瓊斯這個名字也從他手中溜走了。跟當初對與 Alpha 結婚那麼反感的自己相比，真是可笑。

在卡萊爾內心糾結萬分時，手機震動了起來。卡萊爾的手在他反應過來前，已經拿起了手機。手機螢幕上是艾許傳來的回應。

『明天就是最後一次與卡萊爾私下見面，帶上律師好像太冷酷了。我沒關係的，按照卡萊爾希望的方式進行就可以。』

艾許到最後都那麼天真。明明不知道卡萊爾・佛羅斯特是個什麼樣的人，不知道他可以狠毒到什麼程度，卻如此信任他。明明不能從他身上得到任何東西，艾許光是付出的這點，就天真到令卡萊爾覺得無比煩躁。

卡萊爾對這種起伏不定的情感感到陌生，跟艾許在一起，他總是無法控制自己，總是出現從未發生過的事。從結果看事情很成功，非常成功。卡萊爾反覆提醒自己這個顯而易見的事實，幾次低喃後，原本動搖的內心才慢慢平靜下來。

這才是他熟悉的自己。平和冷靜，沒有任何情緒波動的自己，令卡萊爾感到安心。情緒化只會招來不必要的麻煩，他不想為那種事費神。

『我明白了。』

卡萊爾不鹹不淡地回覆訊息，彷彿剛才內心的狂風暴雨是一場臆想。

『明天要在哪裡見面呢？』

不知道艾許是不是正在看手機，回應得特別快。

『海德公園如何？如果想吃飯，其他地方也可以。』

狀似無意地掃過訊息，卡萊爾想，這男人還真喜歡公園。接著他想起自己名下位於漢普斯特德曠野的房產，要是早點帶艾許去那裡看看，也許他會很喜歡。從他的房子俯瞰下去的漢普斯特德曠野風景算得上不錯。

然而他很快就搖頭揮去雜念。沒必要再跟艾許一起吃午餐，就按照他的要求在公園見面反而方便，他也不必再費心去想其他地點。雖然不知道理由，但就這樣吧。

『瞭解，那約下午一點方便嗎？』

『好，我們約在騎士橋站外吧，就在通往夏菲尼高百貨的那個出口碰面。』

兩人順利地約好見面的時間和地點，卡萊爾猶豫了一下，還是傳了訊息為這次對話畫下句點。畢竟他沒必要刻意做出無禮的舉動，還是打個招呼比較好。

『那就明天再見了。』

『明天見，卡萊爾。』

艾許溫柔的回覆讓卡萊爾心情微妙。他這樣回覆，好像兩人之間什麼都沒發生，只是單純約好見面一樣。卡萊爾盯著艾許訊息中自己的名字半晌，將手機倒扣在桌上，接著把合約放回紙袋裡，跟手機一併放到一邊。稍整衣裝後，卡萊爾重新把剛才在看的工作報告拉到面前。

他想著這不算什麼，很快就會忘卻了。

約好見面的這天，天氣跟第一次見艾許時一樣風和日麗。夏日將近，天空格外晴朗，非常適合在外面散步，但卡萊爾沒有這種心情。

司機將車停在兩人約定的地方，卡萊爾照例提早來到地鐵站外。地鐵站周遭交通本就繁雜，卡萊爾便稍稍遠離了些。

但不遠處是百貨公司，附近的人潮不容小覷，卡萊爾只得勉強選了個人沒那麼多的樹蔭佇足，筆挺的站姿在短時間內就吸引了不少行人的視線。

看看手錶，距離約定的時間還有十五分鐘。卡萊爾面無表情地注視著出口的方向，艾許一向是準時抵達，應該會在一點出現。這樣想著，突然有東西掉在卡萊爾腳邊。是一條手帕，應該是被風吹來的。卡萊爾朝著可能的方向看去，一位慌張的女士朝他跑過來。

「非常抱歉！」

小跑過來的女人身材高挑，盤起的金髮中夾雜一些棕髮，長得很是貌美。從女人靠近時散發的費洛蒙來看，應該是個 Alpha。卡萊爾很少與 Alpha 靠得那麼近，一般來說應該會感到不適，但女人的費洛蒙卻讓他覺得莫名熟悉，彷彿最近經常碰到……

卡萊爾姿勢端正地彎身撿起手帕，上面已經沾染了灰塵。卡萊爾猶豫著是否該將身上常備的手帕借給對方，這也算是基本禮儀，應該不會有什麼問題吧。

「這好像弄髒了，不介意的話，請用我的吧。」

女人因為卡萊爾的話驚訝地瞪大眼，急忙擺手推辭，臉蛋也一下子脹得通紅。

「不必了！」

「如果不是特別貴重的物品，比起弄髒的手帕，應該還是拿我的去用會比較好。」

這沒什麼特別的。出席宴會時經常發生這種事，卡萊爾常會將自己的手帕或圍巾讓給其他人。他從懷裡掏出手帕，女人仍舊紅著臉看他，正欲推拒時……

「卡萊爾。」

聽見自己名字的同時，卡萊爾的手腕被人握住。制止他動作的力道之大，令卡萊爾瞬間有些不悅，但很快因為熟悉的費洛蒙放鬆防備心。轉頭一看，熟悉的臉龐映入視野中，是艾許。

「這種東西可不能隨便送給陌生人喔。」

避免被對方聽到，艾許特意壓低音量對卡萊爾道。艾許的頭髮像是跑亂了，臉上雖帶著笑，聲音卻毫無起伏，像在警戒著什麼似的。

「艾許？」

還沒到約定的時間，艾許竟然提早到了。原本打算叫艾許的姓，與他拉開距離的卡萊爾也許是習慣使然，不小心叫了他的名字。這讓艾許原本僵硬的表情有些鬆動。

這時，站在他倆面前的女人開了口：「艾許利？」

卡萊爾還在想這是什麼意思，眼前的女人便瞪著眼伸手指向艾許。

「你怎麼會在這裡？」

現在才終於看清眼前狀況的艾許也露出驚嚇的表情。

「小娜？」

兩人很明顯是用暱稱稱呼對方，不清楚他們關係的卡萊爾頓住，看著眼前人相配的外貌，再想想艾許曾經與 Alpha 交往的情史，那麼這位可能是他之前交往過的對象，或是……現在正在交往的對象也說不定。

卡萊爾的心情瞬間低落下來。原本還滿臉羞窘的女人突然興奮地靠近他們，接著給了艾許的肩膀一拳。卡萊爾被對方突如其來的攻擊行為嚇到，不自覺將艾許拉到自己身後。

「您這是在做什麼？」

艾許乖順地站在卡萊爾身後。沒看到艾許臉上微妙的表情，卡萊爾對著那個被喚作小娜的女人問道。

女人驚嘆了一下，馬上開口解釋：「啊啊，抱歉，嚇到你了吧？我是娜塔莉・瓊斯，是躲在那邊的傻小子的姊姊。你是卡萊爾・佛羅斯特先生吧？難怪我覺得這個名字很熟悉！」

一股腦兒砸來的情報讓卡萊爾有些反應不過來，對方意外的身分讓他有些不知所措。

「妳在這裡幹麼？」

「今天不是說好要跟克拉克一起吃飯嗎？外公外婆都說要來，就你不知道跑哪裡去。我還想說你有什麼事呢，原來是偷偷跑來見未婚夫啦？」

與原先羞澀的態度不同，娜塔莉立刻變得活潑起來，一看就是個善於主導氣氛的人，跟艾許有些像，又不大一樣。艾許露出了為難的表情。

「反正他們會待到下週，我今天想先跟卡萊爾見面。」

「真是的，既然約在附近，那就一起見個面也好啊。反正大家以後都是一家人了，還藏著人不介紹，你再這樣我要生氣嘍？」

娜塔莉雙手環抱在胸前瞪著艾許，一副被傷了心的樣子。但一跟卡萊爾對上眼，她又像是什麼事都沒發生過一樣，換上了燦爛的笑臉。

「很高興終於能見到您。早就聽說您是個帥到不像話又完美的人，看來真是如此呢。您願意借我手帕的話，我就心懷感謝地收下了！」

娜塔莉還記著剛才的事，伸出雙手示意要接下手帕。卡萊爾糊裡糊塗地正打算將手帕交給她，卻又被艾許制止。

「卡萊爾不能這樣隨便把自己的物品給別人。這不是很珍貴的東西嗎？」

「我不會重複使用手帕，沒關係。」

「哇，真的好像貴族！」

明明自己也繼承了貴族血脈，娜塔莉還是覺得神奇地對卡萊爾的話感嘆起來。認真說，卡萊爾也只有一半的貴族血統，跟他們沒有分別。

「本人都說沒關係，我就收下啦？」

娜塔莉趕緊說道，像是故意要逗艾許似的伸手要拿手帕，但立刻被艾許攔下。他劫走了卡萊爾手上的帕子，將娜塔莉弄掉的手帕推給了原主。

「小娜，這可是克拉克送給妳的珍貴禮物，妳就用這個吧。」

「你這孩子真是的，我兩條都用不就好了？提醒你一下，佛羅斯特先生可是自己要把手帕給我的好嗎？」

「我再買新的給妳。」

「看看，現在就這麼護著未來老公啦，大家都不能碰是吧？」

看起來娜塔莉還不知道他們兩人的婚約只到今天為止。卡萊爾也還沒跟家人說，打算在今天確認完畢後，明天再告訴家裡，沒想到偏偏在這裡遇上了艾許的家人。

「佛羅斯特先生，大家真的都非常想認識你喔！實在是我們艾許利高攀了，外公外婆都很擔心呢。今天能碰到也是緣分，不如一起吃個飯如何？嗯？」

娜塔莉跟艾許長得不大像，磨人的工夫倒是如出一轍，讓卡萊爾不忍心直接拒絕。而且現在如果不告訴她真相，直接拒絕也有些奇怪。

娜塔莉：「別看我這樣，我可是米其林餐廳的主廚。不是我在自吹自擂，但我對自己的廚藝還是很有信心的！想吃什麼都可以，不管你喜歡什麼料理我都能做給你吃，來吧！一起吃個飯嘛，好嗎？」

艾許這時站了出來，畢竟今天是他們兩個打算將一切斷個乾淨的日子，讓卡萊爾出現在艾許的家族聚會上不大像話。他們一開始也只打算短暫碰個面，就應該依照原本的安排拒絕邀約才對。

「小娜，妳這樣讓卡萊爾很為難，下次再找機會吧。」

「那現在訂個日期吧，畢竟外公外婆下週就要回法國了。還有我本來不打算先講的，其實克拉克懷孕了，所以今天實際上是慶祝派對。」

娜塔莉非常失望。瓊斯姊弟這種親近的互動方式對卡萊爾而言相當陌生。艾許則因為克拉克懷孕的消息面露驚訝。

「妳怎麼不早點說？」

「我以為你們都會來啊，所以打算在派對上再說，怎樣？」

艾許臉上閃過一抹愧色，但更多的是掩飾不住的喜悅。

「不管怎樣還是恭喜了，小娜，是我的錯，我竟然又要有個姪子了！」

艾許露出和煦的笑容，看上去是真心為姊姊感到開心。

「既然覺得抱歉，那就是會來吧？」

「這……」

剛才還一臉喜悅的艾許閉上嘴巴，看來還是打算拒絕。在旁邊靜靜聽著的卡萊爾終於過意不去地開口。他不想因為自己跟艾許的關係，破壞了這個值得慶祝的日子。這都是他不夠好才導致的狀況，他應該自己負起責任。

「我不介意。」

聽到卡萊爾的回覆，艾許不敢置信地眨眨眼，轉頭望向他。原本擋在娜塔莉與卡萊爾之間的男人現在整個人面向卡萊爾，抓住他的雙肩，低頭在他耳邊說：「卡萊爾，你不用勉強自己也沒關係，我跟你談完之後再過去就行了。」

「我去也沒關係。跟瓊斯先生為我做的事，還有未來會提供的幫助相比，這點事不算什麼。我們就露個面，再討論合約就好，反正也要等明天才會提出解除婚約的事，不是嗎？」

「但……」

艾許皺起眉，神情複雜。不知道是不是不想在即將結束的關係裡多生事端，也有可能是對他的一點小小善意。

「如果是我越界了，那我向您道歉。」

「不是的，我只是不想給卡萊爾添麻煩。」

「這不是什麼大事。」

出席不自在的場合對卡萊爾而言算是家常便飯，這種程度對他來說算不上什麼。在兩人小聲交談的時候，站在艾許背後的娜塔莉不滿地對弟弟說：「艾許利，談情說愛麻煩慎選地方好嗎？你讓我現在好想念克拉克。」

談情說愛這個詞促使艾許和卡萊爾同時朝娜塔莉看去。

「所以你們決定要出席了對吧？」

艾許像是最後確認般看了卡萊爾一眼，很快點點頭。

「好吧。」

「哇，太棒了，這可是久違的家族聚會！那艾許利，你陪我去買東西吧。」

看來娜塔莉就是為此來百貨公司的。

「妳本來不會在這種地方買食材的吧。」

「食材家裡都有了，我來是打算買酒和零食的，還要順便買外公外婆的禮物。」

聽著兩人的對話，卡萊爾躊躇了一會兒才開口：「你們不介意的話，我可以幫忙購買需要的東西。您要親自下廚，應該要有更多時間做事前準備。」

娜塔莉一聽便拍了一下手，驚訝道：「艾許，你真的是找了個好老公耶。他要不是你的未婚夫，我都要對他一見鍾情了。」

「克拉克知道這件事嗎？」

「開玩笑你不懂啊？你又不是不知道克拉克是我的唯一。我的意思是佛羅斯特先生長得人見人愛，配你真是浪費了，浪費啊。」

卡萊爾很少聽到別人像娜塔莉這般稱讚自己，任何人跟他在一起都不可能是高攀，反倒是他高攀了艾許才對。

「所以妳剛才要這樣勾引第一次見面的人嗎？」

「什麼勾引？單純是佛羅斯特先生帥氣地幫我撿起了飛走的手帕好嗎？我們、外公外婆雖然說是貴族，但沒有這種氣質。看著佛羅斯特先生，就好像在看電視劇一樣。」

娜塔莉熱絡地湊上前來，像個少女般嘰嘰喳喳，與高䠷成熟的外表形成明顯的反差。

「您叫我卡萊爾就行了。」

艾許也是直接叫他名字，卡萊爾想著還是這樣介紹自己比較適當。而娜塔莉跟艾許當初一樣，也很自然地就改口了。

「謝謝你，卡萊爾。那現在就去我們家吧？就在附近而已，離艾許利家也不遠。」

卡萊爾發現，娜塔莉一直稱呼艾許為艾許利。

「我能請教一下，您為什麼會叫他艾許利嗎？」

這不是什麼重要的問題，但卡萊爾還是不自覺問出口。來不及補充說不回答也沒關係，娜塔莉便調皮地笑了。

「一般來說，艾許利的暱稱不是艾許嗎？所以我才反過來叫他艾許利。」

意想不到的答案讓卡萊爾覺得很有趣，他不禁笑了出來。這個暱稱莫名地也滿適合艾許，取得很好。
「您真有才華。」
「他小時候還真以為自己叫艾許利呢。你都不知道他那時候有多可愛……」
「小娜。」
艾許頭痛似的比了個噤聲的手勢。第一次看到好似面對任何情況都不會慌張的男人露出這種羞赧的神情，在卡萊爾眼中也變得可愛許多。明明他現在不應該有這種想法才對。
「好啦、好啦，那就快走吧。兩位男士，請跟我來！」
娜塔莉快活地說著，作勢為兩人帶路。卡萊爾跟上之前又看了艾許一眼，對方果然也正看著他。短暫沉默後，還是艾許先開口。
「謝謝，對不起。」
「沒關係，我也覺得還是要等今天討論完了再跟家人說比較恰當。」
「是吧。」
艾許若有所思地望著卡萊爾，接著對他伸出手。
「走吧。」
隨即又「啊」了一聲，收回手。
「抱歉，我好像養成習慣了。」
卡萊爾差點就要自然地牽上那隻手，這才突然驚覺發生了什麼。
「沒關係。」
不知道講了幾次沒關係，就在他們開始感到尷尬時，娜塔莉轉頭催促他們。
「趕快跟上，不然你們就要迷路啦。」

娜塔莉的超強親和力讓卡萊爾有種自己多了個姊姊的錯覺，他也才發現，剛剛之所以覺得娜塔莉很熟悉，是因為她的費洛蒙跟艾許很相似。

艾許無奈地對他笑笑：「娜塔莉行動力超強又固執，很難違背她的決定。謝謝你願意一起去，你真是我的救世主。」

看見他們開始移動，娜塔莉滿意地點點頭，很快又掏出手機忙碌地聯絡著什麼。艾許和卡萊爾就沉默地跟在她身後。

南肯辛頓周邊的觀光客相對較少，算是比較靜謐的地區，路上行人也不多。

迎著和煦的春風，並肩漫步的兩人一時無言，卡萊爾也暫時難得什麼也不想，只是看著前方。總覺得如果硬要思考什麼，心情就會變得沉重起來。

「卡萊爾沒有什麼小名嗎？」

卡萊爾看向打破沉默提問的艾許。不知道從何時起，艾許顏色各異的雙眸中只倒映著他的身影。

「既然我的小名被你發現了，那也要問問你的吧。我絕對不是有什麼奇怪的意圖喔。」

「……有是有。」

只是根本沒什麼人叫，大概早就被遺忘了。再說，互相叫小名這種事，也不大適合他家那種冷漠的氛圍。

「能告訴我嗎？」

「不是什麼特別的小名。」

「但我還是想知道。」

這樣的對話彷彿回到了幾天前。除了現在他們並未牽著手，其他都像回到了當初。卡萊爾此刻五味雜陳，說不清是好是壞。就算說了，又能改變什麼呢？

反正……

不，他們兩人日後還是會繼續見面的。

「萊爾，但沒有人會叫。」

「很好聽呀？」

「……只是一個名字，確實沒什麼不好的。」

聽了卡萊爾的話，艾許看向前方，以醇厚的嗓音說道：「如果我是卡萊爾的家人，一定會天天叫你萊爾的。」

這話令卡萊爾的心臟一陣緊縮。艾許．瓊斯偶爾就是會展現出如此過分的溫柔，明明不可能成為他的家人，卻還要說出這種話來。

卡萊爾也是從他身上瞭解到，原來溫柔也可以這麼殘忍。

「朋友的話，也可以這樣叫你吧？」

「我沒有告訴過朋友。」

「那我就是第一個嘍？」

每當艾許提問，卡萊爾心裡就會出現兩種截然不同的情緒，一種是毫無用處的某種抗拒感，與想回到幾天前的另一種情感相互衝突。在不相上下的拉扯後，最終還是由後者取得勝利。他實在很難像對待別人一樣對待艾許。從第一次見面開始就是例外，變成這樣的狀況也不意外。

「對。」

「真是榮幸。」

艾許開心地笑了，兩人互動和樂，很難相信今天的約會其實是為了解除婚約。

距離娜塔莉家大約二十分鐘的路程。娜塔莉的房子與卡萊爾經常見到的那種附華麗大庭院的古典西洋式建築不同，而是簡約現代風格的三層樓建築。

娜塔莉一邊招呼他們進門，一邊說明道：「我家是艾許利幫我設計的。這孩子本來想學建築，雖然最後選了其他科系，但還是挺有這方面才華的。」

說到這裡，娜塔莉俏皮地對卡萊爾眨眨眼。

「希望這可以幫我不成材的弟弟加點分啦。」

卡萊爾從沒想過這樣的形容詞會出現在艾許身上。在他看來，艾許從外表到性格都沒有缺點，擁有的資產比貴族差點，但以普通人的標準來看已經是頂尖的程度，能力也相當出眾。

「是我高攀了瓊斯先生才對。」

「怎麼可能？」

娜塔莉擺出嚴肅的表情，突然又面露驚訝。

「你到現在都還是用姓氏叫他嗎？聽說你們已經約會幾週了，以艾許的個性，應該早就會纏著對方要求用名字稱呼他才對啊？」

卡萊爾與艾許立刻對上了視線。如果今天不打算在這裡公開解除婚約的事情，這樣的行為確實會讓其他人覺得奇怪。艾許大概也是類似的想法。

卡萊爾不想破壞這個大好的日子，便露出了公式化的笑容，修正了自己對艾許的稱呼。

「我是擔心失禮，所以比較注意稱呼。」

「怎麼會啦？都是要結婚的人了，沒必要在意這種小事。」

娜塔莉又沉吟了下，雙手環在胸前。

「我不大懂聯姻這種事，想想確實有可能會覺得尷尬，但既然你們見了面也決定要跟對方結婚了，今天就嘗試親近一些吧，你們看起來真的很登對喔。」

看來艾許跟他一樣，都是先跟家裡說他們同意接受聯姻。可娜塔莉說他們登對這件事，還是讓卡萊爾覺得頗微妙。

「這樣不行，果然還是要喝點酒才能打破這種尷尬的氣氛。卡萊爾，你喝酒吧？」

「我還滿喜歡的。」

「艾許利，我真是越來越喜歡卡萊爾先生了。」

艾許無語地看著娜塔莉，傾身偷偷告訴卡萊爾。

「娜塔莉喝起酒來可是沒人能攔住的，確實傳承到英國人的血脈了。」

「卡萊爾，艾許可是一個只喝得下甜酒的假英國人啊，酒量也糟得很。」

艾許笑了起來。

「卡萊爾不是看過我喝雞尾酒嗎？你覺得我的酒量如何？」

「……不大清楚，我還沒看過您喝醉的樣子。」

「是嗎？這傢伙喝醉的話會很搞笑喔。」

「小娜，妳才是更誇張好嗎？」

姊弟倆就這樣圍著卡萊爾互相掀對方老底，幼稚的舉動讓卡萊爾打從心底噗哧笑了出來。

「那我們今天就不醉不歸啦？」

「這樣會被克拉克罵吧？」

「今天這種日子他會放過我的，多大的喜事啊！」

瓊斯姊弟關係真的很好。卡萊爾看著他們一來一回地調侃對方，感受到了一股前所未有的安心。他從來沒在家中見過這種充滿歡聲笑語、暢所欲言的情景，彷彿就像是另一個世界。

「不行不行，我們今天一定要喝個盡興！」

被挑起興致的娜塔莉發出邀請，但艾許看了卡萊爾一眼，還是搖搖頭。

「小娜，卡萊爾很忙的。」

聽到艾許拒絕，娜塔莉面露失望之色。

「抱歉啊，我沒有強迫你的意思。」

如艾許所說，卡萊爾之後確實有其他安排。他原本的打算就是跟艾許見面確定合約內容及何時該告訴雙方家長解除婚約，沒必要特意留出太長的時間。

「沒關係，我今天沒有別的行程，可以盡量待到派對結束。」

卡萊爾說出口的話跟他腦中想的不同，艾許也一臉驚訝地看向他。

「太棒了！」

娜塔莉像是想起什麼，拍了一下手。

「啊，現在沒時間在這裡瞎折騰了，艾許，過來幫我。卡萊爾是客人，就先去休息吧，要隨便逛逛也可以。啊！你愛吃什麼？我都可以做。」

「我不挑食，任何料理我都會好好品嘗的。」

「卡萊爾真的好紳士喔。艾許利，你真有福氣！」

娜塔莉戳戳艾許的腰調侃道。艾許掃了卡萊爾一眼，柔柔地笑了。

「嗯，是我的福氣。」

明知道艾許只是在敷衍，卡萊爾有一瞬間仍是只能盯著他的臉，然後想起了那件他一直很在意的事——既然覺得我好，為什麼不同意結婚呢？是不能跟我結婚嗎？

想到這令人挫敗的事情，頓覺羞恥的卡萊爾移開了視線，朝娜塔莉指示的二樓走去。要求客人做事本身就不合禮儀，卡萊爾也沒想著要拒絕娜塔莉的好意。

二樓的小客廳有一整面落地窗，蒼翠欲滴的綠植襯得室內更加溫馨。旁邊還有幾個房間，但卡萊爾沒有窺伺他人臥室的習慣，便只在客廳裡閒晃。

滿牆的相框非常吸睛，多是家人的合照，以娜塔莉跟另一名應該是叫做克拉克的男人的照片居多，中間也摻雜了少數艾許的照片。

卡萊爾還看到了艾許小時候的照片。穿著白色制服的艾許燦笑地望向某處，是卡萊爾從未見過的樣子。當然他本來就對艾許還很陌生。

即使知道艾許的家世，但對於他的過去、他的人生、他的朋友，卻是一無所知。卡萊爾也不知道艾許跟多少人交往過，不知道他喜歡什麼樣的人，甚至連最重要的，艾許究竟為什麼需要拖延時間，他都沒有頭緒。

如果能早點找出這個原因……是不是就能以此要求艾許跟他結婚？

冒出這個想法的卡萊爾覺得自己非常可笑。當初聽到聯姻時滿心不樂意的他，覺得羞恥的他，認為絕對不可能跟 Alpha 結婚的他，到底為什麼會對與艾許的婚事如此留戀？

就在他試圖甩去腦中越來越複雜的思緒時，樓下傳來了熱鬧的人聲。卡萊爾正想下樓看看是不是又有訪客，便有人先行走上樓梯。是一對年長的老夫婦。不用介紹，他就能猜到他們是艾許的外祖父母。

「哎呀，很高興見到你。」

兩方就這樣對上了眼，老夫人率先跟卡萊爾打招呼。老夫人一頭明顯由金褪白的長髮盤起，上了年紀也難掩優雅之姿。她身側的年長紳士同樣神采奕奕，歲月只在他身上增添穩重。

「你好啊，卡萊爾先生。」老紳士也跟著開口。

可能剛才已經從孫兒們口中知悉，老夫婦一下子就認出了卡萊爾。卡萊爾微微低頭，鄭重地向兩人伸出手。

「初次見面，我是卡萊爾．佛羅斯特。」

老紳士露出笑容，和藹的臉上流露出對卡萊爾的滿意之色，同時回握住朝自己伸來的手。從他的微笑中不難看出艾許的個性遺傳自誰。

「我叫克勞德．佛列特，你大概沒在社交場合上見過我。」

老紳士的手柔軟且溫暖，一旁的老夫人也上前自我介紹。

「我是伊凡．佛列特，結婚之前姓阿斯翠絲。家中長輩曾位列貴族，但那已經是很久以前的事了，把我當作一般人就行。」

卡萊爾曾聽過這個姓氏。阿斯翠絲家族擁有法國最大的保險公司，法國現在已經沒有所謂的貴族，但上流階級的富豪中仍有人繼承了貴族血脈。

伊凡．佛列特屬於伯爵一脈，根據之前調查的情報，她也是經營著珠寶公司的執行長兼設計師。

「很榮幸能見到二位。」

卡萊爾一板一眼地問候，伊凡笑著給了他一個擁抱。不習慣以擁抱作為見面禮的卡萊爾有些慌張，戰戰兢兢地配合伊凡的高度放低身子。

「因為開局不好，所以我們一直很擔心，現在知道你是一位謙遜的紳士，我們就放心了。本來還擔心是不是會給你添麻煩，真高興能見到你。」

「小娜也難得那麼興奮呢。」

佛列特夫婦一點也不像貴族，由內而外散發出來的優雅氣質，以及樸素的著裝和平易近人的話語，堪稱「和藹的祖父母」的典範。

「來吧，你別自己待在這裡了，下來跟我們聊聊天，我們可是有很多事想問你呢。聽說你喜歡品酒，我們帶了好酒來。雖然天色尚早，但一起喝點也無妨。」

伊凡對卡萊爾眨眨眼，克勞德則在一旁假意斥責。

「妳該少喝點酒了。」

「真是的，我最近可一杯都沒喝，今天就讓我小酌一下吧。」

「只有今天啊。」

兩人以禮相待又不失親暱，可以看出他們感情甚篤。卡萊爾的父母雖然深愛彼此，表現方式卻與他們截然不同。彷彿來到陌生世界的卡萊爾一時無語，順勢被克勞德拉著往樓下走。

「走吧走吧，注意臺階。」

「哎呀，事情變得有趣起來了呢。」

拉著卡萊爾下樓的佛列特夫婦，就像是卡萊爾從未真正擁有過的外祖父母。

娜塔莉的廚藝果真如她所說，短短的時間內就做出了一桌宛如米其林餐廳端出的美味佳餚。大家在伊凡的提議之下先開了酒，娜塔莉端出下酒的點心，包括完美入味的檸汁海鮮及章魚料理，還有她親手做的核桃奶油搭配蘇打餅乾。

在主菜上桌時，娜塔莉的丈夫克拉克回到家了。剛從醫院下班的他，比 Omega 的平均身高略高，有著一頭橘紅色的頭髮，臉上帶著些雀斑，是個害羞的俊美男子。

與卡萊爾寒暄完，克拉克接過娜塔莉特意為他準備的無酒精雞尾酒，也在桌邊落坐。在座眾人一同為他懷了寶寶慶賀，正式開始用餐。

娜塔莉準備了鰻魚料理，搭配甜菜根與辣根做成的醬汁，還有克拉克喜歡的，加入蔓越莓豆及番茄、蘿蔔燉煮成的湯。主菜是鴨肉和羊肉料理，美味可口的料理陸續被端上桌來。

卡萊爾坐在艾許身旁，兩人被迫在席上故作親近，但艾許也實在是對他太過體貼，幾乎要讓他以為這場飯局真是為了慶祝他們訂婚和克拉克懷孕。

每當有餐點上桌，艾許就會率先取一些放到卡萊爾面前，甚至打算幫他把肉切成小塊，嚇得卡萊爾連忙制止。更不用說斟酒，這也是艾許包攬的工作。

艾許像是幾天前那樣親密地靠近卡萊爾，這樣下去又會讓他開始胡思亂想。卡萊爾無法不在意兩人不經意擦過的手臂，還有艾許笑著回答克勞德或伊凡的問題時，在他肩上來回摩挲的手掌。

卡萊爾不小心在桌面下碰到艾許的手時，都會僵硬地把手移開，隨著幾杯黃湯下肚，他開始不再迴避艾許的碰觸。但在艾許的手指像是要纏上來時，卡萊爾還是調整了一下呼吸，將手抽走。

正如艾許所說，娜塔莉的酒量相當好，大概是遺傳了伊凡的酒鬼基因。伊凡臉有些紅潤，看起來卻沒有醉態。克勞德喝到一半就投降了，獨自喝起了茶。從沒喝醉過的卡萊爾則像個沒事人一般。

「竟然已經六點了？」

還是克拉克驚訝出聲，眾人才發現時光飛逝。克拉克似是頗為疲憊，畢竟他現在的狀態無論做什麼都很容易累。娜塔莉這才瞪大眼，驚慌地催促克拉克去休息：「親愛的，你一定很累吧？天啊，怪我太興奮了，竟然沒發現。你快回房裡休息吧，嗯？」

「不用啦，沒關係。」

「什麼沒關係，快去休息。」

縱使克拉克表示不用在意，伊凡還是擔憂地站起身來。不知道克拉克是不是原本就容易臉紅，他的臉上泛著薄紅，歉疚地看向卡萊爾，自責破壞了氣氛。但時間確實也不早了。

「對不起啊，卡萊爾先生，我本來也該待到最後的，但身體實在是不聽話。」

「請別介意，我也差不多該離開了。您還是趕緊去休息吧，改天我再讓人送些補品來。」

「啊，您不必這麼客氣。」

還在擺手婉拒的克拉克被伊凡拉走，克勞德則在旁邊哈哈大笑。

「卡萊爾先生真可靠啊。」

「就是說啊。我還是第一次遇到酒量比我好的人，不覺得更棒了嗎？你真的完全沒醉嗎？卡萊爾？」

娜塔莉親密地環住克勞德的肩，好奇地問道。雖然不像優性 Alpha 一樣身強體壯，但卡萊爾的酒量似乎是與生俱來的，在他的記憶中從來沒有喝醉的經驗。

「是的，應該體質就是如此。」

「真是好險，你看艾許已經醉了，有卡萊爾在我就放心啦。」

卡萊爾聽著這話，疑惑地看向艾許。對方的狀態與平時無異，正想著娜塔莉是什麼意思，艾許便笑得眉眼彎彎，露出比平時更燦爛的笑顏。

「卡萊爾，幫我罵罵小娜吧，她一直逼我喝酒。」

艾許一邊說著，一邊像小狗般將臉貼在卡萊爾肩上磨蹭。像是被摸臉的這種過於親密的舉動，讓卡萊爾一下子僵在原地。

「誰逼你喝了？傻子，快起來洗把臉。」

娜塔莉放開環抱克勞德的手，轉而走去將艾許從椅子上拉起。艾許走路的樣子不像是醉酒的人，可想想他剛才的舉動，娜塔莉說的應該沒錯。

「他要是露出這種蠱惑人心的笑容，那就是醉了。唉，以前他因為這樣惹了不知道多少麻煩，都是我在替他收拾爛攤子。」

「小娜以前很調皮，曾經騙過還小的艾許喝酒呢。」

克勞德見縫插針地偷偷告訴卡萊爾。

「外公，這種事就沒必要說了，不要破壞我在卡萊爾心中的好印象呀。」

和樂融融的氣氛讓卡萊爾覺得有些壓力，卻也令他微妙地感到安心。看著恣意笑鬧著的一家人，卡萊爾出神地想起了祖父一貫端著的模樣。

他並不知道家人之間能夠這樣其樂融融地相處。眼前的情景讓卡萊爾足以理解艾許為何能長成如此溫柔又正直的人，也讓他腦中突然浮現一個念頭。

——好想成為他們的一分子。

突如其來的欲望讓卡萊爾倍覺陌生。只要他是艾許的未婚夫，就能繼續待在這裡，這點讓他感到心安。這種安心感是他從未感受過的。溫暖的空氣與廚房傳來的食物香氣、照亮這一切的燈光，都像是電影中的場景。

雖然有人說過卡萊爾的生活像是一部電影，但對卡萊爾而言，一家人普普通通地聚在一起吃飯，暢所欲言地交談，才更像是電影。與艾許・瓊斯越親近，就讓他越感受到這點。他們之所以會是如此不同的人，原是其來有自。

如果跟其他 Omega 交往，也會看見這樣的光景嗎？腦海中突然蹦出來的疑問，似乎早已有了答案。若對方是貴族，那是不可能的。卡萊爾所知的貴族家庭，與這樣的相處模式、這樣的和樂氛圍都隔著天塹。若無法誕下優性 Alpha 子嗣，他與成為他配偶的 Omega 會被如何看待，也都顯而易見。

正因如此，卡萊爾才不反對與艾許．瓊斯結婚。

卡萊爾從一開始就沒打算放棄。既然祖父希望他們結婚，那就是他必然要達成的期望。雖然棄子的角色讓他覺得羞恥與羞愧，但這是他必須承擔的。與 Alpha 結婚縱然會讓他們一輩子擺脫不了流言與異樣的目光，但至少，他不必再承受祖父對優性 Alpha 後代的執著。

不只如此，越瞭解艾許這個人，卡萊爾就越能感受到他究竟是多麼好的人。卡萊爾完全不討厭他的言行，即使覺得陌生，卻並不反感。卡萊爾後來決定推開艾許，是因為艾許．瓊斯從一開始就提了結束。

卡萊爾垂眼看向那隻時不時就被艾許碰觸的手。每次接觸傳來的麻癢感，似乎還殘留在手臂的肌膚上。他伸出另一隻手搓揉著手背，但始終無法抹除那種異樣的癢意。

在他望著手背出神時，娜塔莉帶著艾許回到了桌邊。洗過臉的艾許額髮微濕，展露出別樣風情。

「他醉了，今天看來只能喝到這裡了。外公，可以嗎？」

「正好我也累了。妳外婆體力還真是好啊。」

克勞德說著看向卡萊爾。

「卡萊爾還好嗎？想繼續喝的話也可以喔。」

卡萊爾搖搖頭。

「不用了，剛好我晚上也有事，您還是早點休息吧。」

「呵呵，這樣啊。我都忘記今天是你們約會的日子，是我們打擾了。」

卡萊爾想說不是這樣的，無奈情勢如此，娜塔莉也將艾許推了過來。

「對喔，都怪我硬要拉著你們來！現在還早，你們快去享受兩人世界吧。」

艾許乖巧地走到卡萊爾旁邊，綻出美麗的笑容，一把抱住了他。突然被擁入懷中的卡萊爾頓覺不知所措。

「沒關係，我們改天再約就好了。艾許已經醉了，還是留在這邊過夜比較好。」

「唉唷，你還不知道嗎？」

娜塔莉露出意味深長的笑，「艾許可認床了，在陌生的地方會睡不著。看起來可能不像，但他其實很敏感喔，除非萬不得已，否則一定要回家。就算留在這邊，他凌晨也是要回家的，所以你還是現在就把他帶走吧。」

卡萊爾不知道這種事。他張著嘴無法反駁，因為他們，至少現在還是有婚約的關係。

「走路去他家大概只要十五分鐘，不會太遠啦。正好順便散步醒醒酒？路上風景也很美，你們就好好享受吧。」

看著比他們本人還興奮的娜塔莉，卡萊爾不得不接受了她的提議。

「我知道了。」

「他也還沒醉到不省人事的地步，會好好為你帶路的。」

艾許的家人都很有行動力，克勞德剛起身，伊凡正好從樓上下來。

「哎呀，已經結束啦？」

「外婆，現在要放他們去過兩人世界啦！」
「唉！看我這腦子。抱歉呀，你們快回去吧。」
伊凡也配合著娜塔莉的悄悄話，裝模作樣地催促兩人離開。卡萊爾還沒來得及反應，人就被簇擁到了玄關。笑望著他倆的伊凡和娜塔莉抱了抱艾許，接著也給了卡萊爾一個擁抱。溫暖的懷抱讓卡萊爾渾身僵硬。
「今天很開心，你們結婚後也常來聚聚吧。」
站在伊凡身後的克勞德表達認同之意。
「幸好艾許遇到的是好人。我們年紀大了，腦子不大靈光了，你若不嫌棄的話，就常來看看我們吧。」
「外公別擔心，我會把他們拖來的。」
娜塔莉說著握住卡萊爾的雙手。
「今天真的謝謝你能來。我們家艾許利很不成材，但以後還是拜託你了。」
卡萊爾實在無法在他們面前說出今天其實是他們最後一次見面。他未曾如此慶幸自己有著一張撲克臉，至少能在這些人面前面不改色地說謊。
「謝謝你們的招待，我今天也很開心，下次請務必讓我回請以表示謝意。」
嘴上說著只有他知道不會到來的下次，卡萊爾心裡泛起一陣刺痛。
「那有什麼問題。」
「那我們就先離開了，下次再來叨擾。」
卡萊爾頷首致意，猶豫了一下還是牽起了艾許的手。雖然艾許能自己走，可他無法放任喝醉的人不管。艾許露出意味不明的笑容，乖順地緊緊握住卡萊爾的手。這個比卡萊爾高大又年長他一歲的男人，此刻看起來就像是個不諳世事的小男孩。

街邊的路燈逐一亮起，他們在微涼的晚風中慢慢走著。兩人的身影在夜幕下拉得長長的，緊握著的手的倒影看起來幾乎融為一體。

卡萊爾不討厭手上傳來的溫度，也不排斥牽手。現在也是這樣想，但他知道已經不必再演下去了。艾許自己一個人也能走得很穩，沒理由再牽著他。

「您住在哪裡呢？」

卡萊爾邊問邊打算鬆開手，卻被艾許牢牢抓住。

「再牽一下下。」

艾許低聲道，聽起來一點也不像喝醉的樣子。卡萊爾一瞬間差點受到迷惑，想就這樣被他一直牽著手。

但他心裡很快又湧上另一種情緒，正如昨晚一般，對於被艾許牽著鼻子走的自己感到悲哀又氣憤。這種情緒讓他羞恥又慚愧，卻無法克制自己。

「現在沒人在看了，你不用這樣。」

艾許沒有出太大的力氣，卡萊爾輕易就甩開了他的手。艾許的手無力垂下，站在路燈下的他垂眸凝視著卡萊爾，而卡萊爾也沒有迴避他的視線。

卡萊爾快要受不了了。他討厭現在萌生的情緒，討厭內心動搖的自己，一切都亂了。他不禁怨怪起剛才感受到的溫度，埋怨對方是艾許·瓊斯，還不如什麼都不知道，他也不會有那麼多亂七八糟的想法。

「你生氣了？」沉默著的艾許問。

「沒有。」

「我感覺得到你在生氣。雖然卡萊爾的臉上看不出來，完全無跡可尋，但現在看上去像是在生氣。」艾許一臉悲傷，「我很會看人的，尤其善於察言觀色。我就是這樣長大的，卻看不出卡萊爾你到底在想什麼。」

那是當然的。如果說艾許是這樣長大的，卡萊爾又何嘗不是在努力控制自己、不洩漏任何情緒的狀況之下成長的呢？太容易被看透，對他來說可是最大的恥辱。

「所以我今天就要藉著酒勁問問你，我一直很想知道，」

艾許用力閉上眼，爬梳著頭髮煩惱了好一會兒。在夜晚的蟲鳴與路人的交談聲都逐漸遠去，卡萊爾幾乎要窒息時，他才終於開口。

「你想跟我結婚嗎？」

艾許的問題尖銳地刺穿了卡萊爾的心臟。他吐出胸中憋著的悶氣，握緊了拳頭。他之前早已給過答案。

「我記得一開始就跟您說過了。」

「你是說你沒有異議，而不是說你想要。你只是像個接到命令的軍人，陳述著你應該要做的事。」

艾許想問的是更根本的問題。

「我想問的是，卡萊爾你現在的想法還是跟當初一樣嗎？不只是因為你必須要做，而是你是不是真的想跟我這個人結婚。」

卡萊爾像是碰上了難解的問題，不知如何是好。不，應該是相反，他只是把有著明確答案的問題包裝成難題。卡萊爾回憶起剛剛的互動，回憶起他們見面的點滴，隨著每次見面，他心裡的抗拒一點一點地在消散。

「就算我回答了，也不會改變任何事。」

卡萊爾的防衛機制先一步開啟。他徒勞地發現，被人拒絕，是他唯一無法耐心面對的事。就算他已經習慣被蔑視、被責罵，但他萬萬不想再經歷一次期望落空的感覺。

「不，不一樣。」艾許堅決地說。

「所以，請告訴我，卡萊爾，你想跟我這個人結婚嗎？還是跟誰都無所謂？」

直覺告訴卡萊爾，這將是他人生的轉捩點。他嘴唇微顫，原本帶來修改的合約壓在胸前，如果真要分析，他沒理由一定要接受艾許．瓊斯。

但卡萊爾不想讓祖父失望。對，就是這樣。

「如果一定得結婚……」

卡萊爾調整了一下呼吸，接著說下去。

「跟您比較好。」

這已經是卡萊爾能做出的最好回應。無論是喜歡您或沒有您不行，這種話對卡萊爾而言都是天方夜譚。他已經盡了最大的努力，才能說出這句話。

聽了卡萊爾的回答，艾許陷入沉默。雖然他說自己無法讀懂卡萊爾的內心，可卡萊爾反而覺得自己才是完全不懂艾許的想法。不知道是不是因為他們兩個的性格相差太多，卡萊爾總是無法理解艾許那些溫柔舉動背後的意義，所以才經常產生錯覺。

「我還有一件事想確認……」

經過長時間的煩惱，艾許再度開口。

「艾許，我不明白您為什麼要講這些，結論不是已經很清楚了嗎？您說您不想跟不愛的人結婚，我也不想強迫您……」

「就是因為我變得比想像中更喜歡卡萊爾你才這樣說。」

艾許突襲般的告白讓卡萊爾瞪大雙眼。

「實際見過面後，我覺得你跟我想像中的很不一樣，所以上次宴會才會那樣愚蠢地去纏著你。我就老實說了，我也不知道這是不是愛。我所知道的愛情是一種非常強烈的感情，但卡萊爾跟其他人不一樣，我從沒這樣與人談過戀愛。如果我們這樣的相遇也是命運安排……」

艾許凝視著卡萊爾。

「我們來做個實驗吧。」

「什麼……」

「跟我來，這樣就能弄清楚了。」

艾許的態度不容拒絕。事情正在往無法預料的方向前進。卡萊爾知道，這次的選擇跟剛才一樣，他正站在人生的岔路上。

艾許朝他伸出手。卡萊爾看向面前的白皙大掌，知道只要自己握住了，很多事就會不一樣。他討厭捉摸不透的變數，無法預測的事物帶來的風險很大。

明知如此，他最後還是握住了艾許的手。

艾許家跟娜塔莉說的一樣並不遠，跟著艾許大步流星的步伐，他們沒幾分鐘就來到他位於諾丁丘邊界的住宅。那是幢一眼掃過去都相當顯眼的美麗建築，但他們現在沒有餘裕欣賞。

艾許打開大門，穿過庭院，像是冷靜了下來，卻又帶著點急躁，未知的緊張感環繞在他們周圍。到達玄關，艾許才終於停下腳步，轉身看向卡萊爾。他的頭髮已經在步履匆忙間變得散亂，落在額前。昏沉的陰影打在他臉上，營造出奇異的氛圍。

「這可一點都不浪漫。」

艾許低沉的嗓音有些乾澀。

「也不是我想像過的第一次。」

卡萊爾頓時明白艾許打算做什麼，因而確定了接下來可能發生的事。關於艾許說的實驗究竟是什麼。

「你知道我在說什麼嗎？」

艾許像是會讀心般問道。低低的嗓音在只有他們兩人站著的玄關迴盪，卡萊爾從未體驗過的某種情感縈繞著，緊張蔓延。艾許牽著他的手轉為緊握著他的手腕。

不輕不重的勁力順著手腕一路往上攀爬，卡萊爾覺得下腹緊繃。他知道這是什麼感覺，是他在發情期時，在 Omega 面前曾感受到的興奮。但又有點不同，那是種從大腦生出的興奮感。

卡萊爾從未想過自己會因為 Alpha 產生這種感覺，畢竟他們的生理構造所賦予的本能並不會吸引彼此。討論結婚時，總是被他刻意忽略的事情現在成了現實。他的大腦瞬間一片空白。

「這個……一定要現在確認嗎？」

卡萊爾根本不知道怎麼做，一切來得太過突然。他原本以為就算結婚了，這件事情也要過很久才會發生，所以更加手足無措。

艾許湊近他，單手撐在牆上彎下身，抓住卡萊爾的手將他拉向自己。俯視著卡萊爾的雙眼眸色轉深，眼神炯炯有神。

「你都不知道 Alpha 跟 Alpha 要怎麼做，就打算結婚嗎？」

艾許的語氣像是責備，接著又低低笑了起來。

「你感覺根本不知道我們接下來會做什麼。」

抵在卡萊爾手腕上的拇指動了起來，在從未被人碰過的內側軟肉上細細摩挲。搔癢感擴散開來，卡萊爾的肌膚上泛起了疙瘩。

「你那麼單純，要怎麼跟我結婚？」

「我並不單純。」

卡萊爾艱難地開口反駁。他從未像這樣屈居弱勢，尤其是在這種事上。明明總是扮演主導的一方，卻被艾許當成純真小兒看待，令他忍不住開口反駁，但艾許只是笑。

「你確定你承受得起？」

卡萊爾不知要承受什麼，但大概能猜到艾許的意思。反正不都差不多嗎？不過就是插入的人不一樣，敏感帶都差不多。而且他跟艾許想的不同，也是經驗豐富。

「這種無視人的發言很令人不快。」

「好吧。」

艾許神祕一笑，慢慢放開手，一邊盯著卡萊爾，一邊靠向門邊，不用看密碼鎖就輸入了密碼。艾許一眨不眨，像是要將他吞吃入腹的視線，讓卡萊爾感到呼吸困難。

「嗶」的一聲，門開啟的瞬間艾許便站直身體，落下的陰影將卡萊爾籠罩住。

「這就是實驗。我不打算在婚後連老公的一隻手指頭都不碰，所以等今晚過後再決定是否要在一起吧。」

艾許打開大門。

「我在床上可沒有那麼好對付喔。」

卡萊爾嘴唇發乾，視線轉向隱隱瀰漫著艾許身上氣味的室內。在一片漆黑中，仍舊能依稀看出室內裝潢是跟男人的個性如出一轍的乾淨簡潔風格。看著眼前的擺設，卡萊爾稍微喘了一口氣，緊握著拳又放開，率先走進了屋裡。

玄關的門很快關上，艾許的笑聲在他背後響起。

卡萊爾對有目的的性愛並不陌生。與對自己有興趣的客戶主管上床並不稀奇，每到發情期也必須跟祖父指定的 Omega 發生關係。當然，這些對象全都是 Omega。

艾許笑著將卡萊爾帶到浴室，在艾許表示自己會去其他浴室洗澡後，卡萊爾便關上門。他的心臟跳得太快，一下子想不起該如何是好，只能無力地靠在浴室門板上。

卡萊爾雙手撐在膝上，完全沒想到事情會發展到這個地步，他必須好好整理腦中的紛亂思緒。首先只要壓抑住對與 Alpha 發生關係的排斥感就好，其他的應該都一樣。

他有在飯店以外的地方與人發生過關係嗎？好像沒有。他從來不會因為衝動與人上床。在家發生關係又顯得太過親密，他不會允許這種事發生。

他一邊想著，一邊打開蓮蓬頭，溫度恰到好處的水灑下，在地上形成的水窪慢慢流淌至他光著的腳下。凝視著不斷灑落的水花，半晌後他才踏進水中。水柱弄濕了他總是梳得整整齊齊的頭髮，順著他蒼白的頸項流下。

水流沿著卡萊爾寬闊的肩線，滑落到緊實的胸肌上。平時穿著西裝時看不清楚，但實際上卡萊爾的腰肢相比胸肩來得細窄。順著纖細的腰線，卡萊爾全身很快被打濕了。

他慢慢放鬆下來。從沒想過事情會變成這樣，可如果能讓艾許對結婚這件事回心轉意，他勢必得抓住這次機會。縱然他沒預料到艾許會以這種方式改變心意……

『就是因為我變得比想像中更喜歡卡萊爾你才這樣說。』

耳邊又響起了艾許的低語。想到這裡，卡萊爾便覺得全身滾燙起來，心跳得飛快。是不是水溫太高？他調低了溫度，卻仍無法澆熄體內的烈火，腦中只有艾許看著自己講話的樣子。

敲門聲突然響起。聽見夾雜在水聲中的叩門聲，卡萊爾緩緩關上水龍頭。敲門的人是誰不言而喻。

「……艾許？」

「卡萊爾，能開個門嗎？」

卡萊爾眨眨眼，想著艾許這麼問應該是有什麼急事，於是猶豫著走向門邊，披上了浴袍才將門稍微打開一些。從半開的門縫中，可以看到艾許站在門前。

走廊的燈已經打開，卡萊爾能清楚地看見艾許的臉，濃眉下是一排帶著水氣的睫毛，顏色迥異的雙瞳看起來格外明亮，身上穿著跟他一樣的浴袍。意識到自己的視線無意間停留在艾許露出的後頸及鎖骨上，卡萊爾慌忙移開視線。

「有什麼事嗎？」

「我想了想，有一件事我應該為你服務。」

「……您說的是什麼？」

「嗯。」

艾許露出魅惑的笑。

「先說的話，你可能就不會讓我進去了。」

總覺得怪怪的，卡萊爾躊躇起來。雖然等一下出去也得裸裎相見，但立刻就要共用浴室也有些尷尬。他從不曾在這種私密的空間裡與人發生關係，更別說跟別人一起洗澡。

就在他因為羞赧而猶豫不決之時，艾許蠱惑般輕聲開口。

「萊爾，讓我進去嘛。」

那線條優美的唇瓣中吐出他今天剛告訴對方的小名，卡萊爾瞬間呆住。放鬆戒備的瞬間，就被艾許無比自然地登堂入室，他慌忙地想關門卻為時已晚。浴袍寬鬆地套在身上的艾許，代替他將門關上。

「……我沒想到您會叫我的小名。」

「只要結婚，你每天都能聽到。」

艾許一邊說，一邊自然地脫下浴袍。他外表溫和無害，身體卻相當結實。卡萊爾先前無意間碰觸到時，就隱隱能感覺到他身材不錯，但他的肩膀遠比他想的寬多了。比他更加壯實的胸腰尺寸，還散發著一種微妙的威壓。

再者……

卡萊爾無意窺探對方的裸體，視線卻還是忍不住下移，然後瞬間屏住了呼吸。就在卡萊爾僵立當場說不出話時，艾許已經自動自發地上前幫他脫掉浴袍。剛才還來不及繫上腰帶的布料，一下子就滑落到地上。

「快過來。」

性器的大小並不完全由性別決定，可艾許的尺寸確實是卡萊爾看過的人裡最壯觀的。兩人的身軀剛貼在一起，就能感受到那處無法忽視的存在感。與人肌膚相貼的感覺太過奇怪，卡萊爾不覺顫抖，心臟像是要爆炸一般。

「艾許，等等。」

卡萊爾抓住艾許的肩膀試圖阻止，奈何徒勞無功。艾許的長臂環住卡萊爾腰間，直接將他帶進淋浴間。濕滑的地板迫使卡萊爾下意識抓緊艾許，接著便被按在牆上。

「萊爾要是逃跑了可不行，就先這樣吧。」

「您在說什……」

搞不清楚狀況的卡萊爾想開口詢問，卻被再次噴灑出的水流止住了話頭。水柱灑落在兩人身上，艾許用背擋下了大部分的清水，朝卡萊爾伸出手，腳則擠進他的雙腿之間，大腿更是擠壓著卡萊爾的性器。

「你比我想像的還美。」

艾許輕輕撥開他濕透的髮絲，溫熱的水與輕柔的動作讓卡萊爾緊繃的身體慢慢放鬆下來。濕漉漉的艾許性感得令他心臟發疼，無法將視線從他臉上移開，也無暇顧及他的動作。

「不只是臉，連身體都很美。」

艾許笑著緩緩與他肌膚相貼，柔軟的唇瓣停在卡萊爾耳邊。在水氣滋潤下越發柔軟的唇輕輕觸碰著卡萊爾的耳廓、耳垂，接著吻上臉頰。很癢。

「艾許，洗澡……我們分開……」

卡萊爾喘不過氣，擱在男人肩上的手想推拒，對方卻紋絲不動，又或者說他根本不是真心想推開對方。

「我本來是這樣打算的，但萊爾好像誤會了。」

細細密密的吻不斷落在卡萊爾的臉頰與後頸上，艾許的手也動了起來。他的雙手拂過卡萊爾光滑的背，緩緩順著凹陷處一路往下愛撫。卡萊爾很快便感受到腰際被人握住，接著下腹處傳來一陣壓迫感。

「嗯，好像有點窄。」

他聽見艾許低聲喃喃，語氣中還帶著點擔憂。卡萊爾想問他是什麼意思，艾許已經開始吻他的後頸，讓他說不出話。不過是嘴唇落在肌膚上，卻快要將他逼瘋。

在腰上探索著的手很快有了新的目標，一手緩慢地向前移動，另一手則是……撫上卡萊爾的臀部。

「……嗯？」

卡萊爾瞪大眼，不知道為什麼要碰那處。與他對上視線的艾許一下子笑了起來。

「嗯，沒錯。」

「等等……」

卡萊爾的心沉到谷底，這次是真的想推開艾許了，但男人依舊快了一步。

他的手滑入卡萊爾被水澆濕的臀瓣之間，飽滿而富有彈性的臀肉已經變得濕滑，艾許的手指輕輕鬆鬆就碰到了入口。

「這是……」

卡萊爾掙扎著，意外的狀況令他慌亂不已，從沒想過身為 Alpha 的自己有一天會需要用到那處。這個動作也讓他瞬間明白艾許剛才說的話是什麼意思。

「艾許，等等，這……這、這好像不對。」

卡萊爾氣喘吁吁地努力掙扎，但艾許沒有聽從他的請求。在皺摺上輕柔愛撫的手指帶來一陣陣酥麻感。

「哼、嗯！」

嘴裡無法控制地溢出不像自己的呻吟，卡萊爾雙眼圓睜，立刻緊緊咬住了下唇。艾許的中指細細按壓著穴口，又試探著將食指指尖探入那道緊閉的隙縫裡，幽窄的穴口終於稍稍將指尖吞吃了進去。

「等、不，我不要……」

強烈的抗拒感襲來，隱密的部位被入侵的感覺令卡萊爾的胃裡一陣翻江倒海。發現自己還是做不到，卡萊爾用力推開艾許，艾許則順從地退後。

「討厭嗎？」

「……對，我沒想到會是這樣。」

「那怎麼辦呢？我也不是承受方。」

「那個，我果然還是……」

「萊爾不是沒有跟 Alpha 做過嗎？」

艾許歪著頭，揚起慵懶的笑容。

「我喜歡愉快的性愛，你有自信能滿足我嗎？」

卡萊爾從沒在辯論中輸過，但在這個問題上，他實在無法反駁。他不能否認經驗的重要性，可這種感覺太古怪，令人難以就這樣接受。

「連這都做不到的話，你要怎麼跟 Alpha 結婚呢，萊爾？」

他說的……沒錯。

「要跟萊爾這樣的大美人一起生活，我沒自信能忍得住，不過既然萊爾那麼反感……」

——果然我們還是當作沒這回事吧？

卡萊爾知道艾許沒說完的是什麼。這種事遲早有一天會發生，但他只有模糊的概念，沒有認真考慮過，他承認這點是他失策。大口喘著氣的卡萊爾緊咬著唇瓣。

「雖然性愛不是婚姻的全部，但我面對喜歡的人，會想去撫摸、碰觸，去感受他。我不想要有名無實的婚姻，所以我想去努力。可如果萊爾想要的不是這樣，我……」

見艾許可能就要說出結束，卡萊爾連忙打斷了他的話。真好笑，明明本來就已經做好解除婚約的準備，現在卻莫名地不想結束。

「一定要現在做嗎？」

對卡萊爾的問題，艾許選擇反問。

「你覺得呢？」

答案很明顯。看著猶疑不定的卡萊爾，幾秒後艾許再次開口。

「那這樣如何？」

「……您說。」

「如果萊爾沒感覺，我們就算了。你試著把這次當作實驗，也不是非得要做到最後。」

雖然還有些抗拒，但卡萊爾仍下定了決心，這種程度的妥協是無法避免的。他以沉默代替了回答。看著這樣的卡萊爾，艾許露出為難的笑容。

「我沒有強迫人的興趣。」

「……不是這樣的。我只是，還不習慣……」

卡萊爾因為自己的話羞恥得嘴唇顫抖。注視著他的艾許緩緩靠近，抬起方才愛撫他的手，拂過他的髮絲，讓他驚疑的內心逐漸平靜下來。

「我沒想到你真的什麼都不懂。」

他溫柔地輕聲道：「對不起，我應該慢慢來的，是我錯了。」

艾許真摯的道歉讓卡萊爾緊繃的身體逐漸放鬆警戒，但跟湊到他面前的艾許對上眼，還是讓他害臊地稍稍撇過頭。艾許卻跟了上來。

「不能看著我嗎？」

艾許低聲請求，話中的懇切讓卡萊爾勉力與他對視，馬上就得到一個開心的笑容。艾許的臉緩緩靠近，在鼻尖碰上時停下。

「萊爾，吻我。」

艾許形狀優美的粉色唇瓣發出誘惑的邀請，輕撫過髮絲的手指轉而捧住卡萊爾的臉頰。卡萊爾突然很想知道，在第一眼就吸引他視線的粉色唇瓣會是什麼樣的滋味。那雙唇是否跟艾許的肌膚一樣柔軟？又是否如看上去的那般水潤香甜？

每次他們見面時，在卡萊爾心中飛掠的衝動重新升起，他伸手環住艾許的脖子將他拉向自己。濕潤的唇瓣互相廝磨，可以嘗到清水的味道。滑嫩柔軟的觸感讓卡萊爾一陣激靈，慾望如火燒般燃起。

他張開嘴，輕輕吮吸著艾許的嘴唇，飢渴的舌頭才剛伸出就被制止。緊貼著卡萊爾的男人一下子扭轉了形勢，他含住卡萊爾的下唇，像在吃棒棒糖一樣，發出啾、啾的吸吮聲。卡萊爾後頸的汗毛直豎，快感瞬間被點燃，從被舔吻著的下唇一路延燒。

直到嘴唇被折磨得紅腫不堪，艾許才鬆口，轉而伸舌細細舔著卡萊爾的唇肉。搔癢的感覺蔓延全身，卡萊爾完全沒發現自己無意間發出低吟聲。光是這樣簡單的接觸，就讓他腦中一片空白。

很快，那條軟舌開始攻城掠地，輕柔地掃過上顎帶來陣陣酥麻，然後細細舔著卡萊爾口中最敏感處，誘使他全身興奮起來。剛才因驚嚇而疲軟的性器又有了反應，不知何時硬挺的柱體被艾許的大腿用力擠壓著。

局面從這時開始失控。上顎不斷被舔吻，讓卡萊爾失去理智，結實有力的大腿同時還在磨蹭著他的下體。不用多久，卡萊爾便被艾許奪去全副心神，渾身癱軟。

卡萊爾的接吻經驗分明也多得數不清，但與艾許接吻時，他就是無法占據上風。只要對方的舌頭纏上來，就能加深他的慾望。靈巧的舌尖時而輕點他的舌面，時而力道適中地舔吻舌根，與他糾纏得難捨難分。

在卡萊爾因為親吻而暈頭轉向時，艾許挺動下體頂弄著他的。他擺動腰肢，讓兩人的性器緊貼著磨蹭。最敏感的部位被頻頻攻擊，卡萊爾的意識越發模糊，像一隻喪失理智的野獸，只受情慾擺布。

卡萊爾原本打算推拒的手，不知何時已經緊緊抓住艾許腦後的頭髮，另一隻手則放在他肩上將人扯向自己。面對艾許，卡萊爾不需要像對待Omega時一樣隨時注意力道，就算他用力得像是要捏碎對方的肩胛骨，艾許也絲毫不為所動。這讓他心裡萌生一股奇異的興奮感。

艾許一雙大掌從卡萊爾的臉頰往下，一路來到他的腰間，幾乎可以完全掌握住那纖細的腰肢。幾乎要在他身上留下掌印的力道，卻讓卡萊爾下腹部驟然緊縮，快感四處流竄，全身的血液像是瞬間都湧入下體。

親吻逐漸加深，兩人身體交疊，感受著對方的每一吋肌膚。硬挺的乳肉相互磨蹭，雙腿糾纏在一起。

「哈啊。」一粗重的喘息聲隨著溫熱的鼻息逸出。卡萊爾還沉浸在這個深吻之中，艾許又有了動作。

抓住卡萊爾腰間的手移向臀部，豐滿的臀肉正好與他的大掌嚴絲合縫地貼合，也更方便他抓揉。總是緊閉的兩邊臀瓣遭到大力扳開，會陰處被撐開反而升起一種卡萊爾從未體驗過的快感，促使他的腰背不住顫抖。

艾許沒有急著將手指探入，而是反覆玩弄臀肉，力道恰到好處地抓緊又鬆開。光是這樣不輕不重地抓放的動作，也令卡萊爾體內迅速堆疊起快感，洞口的皺摺更是隨著艾許的動作撐開又縮緊。這種前戲帶來的刺激相當陌生，卡萊爾開始感到害怕，但幾乎要將他神智吸走的親吻，安撫了他內心的抗拒。

不一會兒，快感蓄積到了臨界點。卡萊爾最近三個月內的發情期幾乎都是靠著抑制劑度過，很久沒經歷過這樣的快感，再加上發現僅僅是碰觸同為 Alpha 的艾許，就能讓他如此興奮，更是在他體內的慾望火上加油。可能也因為，艾許的動作太熟練了。

在卡萊爾腦中只剩下想射精的念頭時，艾許終於行動了。修長的手指緩慢摩挲著穴口，精力投入親吻中的卡萊爾放鬆了戒心。艾許沒給他回神的時間，在他回神抗議前又開始了下一步動作。

他的中指探進幽閉的入口，卡萊爾瞬間睜大了眼睛，同時感受到窒息與強烈的異物侵入感。從未被襲擊過的私密處可能是沾染了水氣，竟吞下了艾許的手指。

「呃、呵呃……」

像是忘記如何呼吸的卡萊爾扭動著身體，比起抗拒，更多的是驚嚇。裡面，那個地方，手指竟然真的進去了。他完全沒想到會成功，實在是……實在是……

「噓，沒事的。」

艾許像是在安撫愛人般溫柔的嗓音，讓卡萊爾停止掙扎，臀部不自覺開始用力，腰也抖了起來。艾許的手很大，手指相對較粗，卡萊爾先前看著只覺得他的手又白又修長，生得很好看，直到那手指被吞進他體內，才實際感受到有多粗。

「再一下，再忍一下就好了。」

艾許在他臉上印下輕柔的吻，並揉弄有些瑟縮的性器，方才消失的快感又填滿了卡萊爾的身體。察覺到入口放鬆了些，艾許沒有錯過機會，又將手指向內推進。感覺很奇怪，卡萊爾覺得體內彷彿變得軟乎乎的。

艾許像在尋找什麼似的，在他體內四處按壓，每次按下就讓他感覺五臟六腑被壓沉了，有些反胃。正當這種怪異感幾乎要激發他本能的恐懼時，艾許的手指在某個地方停了下來。跟他之前摸到的其他地方不大一樣。

「找到了。」

伴隨著艾許輕快的嗓音，瞬間有一股奇妙的感受從後方傳來，頓時讓卡萊爾想喊停的念頭灰飛煙滅。

「這裡。」

「……哼、嗯！哈啊！」

卡萊爾張開嘴喘息。喘不過氣的同時，後方升起強烈的刺激。他只覺得眼前倏地亮白，腰線不自覺向後彎去，腳尖繃緊著挺起身，哆嗦地顫抖起來，性器也再次直挺挺地翹起。

「啊、哈啊，呵、啊、啊啊！」

艾許聽著卡萊爾的呻吟，手上不停歇地開始動作，指尖每次用力按上那個微微凸起的點時，就會激起洶湧的快感。卡萊爾的目光變得渙散，幾乎看不清眼前的事物。

「呃、呵呃，不、不要，哼、好奇、怪，嗯呃、艾許……」

淚水從眼角滑落，腦子像要炸開似的。卡萊爾雙腳胡亂踢著掙扎，想讓艾許抽手，但沒能成功。艾許用另一隻手緊緊壓制住卡萊爾的腰身，似乎打定主意要將他逼瘋。

「哈、哈啊！」

艾許的手指每次動作，就會讓卡萊爾身體忍不住撲騰。他從未有過這種體驗，是光靠插入無法得到的快感。只是幾近滅頂的刺激近乎折磨，令他感到害怕，瑟瑟發抖。

「藏得太深了不好找，跟主人一樣不好對付呢。」

艾許在他耳邊低聲說著，還露出白牙咬住他的耳垂。艾許啃咬他耳垂的舉動、兩人互相頂弄性器，都讓後穴傳來的快感更加強烈。

沒過多久，忍耐多時的卡萊爾來到了頂點。艾許的手指開始模仿性交的方式在他後穴裡來回抽插，突然，卡萊爾繃緊了大腿，後穴倏地縮緊。察覺到他快達到高潮，艾許的手指重重地壓向那處。

「哈、啊……」

卡萊爾的頭後仰至極限，爽得眼白翻出來的他揉搓著性器迎來高潮。

積攢了好一陣子的精液汩汩湧出，順著龜頭流下來，黏稠白濁的液體覆蓋了柱身，連艾許的肚子也沾上了卡萊爾的精液。

噴湧而出的精液量與成結時不相上下，順著腹肌和大腿線條滑落，淌在腳邊後被水流沖去，留下淡淡的腥味。腦中一片空白的卡萊爾全身虛脫般癱軟，無法思考任何事。

艾許輕鬆接住卡萊爾下滑的身體，不顧兩人身上的狼狽，將臉埋入卡萊爾頸間低聲道：

「你真有天分，萊爾。」

應該要反駁的，但卡萊爾說不出話來，射精帶來的窒息感讓他渾身顫抖。艾許也沒給他拒絕的機會，直接抱起沒矮自己多少的卡萊爾，轉身走出浴室。

（未完待續）

【特別收錄】

紙上訪談第一彈，暢談創作二三事

Q1：Flona老師您好，請您先跟讀者打個招呼吧！這應該是您第一次在臺灣出繁中版小說，讀者們對您可能會比較好奇，想先問問您筆名的由來？

A1：各位臺灣的讀者，大家好，很高興能透過這樣的方式與各位見面。這是我的小說第一次被翻譯成繁體中文版，能得到這樣的機會真的非常開心。我當初是想取一個像花名又像人名的名字，於是折衷取了Flona這個筆名。不知道是不是託了這個苦思許久而誕生的名字的福，我的讀者們也都有著如花一般美麗的心。

Q2：可以請老師談談當初怎麼開始走上寫作這條路的呢？

A2：我從小的興趣就是不時寫些言情或恐怖小說，我也非常喜歡閱讀，不管什麼題材都會看。不過我本來寫的文章篇幅都不長，從來沒有寫作超過十頁A4紙。很感謝我親愛的朋友將我介紹給編輯，聽到對方說我的文章寫得很好，讓我生出了勇氣。也是因為如此，我第一次出版了《班尼迪克蛋》這部完結小說，之後又創作了《定義關係》和《Mind The Gap》。

Q3：老師在撰寫這部《定義關係》的故事前，是先設計世界觀，還是先設定角色？有沒有什麼沒在故事裡寫出來的設定可以跟大家分享一下呢？

A3：我一般是先構思自己想看的人物性格與外貌，之後，有想到我想看的故事場景時，才會開始寫作。我會依照我想看的人物去從平常設想過的世界觀進行挑選，再開始創作。世界觀跟人物設定可以說幾乎是同時進行的。

Q4：故事裡面出現了很多倫敦的著名景點，請問這些地方老師都有去過嗎？有沒有特別喜歡的景點及原因？

A4：我在倫敦及歐洲等地住了很多年，算是非常了解當地的狀況。書中的景點都是以我去過的地方為基礎，有記不大清楚的地方會透過 Google Map 喚起記憶。我最喜歡的是伊斯特本（Eastbourne）的七姐妹岩，望著美麗的大海與潔白的峭壁時，就會有種置身於《咆哮山莊》中的感覺，也會想起我讀過的那些英國女性作家的小說。此外，我也很喜歡伯恩茅斯（Bournemouth），那裡的氛圍與伊斯特本很類似。

Q5：一般 ABO 文的攻受大多是 AO 或 AB 組合，老師為什麼會選擇寫較少見的 AA 呢？又是如何把 AA 寫得這麼讓人怦然心動？

A5：外表很有男子氣概的人流露出脆弱的一面時，會讓我感覺到人的多面性。我想擺脫既有的性別或既定框架，描寫出即使 Alpha 也有可能自尊心低落、可能會受傷這件事。很感謝你認為這對 AA 組合很令人怦然心動，大概是因為艾許跟萊爾很相配吧。

Q6：在故事情節方面，有沒有什麼小說裡沒有提到的裡設定？或者是被老師忍痛修改掉的情節呢？

A6：沒有。

Q7：卡萊爾和艾許的初次見面是在紐約的跨年夜，老師為什麼會想以這個地點作為兩人的初遇之處呢？

A7：自從我在大笨鐘前看過跨年倒數和美麗的煙火，就對那樣的瞬間抱有一種浪漫情懷，所以我想把艾許所說的浪漫，與卡萊爾所不相信的命運，透過那樣的時刻結合在一起。時代廣場就像大笨鐘一樣，是以跨年活動聞名的浪漫地點，我希望呈現出像電影裡的場景——兩人偶然來到同一個地方，在水晶球降下的那一刻，因為跨年倒數之吻墜入愛河。

Q8：既然提到了跨年，老師有沒有喜歡的跨年活動呢？或者是印象深刻的跨年經驗？

A8：我個人非常喜歡聖誕節，韓國人可能不大了解，但在英語圈，聖誕節真的是非常重要的家庭節日，我很喜歡倫敦或整個歐洲在那段時間的溫馨氛圍及令人心動的感覺。一到十二月，就會開始布置聖誕樹、聽聖誕頌歌，我喜歡在每年這個時候去旅行，或用別人送的聖誕吊飾來裝飾，打造屬於我自己的傳統。我也一直都會和親近的朋友一起舉辦聖誕派對及年末聚會。

（未完待續）

i小說 073

定義關係1

國家圖書館出版品預行編目（CIP）資料

定義關係 / 플로나著 ; 七里香譯. -- 初版. -- 臺北市
: 愛呦文創有限公司, 2025.08-
冊； 公分. -- (i小說 ; 73-)
譯自 : 디파인 더 릴레이션십(Define the relationship)
ISBN 978-626-7636-12-1(第1冊 : 平裝)

862.57 114007097

著作權所有・翻印必究
本書如有缺頁、破損、裝訂錯誤，請寄回更換
Printed in Taiwan.

愛呦文創

原書書名	디파인 더 릴레이션십（Define The Relationship）
作者	플로나（Flona）
譯者	七里香
繪圖	響香
責任編輯	高章敏
特約編輯	曉白
文字校對	劉綺文
版權	Yuvia Hsiang、Kiaya Liu
行銷企劃	羅婷婷
發行人	高章敏
出版	愛呦文創有限公司
地址	10691台北市忠孝東路四段59號10-2樓
電話	（886）2-25287229
郵電信箱	iyao.service@gmail.com
愛呦粉絲團	https://www.facebook.com/iyao.book
總經銷	聯合發行股份有限公司
電話	（886）2-29178022
地址	231新北市新店區寶橋路235巷6弄6號2樓
美術設計	廖婉禎
內頁排版	陳佩君
印刷	沐春行銷創意有限公司
初版一刷	2025年8月
定價	380元
ISBN	978-626-7636-12-1

디파인 더 릴레이션십
(Define The Relationship)
Copyright © 2019 by 플로나 (Flona)
All rights reserved.
Complex Chinese Copyright © 2025 by I Yao Co. Ltd.
Complex Chinese translation Copyright is arranged with Youngsang Publishing Media, Inc.
through Eric Yang Agency